L’alliance scandaleuse

Chère lectrice,

Si, en ce début d'année, l'envie de voyager vous vient, vous allez être comblée puisque vos héros de ce mois vous entraîneront à leur suite dans cinq pays différents… D'abord, vous partirez en Espagne pour assister, en 1814, à une fastueuse réception au palais royal de Madrid. Un événement très officiel où va pourtant se jouer un drame intime… Découvrez vite *L'alliance scandaleuse*, dernière partie de la saga des Sinclair. Ensuite, vous embarquerez pour les îles Shetland à la rencontre d'Ulrika, *La fiancée viking*, et de George Grant, un chef de clan écossais. Deux êtres complètement opposés, dont la confrontation inattendue va produire des étincelles… Puis vous découvrirez l'Irlande tumultueuse de 1560, gouvernée à grand-peine par Sa Très Gracieuse Majesté Elizabeth Ire. Une tutelle qui déplaît fort à Rory, farouche rebelle irlandais qui déteste les Anglais depuis que ceux-ci ont assassiné sa fiancée. Selon lui, l'envahisseur anglais mérite le plus impitoyable des châtiments. Mais *Le sceptre du destin* va l'amener à reconsidérer sa position… Après l'Irlande, vous ferez un saut en Amérique où vous attend Jane qui, en 1874, vit *Une insolente passion* avec un homme dont elle ne sait s'il est son meilleur allié... ou son pire ennemi. Après quoi vous reviendrez dans notre douce France… pas si douce que cela si l'on en juge par les tourments qui agitent, en l'an de grâce 1114, la demoiselle Gabrielle de Péricault ! *Le glaive et le lys* vous emmènera en Bourgogne au temps des châteaux forts et de l'amour courtois…

Enfin, ne manquez pas, début mars, le prochain titre de votre collection Grands Romans Historiques : *L'enlèvement*, de Merline Lovelace.

Bonne lecture et rendez-vous en avril.

La Responsable de collection

Du 1er février au 1er juin,
découvrez la passionnante trilogie
de Ruth Langan

La saga des O'Neil

Irlande, 1560

Rory, fils aîné d'un seigneur irlandais, s'apprête à convoler dans la chapelle du château familial quand un drame se produit : sa fiancée, ainsi que tout le cortège nuptial, est assassinée par des Anglais. Assoiffé de vengeance, il devient le chef incontesté des rebelles irlandais et l'ennemi juré de la reine Elizabeth qui lance à ses trousses toutes les polices du royaume. Blessé lors d'un assaut, Rory est sauvé par les vassaux irlandais d'une gente dame anglaise qui le cachent dans le château de leur maîtresse à l'insu de celle-ci…

Ne manquez pas, le 1er février
Le Sceptre du destin (*Les Historiques* n° 299)

GAYLE WILSON

L'alliance scandaleuse

LES HISTORIQUES

*éditions*Harlequin

Cet ouvrage a été publié en langue anglaise
sous le titre :
HER DEAREST SIN

Traduction française de
SAINT-FOLQUIN

HARLEQUIN®

est une marque déposée du Groupe Harlequin
et Les Historiques® est une marque déposée d'Harlequin S.A.

83-85, boulevard Vincent-Auriol, 75013 PARIS — Tél. : 01 42 16 63 63
Service Lectrices — Tél. : 01 45 82 47 47
ISBN 2-280-17535-5 — ISSN 1159-5981

À cette époque...

Le héros de ce roman situé en 1814 fait partie de la délégation anglaise emmenée par le duc de Wellington qui, à la fin de la guerre d'Espagne, se rend au Palais Royal de Madrid.

Arthur Wellesley, futur duc de Wellington, est né à Dublin en 1769, la même année que Napoléon. Il entre dans l'armée anglaise en 1787 et participe à la guerre contre la France en 1794 et 1795. En 1797, il quitte l'Europe et accompagne son frère, Richard, nommé gouverneur général de l'Inde, en tant qu'officier de l'armée britannique. Lui-même gouverneur d'une province, il remporte plusieurs batailles avant de rentrer en Angleterre en 1805. Anobli, il entre au Parlement en 1806, puis est nommé lieutenant général au début de la guerre en Espagne et envoyé combattre le général français Junot au Portugal en 1808. Pour empêcher les troupes françaises de se ravitailler, il dévaste tout sur son passage, ne laissant derrière lui que des ruines... Quand les Français quittent le Portugal, il est promu commandant en chef des armées britanniques et s'en prend aux forces françaises stationnées en Espagne. Les victoires qu'il remporte en 1809, 1812 et 1813 contraignent les Français à se retirer de la péninsule ; il les poursuit jusque sur le territoire national et remporte une victoire à Toulouse en 1814, ce qui lui vaut de recevoir le titre de premier duc de Wellington.

Prologue

Espagne, avril 1813

— Un bain ? Prendre un bain ? Qui parle de prendre un bain ? Voilà bien l'expression la plus étrange qu'il m'ait été donné d'entendre sous ces cieux inhospitaliers.

La voix un peu précieuse de lord Wetherly s'alanguissait, comme d'ailleurs toute sa personne, qui encombrait la tente. Vautré sur l'unique siège, il croisait, au niveau des chevilles, ses bottes superbes d'élégance mais ternies de poussière dont les talons reposaient sur le lit de camp. En hôte désinvolte et familier, il ne se souciait aucunement de faciliter les évolutions de Sébastien Sinclair, légitime occupant du local de campagne.

— Se baigner, c'est se tremper dans l'eau pour se rendre propre, expliqua patiemment le capitaine Sinclair.

— Tu souffres encore d'une insolation. Le climat de la péninsule t'est décidément fatal, mon pauvre ami. Reste à l'ombre, en attendant que la raison te revienne.

— Tu t'imagines à Hyde Park dans ce débraillé et dans cette crasse, mon pauvre vicomte ?

— Mon diagnostic se confirme. Insolation aggravée. Je te signale que nous ne sommes pas à Londres, pour le cas où tu ne l'aurais pas remarqué.

Pour se frayer un passage, Sébastien Sinclair repoussa du genou les pieds de son camarade, et ouvrit la malle un peu fatiguée qui depuis deux ans le suivait de campement en campement.

— Lorsqu'à table vos commensaux sentent le fauve, rétorqua-t-il, il ne peut échapper à personne que l'on déjeune en territoire exotique. Je ne confonds pas la Castille et le Kent. Mais pour le cas où, toi, tu ne l'aurais pas remarqué, je te signale que nous campons à proximité d'une rivière accueillante. Il me semblerait fâcheux de ne pas saisir cette occasion, à vrai dire assez rare, de pratiquer de salutaires ablutions.

Le capitaine choisissait du linge propre et le rassemblait sous le regard sceptique de son ami. Le vicomte de Wetherly manifestait par des hochements de tête une parfaite incompréhension.

— Il me semblerait fâcheux, à moi, de contrevenir aux instructions données par notre général bien-aimé, dit-il avec une sorte de lassitude. S'éloigner du camp, c'est courir le risque de faire de mauvaises rencontres. Celle de déserteurs français qui n'ont rien à perdre, ou celle d'aventuriers espagnols qui choisissent leurs alliés au gré de leur fantaisie. Mais à quoi bon te faire la morale ? Mes conseils avisés ne trouvent pas le chemin de ton cœur, et sombrent dans le gouffre de ton indifférence. Tu n'en feras qu'à ta tête, comme de coutume.

— En effet, reconnut Sinclair en dépliant aux fins d'inspection une veste d'uniforme. Voilà une veste qui a connu des jours meilleurs. Je la tiendrai pour propre, puisqu'il le faut. Mais quelle décadence ! Il est temps que cette guerre prenne fin.

— Si tes atours sont fatigués, fais-toi envoyer de Londres un uniforme neuf, mon cher, et ne profère pas de sottises. Ne souhaite pas la fin d'une guerre qui fournit mille distractions. Pendant que Wellington s'installe à Salamanque et nous laisse à proximité en repos, tu meurs d'ennui, Sébastien, avoue-le. Dans l'action, tu restes insensible à l'odeur de tes congénères. L'inactivité t'incite à la délicatesse. Faute de combats, aucune victoire à remporter, aucune charge à soutenir. Le repos te semble à ce point insupportable qu'il te faut à tout prix trouver un prétexte pour aller t'aventurer en territoire ennemi…

— En fait d'ennemis, les Français sont cantonnés à vingt lieues. Quant aux vagabonds de toutes sortes, ils s'en prennent aux paysans plutôt qu'aux militaires.

— Si tu te fais enlever par des partisans en quête de rançon, Wellington restera cette fois sourd à leurs exigences, il t'a prévenu, après ta dernière mésaventure, qu'il ne céderait plus jamais au chantage. Et si personne ne verse la rançon, les pirates te vendront au plus offrant, mon garçon. Je te vois très bien eunuque dans quelque harem, ou jeune homme de compagnie chez quelque vieille édentée.

Levant les yeux de son paquetage, le capitaine feignit un vif intérêt.

— Voilà qui m'ouvre des perspectives à vrai dire passionnantes. Je crains cependant la sollicitude de mon frère, qui tolérerait difficilement ma disparition. Il inviterait Wellington à céder, cela ne fait aucun doute..

Il plaisantait, bien sûr. Tous les officiers connaissaient les liens d'amitié qui unissaient leur général au comte Alexandre de Darewood, frère aîné de Sébastien Sinclair. Comme les autres, Wetherly savait que jamais le capitaine ne chercherait à tirer avantage de cette amitié.

A vrai dire, les interdictions de sortie ne concernaient que les soldats. Les officiers chargés de répercuter les ordres pouvaient à la rigueur s'en estimer exempts. En quittant l'enceinte du camp, Sinclair se disposait à contrevenir à l'esprit de l'ordre donné, plutôt qu'à sa lettre. Volontiers ergoteur, le benjamin des Sinclair se plaisait à ce genre d'incartade, et y excellait.

— Pour compenser les ravages de la guerre, tes ravisseurs pourraient aussi te vendre comme reproducteur dans quelque région dépeuplée, poursuivit Wetherly. J'imagine le tableau. Pour peu que ta réputation t'ait précédé, les enchères vont atteindre des sommets !

Sinclair jeta en riant l'une de ses bottes à la tête du vicomte, qui esquiva habilement.

— Au service de la guerre on peut en préférer bien d'autres, reconnut-il. Le service de l'amour n'est pas sans agrément.

— Je n'en suis pas certain, répondit le vicomte. Tu as vu les femmes du pays ? Maigres à faire peur, mon cher !

En Espagne, la guerre se prolongeait de façon dramatique. Avec l'aide de l'armée anglaise, un grand nombre de partisans tentaient de chasser du trône Joseph Bonaparte, nommé par son frère roi d'Espagne depuis plus de cinq ans. De part et d'autre, les pertes étaient considérables.

Mais dans les aléas de la vie quotidienne, les femmes et les enfants supportaient les privations les plus cruelles.

— Pauvres femmes, acquiesça Sébastien, de véritables haridelles, en effet. Mais ne parlons pas des femmes du peuple, qui font pitié. Celles qui seraient capables d'enchérir dans une vente de beaux mâles appartiendraient nécessairement à l'aristocratie. Je les vois d'ici, pimpantes et bien en chair !

— On peut toujours rêver, dit le vicomte en haussant les épaules.

Il ne plaisantait plus et se leva, l'air contrarié.

— A mon avis, cette expédition de nettoyage est une erreur, Sébastien, même pour un gaillard de ta trempe. A ne pas mesurer les risques, on se prépare de sévères déconvenues, tu devrais t'en souvenir.

— Harry mon cher, tu parles d'or. Si je devais tout à l'heure cesser de respirer, au moins aurais-je la satisfaction de sentir l'homme, et non pas le bouc abattu, autrement dit la charogne.

— La charogne ? C'est le mot que je cherchais. Mais depuis plus d'un mois tu le sens, le bouc, mon pauvre ami !

Sinclair jeta par-dessus son épaule sa seconde botte, et, servi sans doute par la chance insolente qui étonnait chez lui, il atteignit la cible qu'il ne voyait pas. Wetherly se frotta en riant le sommet du crâne d'une main, tandis que, de l'autre, il abattait l'objet sur l'épaule du capitaine. Celui-ci continuait imperturbablement à préparer son paquet de linge propre.

Il ramassa au passage les deux bottes, et parvenu à l'ouverture de la tente fit volte-face, afin de saluer militairement son camarade.

— Allez dire à mes frères, à mon général et à mon prince que, non content de tomber avec courage, je suis tombé parfaitement propre, pour l'honneur d'un régiment qui ne sent pas la rose.

— Va te baigner, Sébastien. Mais si tu tombes dans quelque piège, ne compte pas sur moi pour t'en délivrer. Le panache, la gloire et le savon, je te les laisse.

— Si je ne reviens pas, envoie la cavalerie !

Le pan de toile retomba. Resté seul, et souriant au souvenir de leurs plaisanteries, le vicomte Wetherly alla nonchalamment soulever la portière pour suivre du regard la progression de son ami dans l'enceinte du camp.

Il n'était pas le seul à l'observer avec sympathie. Très populaire parmi la troupe, qui appréciait sa bravoure et sa simplicité, Sébastien Sinclair soulevait la sympathie sur son passage. Son paquet sous le bras, il n'hésitait pas à faire halte pour échanger avec les uns ou les autres quelques propos familiers.

Dans le camp paisible, écrasé de soleil, le passage de l'officier prestigieux faisait une agréable et sympathique diversion. Aucun des témoins n'aurait pu imaginer que cette innocente initiative aurait sur son auteur des conséquences cruelles et ineffaçables.

Un assez large méandre ralentissait le cours du torrent, dont l'eau limpide et peu profonde s'étalait en une sorte de vasque naturelle. Bien à plat sur le dos, Sébastien Sinclair se reposait de ses efforts en se laissant dériver au gré du faible courant. Purifié par ses ablutions, il jouissait de la fraîcheur de l'eau aussi bien que de la solitude, si exceptionnelle dans le service des armes. Par le jeu de l'imagination, il retrouvait les sensations anciennes des jours d'été passés en compagnie de ses grands frères à Sinclair House, au bord de la rivière Witham, dans le Lincolnshire. Quelle paix, pendant les jours heureux de sa jeunesse !

Mais un soldat en campagne ne saurait se sentir longtemps libre, et seul. En combattant exercé, il ressentit soudain le frisson du danger, signe prémonitoire d'une menace imminente. Sans hâte et sans bruit, il releva lentement la tête et prit pied sur le fond sablonneux.

Il examina la rive caillouteuse par laquelle il était tout à l'heure arrivé, et n'y remarqua rien d'anormal. En face, bornant la partie convexe du méandre, un escarpement rocheux s'élevait, abrupt et parsemé d'anfractuosités qui pouvaient constituer autant de repaires pour des observateurs malintentionnés.

D'éventuels attaquants n'auraient cependant pu se mettre en place sans se faire entendre, et l'hypothèse d'une embuscade de longtemps préparée était absurde. Sinclair observa de nouveau la rive qu'il avait descendue, du côté du camp anglais. Elle était déserte et tranquille. Le silence y régnait, comme sur tout le site, et seul se faisait entendre le murmure de l'eau. Et pourtant...

En se déplaçant lentement, de manière à ne créer aucun remous, aucun clapotis révélateur, Sinclair se mit à progresser en direction de la pierre plate sur laquelle il avait posé ses vêtements et ses armes.

Il avait caché son pistolet avec ses vêtements propres sous le tas de linge, et placé le fourreau garni de son épée sur l'amas de ce qu'il confierait bientôt à quelque cantinière blanchisseuse. Il lui tardait de mettre la main sur l'arme de poing comme sur l'arme blanche, car un soldat privé de son matériel de guerre se sent étrangement nu, surtout lorsqu'il progresse dans l'eau jusqu'aux genoux, vêtu en tout et pour tout d'un caleçon détrempé, qui lui colle à la peau.

Il atteignit la rive et prit pied sur une petite plage. Sans doute aurait-il pu éviter d'asperger comme il le faisait le sable sec, en se baignant sans voile. Mais la pudeur est naturelle aux braves qui, en toutes circonstances, s'exposent plus volontiers au danger qu'aux indiscrétions.

En conséquence, il ne songea d'abord qu'à saisir, sur le paquet de linge propre, le caleçon soigneusement plié qu'il se disposait à revêtir, ainsi que le pantalon d'uniforme. Au moment où ses doigts se refermaient sur le tissu, une pointe acérée s'appuya à son cou, si près d'une artère que la pulsation du sang devint sensible.

Contraint d'obéir à cette injonction muette, Sébastien Sinclair se pétrifia. Comme il se penchait vers son paquetage au moment où son mouvement s'était trouvé interrompu, il eut ainsi le loisir d'inventorier du regard ses possessions, et de constater une disparition, essentielle en l'occurrence.

C'était la pointe de sa propre épée qui menaçait son existence et le mettait à la merci de son assaillant. Sans bouger la tête, il suivit du regard le fil de la lame, jusqu'à la main qui la tenait, étrangement fine...

— Redressez-vous, s'il vous plaît.

Indubitablement féminine, la voix ne manquait ni de douceur ni d'agrément. La personne assez téméraire pour agresser un capitaine s'exprimait couramment dans la langue de sa victime, avec un accent espagnol.

Sébastien eut un moment d'hésitation. Prendrait-il l'initiative de saisir à pleine main sa lame pour l'arracher à l'imprudente ? La qualité de l'acier trempé rendait dangereuse l'opération, qui impliquerait dans le meilleur des cas une coupure profonde. Aussi bien fallait-il jauger la vivacité et la détermination de son assaillante, qui en soutenant l'attaque pouvait lui infliger une blessure mortelle.

Harry n'avait pas tort, après tout. Sébastien Sinclair était las de la guerre et du sang. Cette tentative de vol, car il ne pouvait s'agir que de cela, ne revêtait guère d'importance. Lorsque tout à l'heure son instinct avait prévenu Sinclair d'une présence hostile, des risques autrement graves lui étaient venus à l'esprit, le tir de bandits embusqués, par exemple.

Bien que la femme le tînt sans trembler en respect, le capitaine ne doutait pas de pouvoir, quand il le voudrait, lui arracher son épée des mains. En menant son attaque au moment opportun, il parviendrait sans nul doute à éviter le pire, et ne subirait que quelques égratignures.

Curieux de connaître la suite de l'aventure, curieux surtout de donner un visage à cette voix féminine, Sébastien Sinclair refréna son premier élan. Très lentement, il entreprit de se redresser.

La pointe de l'épée accompagna son mouvement. Celle qui la tenait se déplaça dans le même temps, si bien qu'au moment où il se tint bien droit, cette pointe frôlait sa peau au creux du larynx. Le parcours qu'elle avait tracé sur son cou pour maintenir sa pression faisait comme une légère brûlure, analogue à celle que produit parfois un rasage maladroit ou trop appuyé.

Pour désagréable que fût cette sensation, Sébastien n'en tint aucun compte, et la négligea. Désormais, face à l'imprudente, il se trouvait assailli d'autres impressions, autrement absorbantes.

Il avait remarqué l'étrangeté de l'intonation particulière de l'inconnue. Mais jamais il n'aurait pu imaginer les traits et l'allure de la très jeune fille, car il s'agissait presque d'une adolescente, qui se tenait devant lui. Vêtue très simplement, comme la plupart des paysannes de la région, elle semblait cependant extraordinaire, à nulle autre semblable.

Les basques de sa robe sombre, relevées et retenues par sa ceinture, révélaient sous le volant d'un jupon brodé des chevilles élégantes et fines. Elle portait des bas blancs et des mules noires. Un motif assorti à la broderie du jupon ornait le col échancré de son corsage blanc, à peine plus clair que la chair délicate de son visage et de son cou gracile. Retenue par deux grands peignes d'argent, sa chevelure de jais exaltait la pâleur nacrée de son teint.

Ses yeux étaient noirs, comme les cheveux qui cascadaient sur ses épaules, et leur regard était empreint d'une mortelle gravité.

— Je vous fais aimablement remarquer que mes camarades campent à deux pas d'ici, dit Sébastien pour entamer la conversation.

— Mais ils ne se baignent pas, répliqua la jeune fille. Vous auriez mieux fait d'imiter leur exemple.

Sébastien pensa aux conseils du vicomte, et dut réprimer un sourire.

— Je crains de n'avoir avec moi rien qui puisse vous intéresser, poursuivit-il.

En maintenant fermement en place la pointe de l'épée, celle qui la maniait baissa une fraction de seconde les yeux, pour toiser de bas en haut sa victime.

— On le dirait en effet, conclut l'insolente sans se départir de son sérieux.

S'examinant à son tour, en hâte et à la dérobée, Sébastien Sinclair constata avec consternation que le caleçon trempé qui achevait de s'égoutter ne laissait rien ignorer de son anatomie, à laquelle il adhérait comme une seconde peau. Si blasé qu'il fût, et si riche d'enviables expériences amoureuses, le capitaine se surprit à rougir comme un petit garçon.

Les femmes de sa connaissance se seraient offusquées du dépouillement de sa tenue, ou tout au moins se seraient empressées de feindre l'effarouchement. Aucune d'entre elles n'aurait eu l'audace de formuler ce genre d'appréciation avec un tel aplomb.

— Ne vous inquiétez pas, reprit-elle. Je n'ai de vues que sur vos affaires.

Le capitaine se plut à espérer qu'il n'y avait rien que d'involontaire dans ce jeu de mots.

— Sur mes affaires, répéta-t-il pour manifester son incompréhension.

A mesure que le dialogue se prolongeait, Sébastien Sinclair en perdait le fil, et la maîtrise.

— Vos vêtements propres, précisa-t-elle. Il me les faut. Veuillez les rassembler, je vous prie.

C'en était trop. Le capitaine se sentit emporté par un sursaut de révolte.

— Et quoi encore ? s'indigna-t-il. Pensez-vous que je dispose d'une garde-robe inépuisable ?

Se faire voler un peu d'argent, voilà qui entre dans l'ordre des choses. Mais pour rien au monde Sébastien Sinclair n'était disposé à se voir dépossédé de son trésor, de son unique réserve de linge et d'équipement. Jamais il ne s'en séparerait. Dans cette résolution, il avait bien conscience que la fierté y prenait sa part, autant que la nécessité.

— Ma garde-robe se trouve tout entière devant vous, poursuivit-il avec véhémence. Voilà tout ce qui me reste après deux ans de service. Tout ce que m'ont laissé les torrents, les voleurs et les aléas de la guerre, après avoir emporté leur tribut !

— Je ne m'intéresse qu'au linge propre. Faites-m'en un paquet, s'il vous plaît.

De toute évidence, indifférente à la détresse morale de sa malheureuse victime, la jeune Espagnole s'exprimait posément. Sébastien eut l'impression que la pression de l'épée sur sa gorge se faisait plus insistante. Saignait-il déjà ?

— Soyez bien persuadé, reprit-elle, que cette tenue me sera plus utile qu'à vous. Si vous voulez bien me dire quel est votre nom, et à quel régiment vous appartenez, je pourrai peut-être vous faire rapporter le tout lorsque je n'en aurai plus l'usage. Un tel arrangement serait-il de nature à vous satisfaire ?

Elle s'exprimait avec une correction et une maîtrise tout à fait étonnantes. N'était son accent, cette jeune voleuse aurait pu passer pour une lady du meilleur monde, sous réserve naturellement de tenir un tout autre discours, et d'en modifier le contenu.

— Je préfère ne pas les prêter, répondit Sébastien, aussi dignement que le lui permettaient sa tenue et son attitude quelque peu guindée et artificielle. Ce sont des objets très personnels, comprenez-vous. Qu'un inconnu les emprunte, voilà qui m'embarrasserait un peu, si charitable que je sois.

Comme elle l'avait déjà fait auparavant, la jeune fille dut refréner un sourire.

— Je reviens sur ma proposition, dit-elle. Comme mes projets sont encore à l'état d'ébauche, il est préférable que je ne prenne aucun engagement de restitution. Toute promesse en ce sens serait inconsidérée. Et maintenant dépêchez-vous, je vous prie.

Pour cette fois l'intensité de la pression exercée par la pointe de l'épée devenait alarmante. Sur sa peau rafraîchie par le bain, Sébastien Sinclair sentait la tiédeur d'un mince filet de sang.

De cet avertissement manifeste, le capitaine était bien résolu à ne tenir aucun compte. Pendant de longues secondes, ils restèrent ainsi, figés dans leurs attitudes, les yeux dans les yeux, aussi décidés l'un que l'autre.

On entendit soudain, au-dessus du murmure monotone de la rivière, des cliquetis de harnais et le choc de sabots ferrés. Des chevaux s'approchaient, sur les hauteurs de la rive opposée. En alerte, la jeune Espagnole leva les yeux. Sébastien mit à profit l'effet de surprise et l'imperceptible retrait qui en résultait pour échapper au contact de l'acier et suivre son regard. Malgré ses menaces, Wetherly s'inquiétait peut-être de son absence prolongée, et venait à sa recherche. Mais pourquoi avoir fait ce détour ? Une expédition de secours viendrait directement du camp.

L'apparition des premiers cavaliers ruina tous les espoirs du capitaine.

A leur tête, paradait un homme que son allure ainsi que la richesse de son équipement et la beauté de son cheval désignaient comme le chef de la bande. D'une dizaine d'années plus âgé que Sinclair, qui n'avait pas trente ans, il pouvait être le père de cette fille étrange. A moins qu'il ne fût son mari.

Malgré le caractère dramatique de sa situation, Sébastien eut le temps de ressentir à cette pensée un absurde mais vif déplaisir. Sans se préoccuper de ses compagnons, le chef de file engagea sa monture dans la pente la plus abrupte, indifférent au risque auquel il exposait son étalon, aussi bien que lui-même.

Réputé pour sa science de l'équitation aussi bien que pour son audace, Sébastien Sinclair aurait hésité avant d'entreprendre une manœuvre aussi téméraire. Et il ne l'aurait pas exécutée avec une pareille fougue.

Les autres Espagnols partageaient sans doute son point de vue, puisqu'ils ne quittaient pas la crête, tout en suivant des yeux l'exploit de leur guide.

— Sauvez-vous vite, dit la fille.

Surpris, Sébastien détacha son regard de l'étonnante démonstration de virtuosité équestre pour le poser sur celle qui l'instant d'avant le menaçait. Elle était livide. Ses grands yeux noirs, impavides et dominateurs lorsqu'elle faisait prisonnier un capitaine en maniant sa propre épée, s'écarquillaient maintenant, leurs pupilles dilatées par la peur. Sans savoir pourquoi, Sinclair ne retira de ce changement d'expression aucune satisfaction.

— C'est votre mari ? demanda-t-il en tournant de nouveau la tête vers l'extravagant cavalier, dont la monture atteignait la mi-pente.

— Non.

Dans ce simple mot, elle était parvenue à exprimer une telle amertume que, saisi d'émotion, Sébastien la fixa derechef.

— Mais c'est vous qu'il vient chercher ?

— Il va vous tuer, dit-elle dans un souffle. Je n'avais pas prévu une telle catastrophe. Si vous partez en courant, poursuivit-elle en suivant d'un regard effrayé celui qui arrivait avec tant de hâte, j'essaierai de le retenir assez longtemps pour vous donner une chance de lui échapper.

Spontanément, Sébastien se refusa à retenir cette suggestion. L'idée de revenir au camp en courant à toutes jambes et en caleçon, ne lui procurait aucun attrait. S'il trouvait la mort au bord de ce torrent, nul ne saurait jamais en quelles circonstances. S'il rentrait au camp en petite tenue, telle une pucelle effarouchée échappant aux derniers outrages, on en ferait des gorges chaudes pendant vingt ans dans tout l'Empire britannique et jusque dans les boudoirs de Londres.

Il lui suffit de penser au rire sardonique du comte, son frère aîné, au récit d'un tel épisode pour renforcer sa conviction : jamais il ne prendrait la fuite.

Il plongea sur le tas de vêtements et les dispersa jusqu'à ce que sa main se referme sur la crosse de son pistolet. D'un instant à l'autre, n'importe lequel de ces Espagnols, tous armés, pouvait ouvrir le feu sur lui.

Aux aguets, il s'accroupit et releva les yeux vers la crête. Les cavaliers qui s'y trouvaient un instant plus tôt avaient disparu. On ne voyait plus que leur chef, qui tenait à son cheval les rênes hautes, pendant la traversée du courant.

Sébastien franchit les quelques pas qui le séparaient de la jeune fille, la saisit par le bras et l'entraîna vers l'amoncellement rocheux qui tout à l'heure avait dû lui servir de cachette, pour se tenir en embuscade. De cet abri, il pourrait observer le mouvement de la petite troupe.

La fille aux yeux noirs, qui n'avait pas lâché l'épée de Sébastien, l'accompagna d'abord docilement et fit avec lui quelques pas. Mais, d'une torsion rapide du bras, elle se libéra, et courut jusqu'au tas de linge éparpillé. Il la vit se baisser, ramasser quelque chose, et contre toute attente revenir aussitôt vers lui.

Sur le bras à demi tendu qui tenait le pistolet, elle jeta en haletant sa culotte d'uniforme rouge. Sinclair ne quittait pas des yeux le cavalier, dont l'eau profonde retardait la progression. Dans quelques secondes, le cheval prendrait pied.

— Sauvez-vous ! ordonna la jeune fille.

— Sûrement pas !

Il jeta la culotte sur son épaule et reprit d'une main ferme le bras de l'Espagnole, qu'il contraignit à reculer avec lui, sans jamais quitter des yeux le cavalier. Autant que l'on pouvait en juger, ce personnage ne portait avec lui aucune arme à feu. Disposant d'un pistolet, peut-être Sébastien Sinclair avait-il ses chances ?

— Vous l'aurez voulu !

Etonné par l'intonation véhémente et désespérée de la jeune fille, Sébastien reporta sur elle son regard, et aperçut alors le spectacle auquel elle s'attendait sans doute depuis le début.

Les cavaliers, qui tout à l'heure s'étaient abstenus de suivre leur chef avant de disparaître, arrivaient au petit trot sur la rive basse. Familiers de la région, ils connaissaient de toute évidence l'existence d'un gué tout proche. Cette fille le connaissait, elle aussi, et pouvait prévoir leur arrivée imminente. Dans ces circonstances, pourquoi le chef de bande avait-il pris de tels risques ?

Dans cette ostentation de témérité, il y avait quelque chose d'inexplicable.

Aussi bien le temps n'était-il pas aux conjectures. Par un gué comme par la voie directe, les forces ennemies avaient traversé le cours d'eau. Proprement encerclé, le capitaine Sinclair ne pouvait à son grand regret que reconnaître l'efficacité de la manœuvre dont il était victime. Wellington en personne n'y avait-il pas recouru à plusieurs reprises pour s'illustrer sur les champs de bataille ?

Pris au piège, Sébastien Sinclair tenta de passer en revue, en une fraction de seconde, l'ensemble des possibilités qui s'offraient à lui. En tacticien aguerri, il conclut à leur inanité et à l'absence de toute échappatoire.

Le premier coup de feu alerterait-il les hommes du campement ? Rien n'était moins sûr, puisqu'en ces temps troublés les occasions de tirer n'étaient pas rares. Soldats désœuvrés et braconniers certains de l'impunité exerçaient à l'envi leur adresse sur les gibiers les plus divers.

— Lâchez-la.

Le chef s'exprimait dans la langue locale, dont en deux ans de service Sébastien avait acquis une connaissance suffisante. Aussi bien, le ton employé autant que les circonstances interdisaient-ils toute erreur d'interprétation. Au lieu de se soumettre à cette injonction, Sébastien leva son pistolet vers le torse du cavalier, dont l'étalon essoufflé par l'effort respirait à grand bruit.

Il pouvait maintenant distinguer les traits du personnage, bien qu'il fût coiffé d'un grand chapeau noir à large bord, qui dissimulait son front. Il avait les yeux noirs, comme ceux de la jeune fille, mais d'un noir opaque et glacé, sans éclat. C'étaient les yeux d'un fauve.

Malgré son courage et sa fermeté d'esprit, Sébastien Sinclair éprouva à ce spectacle un étrange malaise. Sans doute, songea-t-il afin de se rassurer, un refroidissement expliquait-il le frisson qui venait de lui parcourir l'échine.

— Je la tiens sous ma protection, répondit-il en anglais.

Un éclair de fureur folle traversa le regard obscur de l'homme qui, sans transition, éclata d'un rire sonore et féroce. Sur son cheval épuisé de fatigue, il faisait un étonnant spectacle. L'étalon haletait. Le rire puissant du cavalier semblait plus effrayant encore que son regard.

— Sous votre protection ? s'exclama-t-il en toisant avec mépris Sinclair, qui n'avait pas besoin de cette dérision pour se sentir ridicule. Alors elle est encore plus folle que je ne le croyais.

Il parlait couramment anglais. Sébastien sentit le bras de la jeune fille se contracter sous sa main.

— Laissez-le partir, dit-elle au cavalier. Il n'a rien à voir dans toute cette affaire.

— Rien à voir, vraiment ? J'ai bien de la peine à vous croire, ma chère. Pourquoi, d'après vous ?

Les autres cavaliers s'approchaient. Pour qu'ils prennent bien conscience de la situation, Sébastien, sans se retourner, leva haut le bras droit, afin qu'ils voient son arme. Il n'y eut aucune réaction de leur part. Aussi bien leur chef semblait-il indifférent à leur présence.

— Je lui volais son uniforme, dit la jeune fille. Il n'est au courant de rien, je vous assure.

— Il sait très bien qu'en ce moment même il risque le pire.

— Il ne peut rien contre vous, affirma-t-elle en dégageant sans effort son bras.

Elle tendit à Sébastien son épée, dont il préféra ne pas s'encombrer. Il lui fallait garder une main libre, pour la retenir éventuellement près de lui. Cette étrange jeune fille semblait en tout cas vouloir le protéger. Mais n'ayant jamais appris à se cacher derrière les jupons d'une femme, le capitaine Sinclair n'entendait pas s'initier en ce jour à cette indigne pratique.

— Contrairement aux affirmations de cette personne, déclara-t-il avec le plus grand sérieux, j'entends bien m'opposer à vous, monsieur. Je la prends sous ma protection. Cessez de l'importuner.

— N'essayez pas de mettre le comble au ridicule, vous l'avez déjà atteint, conseilla l'homme au chapeau noir. Venez, Pilar. Vous m'avez déjà fait perdre trop de temps.

Elle hésitait. Pendant quelques secondes, personne n'esquissa un mouvement. Sébastien songeait avec appréhension aux carabines qui, sans nul doute, étaient braquées sur son dos nu. Allait-il mourir dans cette tenue sommaire ? Il ressentait une sorte de fourmillement désagréable tout au long de l'épine dorsale, comme si sa chair se préparait à souffrir l'irruption déchirante des balles.

Au soupir qu'il l'entendit pousser, il sut que la jeune fille allait rompre le silence.

— Votre épée, monsieur, dit-elle en lui présentant sa lame, garde en avant.

— Ne craignez rien, dit-il. Je ne le laisserai pas vous emmener.

Il n'exprimait ainsi, bien sûr, qu'une vaine provocation. La bravade ne sied-elle pas aux cas désespérés ? En ce moment crucial, Sébastien Sinclair n'entendait désavouer ni son éducation, ni les traditions familiales, ni surtout son caractère qui lui commandait de faire face en toute circonstance, si désespérée fût-elle.

— Une douzaine de tireurs expérimentés vous tiennent en joue à quelques mètres, dit le cavalier. Vous ne souhaitez pas, je suppose, qu'après vous avoir perforé leurs balles ne blessent celle que vous entendez si chevaleresquement protéger.

— La détente de mon pistolet est si sensible et ma main si ferme qu'en ce cas nous mourrions ensemble, mon brave. Nous voici à égalité, avouez-le, et déclarons la partie nulle.

L'homme éclata de rire, et Sébastien Sinclair ressentit de nouveau l'étrange malaise qui tout à l'heure l'avait troublé. Au cours de sa carrière, il s'était trouvé en présence de centaines d'hommes qui, par patriotisme ou fidélité au devoir, s'exposaient à la mort. En cet instant, nul ne riait, à moins qu'il n'ait perdu la raison. Cet intrépide cavalier devait être atteint de démence.

— Je veux que vous me donniez votre parole, dit soudain la fille qui s'appelait Pilar. Nous allons faire un échange. Laissez-le. Je ne résiste plus.

Que le cavalier lui donne sa parole ? L'expression ne revêtait aucun sens. Que signifiait cet étrange dialogue ? Sébastien aurait voulu interroger du regard la voleuse, mais une élémentaire prudence le contraignait à ne pas quitter des yeux le chef de bande, qu'il vit sourire avec l'ironique satisfaction d'un triomphateur.

— Ma parole ? Je vous la donne volontiers, Pilar, pour faire la paix avec vous.

Pour la première fois, l'homme détacha son regard du couple étrange que formaient Sébastien et la jeune fille pour le porter au-delà, vers les autres cavaliers. Sinclair comprit que les événements s'accéléraient. Mais l'attaque ne vint pas de ses arrières. Avant qu'il ait pu réagir, la garde de son épée, abattue par la jeune fille, lui heurta violemment le poignet. Le pistolet lui échappa, mais, comme il l'avait prévu, le coup partit.

La balle n'atteignit pas le cavalier, mais son étalon se cabra en hennissant de douleur, tituba latéralement et s'abattit sur le sable. Celui qui le montait réussit toutefois à éviter de tomber avec lui. Plus rapide en cela que Sébastien, il avait compris d'emblée la situation.

Abasourdi, le capitaine se tourna vers celle qui venait de le trahir. Les yeux remplis de larmes, elle soutint un instant son regard. Violemment frappé à l'occiput, Sébastien Sinclair s'évanouit, en emportant dans l'inconscience l'image de ce visage juvénile aux beaux yeux noirs qui pleuraient.

Sans doute la seconde détonation venait-elle de lui faire reprendre connaissance, mais il ne le comprit que plus tard. Sur le moment, Sébastien ne ressentit d'abord que la chaleur du rocher sous sa joue, et les élancements de son crâne endolori. Il tenta d'ouvrir les yeux, mais l'éclat du soleil que réverbéraient les eaux l'éblouit au point de l'aveugler.

Lorsqu'il recouvra la vue, il aperçut d'abord une paire de bottes, juste devant son nez. Taillées dans le cuir le plus fin et magnifiquement entretenues, elles éblouissaient elles aussi par leur éclat et par leur qualité.

Il lui fallut du temps pour prendre l'exacte mesure de sa situation. Il était couché sur le sol, les poignets étroitement entravés par une lanière de cuir, si serrée que ses doigts s'engourdissaient.

Des hommes s'affairaient alentour, des chevaux piétinaient. Dans son champ de vision, Sébastien vit passer au bout d'un bras un fusil de gros calibre, dont le canon évasé fumait encore. C'est à ce moment qu'il comprit l'origine de la détonation qui l'avait mis en alerte.

On venait d'achever l'étalon blessé, dont les gémissements d'agonie semblaient retentir encore dans la vallée.

— Regarde-moi, l'Anglais !

Une épée s'appliquait à son menton, et l'invitait à redresser la tête. Se soumettant à sa pression plus qu'à l'ordre reçu, il déplaça la tête pour croiser, presque à la verticale, le regard du hardi cavalier qui tout à l'heure avait engagé son étalon dans une descente périlleuse, et qui s'était si lestement hâté de vider les étriers au moment où l'animal s'abattait.

Au premier abord, il avait trouvé quelque chose d'inhumain dans le regard de ces yeux sombres. Ils exprimaient à présent une haine si bestiale que Sébastien, réduit à l'impuissance, sut ce qu'était la crainte.

— Tu as tué mon étalon, rugit sourdement l'Espagnol.

Aucune expression d'excuse ou de regret ne serait de nature à apaiser la fureur du cavalier en deuil. Sébastien n'ayant jamais eu l'intention de blesser le cheval ne pouvait que regretter l'accident, sans pour autant s'estimer coupable..

— De mes propres mains, je l'ai sorti du ventre de sa mère, poursuivit le cavalier avec une sorte de ferveur, comme pour évoquer un rite sacré. De mon propre souffle, j'ai dégagé ses naseaux pour l'appeler à la vie. Et toi, pauvre déchet, tu me l'as assassiné !

Les hommes et leurs chevaux s'étaient immobilisés. Ils faisaient silence, pour mieux écouter leur maître. Dans la chaleur de l'après-midi, on n'entendait que le ruissellement frais du torrent et les lamentations enfiévrées de haine de l'orgueilleux cavalier. On eût dit, dans le calme pesant qui précède un orage, les roulements annonciateurs de la foudre.

— Vous m'avez donné votre parole, rappela une voix juvénile.

Celle de la traîtresse qui se nommait Pilar. Sébastien la haïssait.

Cette jeune voleuse lui avait frappé le poignet du pommeau de sa propre épée, elle l'avait, en le désarmant, remis à la merci de son adversaire.

Le regard sombre du cavalier se déplaça vers celle qui l'interpellait. Sébastien comprit alors qu'il se trouvait entre eux deux, tournant le dos à l'initiatrice de cette funeste mésaventure. Sans se soucier de la menace que lui imposait sa propre épée, fermement tenue par le cavalier, il tourna la tête pour tenter d'apercevoir lui aussi la jeune fille. Elle défiait du regard celui dont sa vie dépendait.

— Ma parole ? s'étonna-t-il. Ma parole contre quoi ? Dans le marché, il n'était pas question de mon cheval ! Il ne devait pas mourir ! Après cette tragédie, que me reste-t-il ? Que vaut la parole de celui qui a tout perdu ?

— Je me souviens du temps où votre parole comptait. Ne serait-ce plus le cas ?

— Les circonstances ne sont plus les mêmes.

— Et votre parole ne vaudrait plus rien ?

— Celui qui a tué mon étalon, je le tiens.

— Il ne voulait pas le tuer. Si vous décidez de faire porter la responsabilité de cette mort sur quelqu'un, ce sera sur moi.

Elle parlait fermement. Dans l'intention d'intervenir, Sébastien Sinclair ouvrit la bouche, et se trouva dans l'obligation de la refermer aussitôt. Sans que le regard de son bourreau se soit détaché un instant de celui de la fille, l'épée lui avait relevé le menton et le contraignait à pincer les lèvres.

Sébastien se trouvait étranger au débat qui se déroulait, au propre comme au figuré, au-dessus de sa tête, sans qu'il ait à intervenir. Ces deux êtres s'opposaient, se combattaient pour des enjeux qui lui échappaient complètement. Mais l'issue de cette joute verbale le concernait intimement, puisque sa vie même en était l'objet.

— Je me demande, reprit le cavalier, pourquoi diable vous attachez tant d'importance au sort de cet Anglais. Un militaire que vous prétendez ne pas connaître.

— Je ne le connais pas. Je ne l'ai jamais vu. Comme je voulais son uniforme, j'allais le voler.

— Son uniforme ?

Le cavalier semblait à bon droit sceptique. La pointe de l'épée cessa d'appuyer sur le menton du capitaine, mais avant qu'il ait eu le temps d'en éprouver quelque soulagement elle s'abattit vivement sur sa gorge et dessina, tout au long de son sternum et jusqu'à la taille, un sillon sanglant qui ne fit qu'entamer la peau. La surprise abolissant momentanément toute autre sensation, Sébastien ne ressentit d'abord aucune douleur.

— En fait d'uniforme, il me semble plutôt démuni, ironisa la brute.

Malgré la mauvaise foi dont il faisait preuve, Sébastien remarqua que la jeune fille ne manifestait aucune irritation. Elle demeurait parfaitement sereine.

— C'est justement parce qu'il les avait enlevées pour se baigner que j'aurais pu emporter ses affaires, expliqua-t-elle patiemment.

— Un uniforme, dit l'homme d'une voix traînante, comme s'il s'interrogeait sur le sens de ce mot. Vous vous intéressez donc à l'uniforme de ce... baigneur. Votre intérêt ne s'étendrait-il pas à sa personne, par hasard ?

L'épée s'était déplacée, et sa pointe effleurait maintenant, en s'appuyant sur le mince tissu détrempé, la virilité de Sébastien Sinclair. Furieux mais hors d'état d'intervenir, celui-ci ne pouvait ni se défendre ni exprimer sa rage. Entre les deux antagonistes, il ne jouait qu'un rôle passif, celui d'un objet dont on dispose.

— Sa personne ? Elle m'est indifférente, répondit la jeune fille.

Les lèvres minces de l'Espagnol s'incurvèrent en un sourire cruel.

— Dois-je en conclure, ricana-t-il, que vous ne verriez pas d'inconvénient à ce que ce garçon... cesse d'être un homme ?

Sébastien sentit son sang se glacer dans ses veines, mais il s'appliqua à ne manifester par aucune réaction la détresse que faisait naître en lui l'ignoble menace. Au cours de sa carrière militaire, son expérience des hommes de pouvoir et des bourreaux l'avait familiarisé avec leur sadisme et leur férocité. Les plaintes, les supplications ou les menaces formulées par leurs victimes potentielles ne faisaient qu'exacerber leur cruauté.

— En me donnant votre parole, vous m'avez promis de l'épargner, s'obstina celle qui se nommait Pilar.

La voix de la jeune fille ne s'était pas élevée d'un ton, malgré la nature très particulière de la menace. Sébastien se surprit à fonder des espoirs sur la maîtrise de soi dont elle faisait preuve. Elle connaissait bien ce tyran, dont il ignorait tout. En lui rappelant la fidélité à la parole donnée, sans doute comptait-elle le contraindre à l'abstention.

— Je vous ai promis sa vie sauve, répondit l'homme.

— Ma requête était plus générale.

— Je vous ai accordé sa vie, et rien d'autre.

Il se fit un silence dont Sébastien, le souffle suspendu, craignit qu'il ne s'éternise.

— Vous avez remporté la victoire, dit Pilar. Vous pouvez vous offrir le luxe de la générosité.

— De tous les luxes que je puis m'offrir en effet, seuls m'intéressent ceux qui m'apportent une satisfaction personnelle.

Sébastien se demanda si l'orgueilleux personnage mettait la possession de cette fille au nombre des luxes dont il disposait, et cette pensée lui parut assez odieuse pour qu'il oublie un instant l'enjeu de cette discussion, et le caractère désespéré de sa propre situation.

Il la vit relever la tête pour manifester sa fierté, à moins que ce ne fût pour lancer un défi.

— Vous avez déjà trop tué, Julian. Ce que je vous ai promis en échange de cette vie innocente doit vous satisfaire. En ne résistant plus, je vous libère de bien des tracas. Que vous rapporterait cette mort inutile ? Tenez votre serment, et vous en vivrez plus heureux !

— Plus heureux, répéta-t-il avec une amère dérision.

Le sourire cruel de l'Espagnol semblait aussi inhumain que son regard. Au moment même où il parlait, la pointe de son épée, vivement déplacée, dessinait en deux brefs mouvements une croix sur la poitrine de Sébastien Sinclair, juste au-dessus du cœur.

Avant que le capitaine ait eu le temps de prendre conscience de cette nouvelle atteinte, l'arme effleurait l'intersection de ces deux courtes estafilades. Il suffisait à celui qui la maniait de se pencher un peu pour qu'elle s'enfonce, sans effort, jusqu'à l'organe de la vie.

— Je souhaite que vous me disiez la vérité, ma chère. Vous savez que je tiens en particulière horreur le mensonge et la traîtrise.

— Je ne le connais pas, déclara fermement la jeune fille.

— Et vous ne vous souciez aucunement de lui ?

— Je ne m'en soucie pas plus que de n'importe quel être vivant. Mais, encore une fois, j'ai vu trop de meurtres. Cet Anglais ne me connaît pas, il n'a pas comploté en ma faveur, et n'a rien fait pour mériter une quelconque jalousie.

L'épée se releva, et sa pointe vint de nouveau frôler le larynx de Sébastien. Le cavalier scrutait à présent son visage, les lèvres serrées et le regard attentif, comme pour s'assurer qu'il ne l'oublierait jamais.

— C'est entendu, grommela enfin l'Espagnol. Puisque j'ai donné ma parole…

Un brusque rictus déforma ses traits, en même temps que son poignet maniait nerveusement l'épée, fouettant avec violence le visage de sa victime.

Entamant profondément la chair, la lame traça un sillon rectiligne du menton à la tempe, en effleurant la commissure des lèvres.

Une fois le coup porté, le cavalier releva son arme et la présenta, sanglante, à la jeune fille, de si près qu'une goutte pourpre s'écrasa sur sa joue.

— Je l'épargne, dit sombrement la brute, comme je l'avais promis.

Sur ces mots, il tourna les talons et alla prendre les rênes d'un cheval qu'on lui offrait.

— En route ! cria-t-il en se mettant en selle.

Avant de s'éloigner, Pilar posa sur Sébastien un regard tout rempli de commisération..

— Pardonnez-moi, murmura-t-elle.

L'allure fière, elle alla rejoindre celui qui venait de blesser au visage Sébastien Sinclair. Elle prit la main qu'il lui tendait, leva le pied pour le poser sur l'extrémité de sa botte, qui venait de quitter l'étrier, et dans un geste souple se trouva enlevée en l'air et posée en amazone, à l'arrière de la selle.

Sans un regard pour sa victime, le cavalier remit sa botte dans l'étrier et talonna sa monture, remontant la rive du cours d'eau en direction du gué. Sa troupe se mit en marche après lui.

Sous le coup de la stupéfaction, Sébastien ne parvenait pas à croire à la réalité de cette étonnante aventure. Comme pour s'en assurer, il parvint à élever ses deux mains entravées et tremblantes jusqu'à son visage pour palper la balafre qui le traversait. Le paysage se brouillait devant ses yeux remplis de larmes, non de douleur ou d'angoisse, mais de pure rage qui croissait à mesure que s'éloignait la rumeur des chevaux.

Abandonné sur la rive, dans l'impossibilité de se mouvoir, Sébastien fit le serment de retrouver l'Espagnol qui venait de le défigurer. Un jour, il lui prendrait la vie.

1.

Madrid, avril 1814

— Et pour conclure, je vous rappelle une fois de plus que nous sommes ici les émissaires, les représentants, les ambassadeurs du prince-régent. Je ne doute pas que, conscients de vos responsabilités, vous n'y fassiez honneur, messieurs.

Avant de rendre aux officiers de son état-major leur liberté de mouvement, le duc de Wellington darda sur chacun d'eux son regard autoritaire et perçant. Il les passait ainsi, individuellement, en revue, comme pour leur rappeler qu'il les connaissait bien et que, après les hostilités, leur service se poursuivait, sous une autre forme.

— Je vous remercie, dit-il enfin.

D'une façon un peu théâtrale, il accompagna ces mots d'une solennelle inclinaison de la tête et du buste. Peut-être le décor de la résidence réservée à la délégation anglaise l'incitait-il à la solennité. Le vaste immeuble avait été précédemment occupé par les Français, qui n'avaient pu maintenir sur le trône des rois d'Espagne Joseph Bonaparte, frère de l'empereur Napoléon.

Chacun se détendit, et la rumeur des conversations emplit le vaste salon d'honneur. On avait ouvert les portes monumentales, et sur la place se faisaient entendre les commandements militaires, les appels des cochers et des grooms. Derrière le carrosse du duc, une file de voitures attendait le bon vouloir des officiers de sa suite, qui étaient presque tous entrés avec lui à Madrid dès 1812, dans des circonstances bien différentes. Tous étaient assez conscients de la situation présente pour que ces recommandations soient pour le moins superflues.

— Je plains le pauvre cher homme, murmura le vicomte Wetherly à l'oreille de Sébastien Sinclair, en prenant bien soin de n'être entendu que de lui. Il préférerait sans doute être pendu !

— Disons plutôt qu'il préférerait charger sur le champ de bataille, suggéra Sinclair sur un mode plus réaliste.

— Une bataille, il va pouvoir en mener une ce soir, mais sans armes ni effusion de sang, contre ces nobles auxquels leur mésaventure n'a rien appris, et qui prétendent revenir à l'Espagne telle qu'elle était il y a cinq ans. Ne pas tenir compte des réformes apportées par les Français, moi je dis que c'est impossible, si tu me demandes mon avis.

— Rassure-toi, Harry, dit Sébastien en riant, ton avis, personne ne te le demande. Laisse faire Wellington, il sait de quoi il parle. Il va transmettre au roi Ferdinand et à ses conseillers l'avis de Londres, voilà qui est certain. Qu'ils en tiennent compte ou pas, c'est une autre affaire.

— S'ils renoncent à rétablir l'Inquisition, nous ne serons pas venus pour rien, dit Wetherly.

Bien que tenant en médiocre estime l'intelligence politique de son camarade, Sébastien ne put s'empêcher de partager cette opinion.

Au nom du gouvernement anglais, Wellington se disposait à conseiller à la cour d'Espagne de ne pas commettre la folie d'annuler les réformes introduites dans le pays pendant l'exil du roi légitime. Le rôle essentiel joué par l'Angleterre dans la défaite du pouvoir napoléonien et le rétablissement du régime l'autorisait sans doute à prodiguer ses conseils. Mais les frustrations et les humiliations subies par le roi en exil aussi bien que par les grands seigneurs de son entourage laissaient prévoir un désir de revanche. La mission confiée à Wellington suscitait le scepticisme, tout comme l'émissaire en personne.

— A vrai dire, avoua Harry Wetherly en s'installant avec Sébastien Sinclair dans la dernière voiture de la rangée, Madrid ne m'enchante guère. Parle-moi plutôt de Paris ! Nous y avons passé quelques jours délicieux après l'abdication de Napoléon.

— Tu y as surtout passé quelques nuits, si mes souvenirs sont exacts.

— La jalousie t'égare, déclara le vicomte en affichant un sourire plein de fatuité. Mon incomparable beauté attire les regards des plus jolies femmes, voilà le secret de ma réussite, mon cher. Je...

Tous deux amis inséparables, ils ne cessaient depuis des années de faire assaut de forfanterie et de se lancer des défis plaisants à propos d'exploits amoureux, sportifs ou éthyliques. Mais cette fois, Wetherly, conscient d'avoir commis un impair, s'était tu brusquement. Comme pour aggraver son cas, il rompit le premier le silence pour entreprendre des excuses embarrassées.

— Tu sais bien que je fanfaronne, mon vieux, dit-il d'une autre voix. Les femmes, c'est bien toi qu'elles préfèrent toujours, même après...

Engagé dans une nouvelle impasse, il se tut derechef, provoquant ainsi l'hilarité de son camarade.

— Après qu'elles ont vu ma balafre ? suggéra Sinclair avec bonne humeur.

Pour rassurer tout à fait Harry, il le gratifia d'une forte tape sur l'épaule.

— Tu outrepasses ma pensée, déplora le vicomte.

— Vous faites tous semblant de ne pas la voir, dit Sinclair en passant le doigt sur la longue cicatrice encore rouge, mais elle est bien là, aussi visible que le nez au milieu du visage de Wellington.

Sinclair ne parlait de sa cicatrice que pour en plaisanter, et seulement lorsqu'une tierce personne venait d'en faire mention. La plupart de ceux qui avaient l'occasion d'approcher le capitaine mettaient cette balafre sur le compte du hasard des batailles. Parmi les quelques témoins qui savaient la vérité sur son origine, nul ne songeait à les détromper.

— Je vois en toi le plus fringant des membres de l'état-major, affirma Wetherly.

— Et toi le plus grand menteur. Je me demande comment Wellington s'accommode de ta présence.

— Je le distrais, ce cher homme. C'est en raison de ce talent qu'il me garde avec lui.

— Et moi, c'est en raison de la beauté de mon minois, ironisa Sébastien.

Pardonné, le vicomte se sentait rasséréné, et retrouvait sa joyeuse humeur.

— Notre général nous doit sa carrière et ses victoires, dit-il. Sans nous, il n'aurait pas gagné la guerre.

— Cela ne fait aucun doute, confirma Sébastien Sinclair en se rencognant sur la banquette, les paupières baissées.

Réveille-moi quand nous arriverons au Palais royal. Tu n'as pas à t'y tromper : il y aura de la lumière.

— Ces Anglais, quels pantins ! maugréa Julian Delgado en observant l'accueil que réservait le roi à l'envoyé spécial de la cour de Saint-James. Voyez ce prétentieux tout fier de ses victoires et de son titre tout neuf !

— Enviez-vous ses succès, Julian ? lui demanda Pilar.

— Moi, jaloux de Wellesley ? Vous plaisantez, ma chère. Mais je déteste cette façon de le recevoir partout en conquérant, comme un héros.

— Il va transmettre le message de son gouvernement et reprendre la route avant la fin de la semaine. Sa présence ne devrait pas vous importuner, il me semble. Après tout, nul n'ignore à qui appartient le pouvoir, dans ce royaume.

Delgado jeta à Pilar un regard oblique. Sans doute la suspectait-il de parler par équivoque, et d'induire ainsi une ironie déplacée. De cette ironie, bien réelle au demeurant, il ne pouvait vérifier l'existence, tant la jeune fille, depuis un an surtout, s'était exercée à dissimuler à celui qui se prétendait son tuteur le moindre de ses sentiments. Elle lui adressa le plus innocent des sourires, et se consacra de nouveau à la contemplation de la cérémonie.

— Je crains bien que Fernando ne partage pas votre opinion, dit Delgado en observant lui aussi le roi, Ferdinand VII qui accueillait le duc.

— Je vous fais confiance pour remettre les choses en ordre, dit-elle.

Pour cette fois elle n'avait pas eu à dissimuler sa pensée, car elle savait Julian assez imbu de sa propre personne pour accepter ce genre de compliment, et assez ambitieux pour le mériter.

— Dès que possible, en effet. Plus vite il comprendra l'importance de ceux qui se sont élevés pendant la guerre, mieux cela vaudra pour l'Espagne, et pour nous.

— Des personnes mal intentionnées pourraient soupçonner dans vos projets comme une intention de révolte ou de trahison, Julian. A votre place, je n'en parlerais pas en n'importe quel lieu, et surtout pas au palais.

Elle évita son regard pour cette fois, car elle venait de s'avancer sur un terrain dangereux. Le tyran ne supportait ni la critique ni la contradiction. De la part de Pilar moins que de quiconque.

— Vous comptez-vous au nombre de ces personnes mal intentionnées, ma chère ?

— En aucune façon, Julian. Comme de coutume, vous voyez en moi la plus fervente des admiratrices des grandes choses que vous faites.

Ce compliment hyperbolique fut suivi d'un silence qui se prolongea dangereusement, pendant que Pilar, affectant la naïveté, ne détournait pas les yeux du cérémonial en cours.

— Prenez garde à votre babillage, murmura enfin Delgado avec une douceur lourde de menaces. Il m'importune. Veuillez m'excuser, ma chère, poursuivit-il sur un ton parfaitement dégagé, le devoir m'appelle auprès de Sa Majesté.

En homme qui se sait observé, il la salua cérémonieusement, et tourna les talons. Satisfaite de l'irritation qu'elle venait de provoquer, Pilar sourit imperceptiblement en le suivant du regard.

La tenue de gala que portaient les membres de l'aristocratie espagnole contrastait par son faste avec la sobre modernité vestimentaire qui était de règle parmi la délégation anglaise. Jaquettes sombres et bas de soie mettaient en valeur la largeur des épaules et le relief des muscles. Les compagnons de Wellington avaient tous servi sous ses ordres en Espagne ou au Portugal. Des années de service avaient façonné et aguerri leurs corps.

Pilar s'arracha à leur spectacle, qui lui rappelait inopportunément celui de l'homme presque nu surpris un jour au bord d'un affluent du Duero. Elle avait voulu s'enfuir sous un déguisement afin d'échapper à son destin, ce jour-là. Avec quelle affreuse conséquence pour le malheureux ! L'amère leçon, sans entamer sa force de caractère, avait porté ses fruits.

Elle ne l'oublierait jamais. Elle n'impliquerait plus une tierce personne dans ses difficultés. Si important que fût l'enjeu, elle ne pouvait exiger d'autrui de tels sacrifices.

Les obligations auxquelles Delgado était contraint de se soumettre enchantaient Pilar parce que, restée seule et libre pour un temps, elle n'avait pas à porter le masque de la soumission, ni à jouer la comédie. Elle s'avança dans la foule, saluant au passage des personnes qui avaient connu son père ou des relations de son tuteur, et faisant halte quelquefois pour échanger avec les uns ou les autres quelques mots.

On danserait, tout à l'heure. Les portes qui donnaient sur la terrasse et les jardins du palais avaient été ouvertes, dans l'espoir fallacieux d'apporter un peu de fraîcheur dans le vaste salon.

Pour la première fois de sa vie, elle assistait à une réception revêtant cet éclat et cette importance. Julian ne l'avait naturellement conviée à l'accompagner que contraint par la nécessité. L'absence de sa prétendue pupille aurait surpris les aristocrates les plus traditionnels, et la réussite de l'ambitieux dessein qu'il nourrissait supposait que l'on s'accoutume à rencontrer ensemble la jeune orpheline et l'un des hommes forts du régime restauré.

Lorsqu'elle atteignit les abords de la terrasse, elle s'étonna de la voir absolument déserte. Sans doute s'intéressait-on surtout à la personne du roi ainsi qu'aux préparatifs du bal, qui devait bientôt commencer. Dans l'atmosphère étrange d'un nouveau règne, les membres de la cour d'Espagne, récemment rentrés d'exil, chefs de guérillas ou coupables de quelque sympathie à l'égard de Joseph Bonaparte, avaient peine à reconstituer l'unité et l'harmonie de leur caste.

Comme Julian Delgado n'appréciait guère la danse, il ne risquait pas d'importuner de si tôt sa pupille.Les jardins s'étendaient au bas des marches, silencieux et solitaires. Pilar oserait-elle s'y réfugier, loin du monde et du bruit ?

Elle chercha des yeux Julian et l'aperçut au loin, à l'autre extrémité de la salle de bal, en grande discussion avec d'autres conseillers du roi. Ces palabres se prolongeaient souvent pendant des heures. Elle pouvait donc prétendre sans risque à quelques minutes de répit…

Incapable de résister à la tentation, elle dévala vivement les marches qui menaient aux jardins et ne modéra son allure qu'une fois parvenue dans l'ombre, sous le couvert des arbres, loin de la clarté des flambeaux qui illuminaient la façade du palais.

La légère brise à laquelle elle offrait son visage embaumait les fleurs d'amandier. En fermant les yeux, elle pouvait se croire revenue dans l'atmosphère heureuse de son enfance, au milieu des plantations du domaine sur lequel régnait son père, loin du clinquant et du vacarme de la grande ville.

Par les portes ouvertes de la salle de bal lui parvinrent les accents vifs et familiers de la séguedille. Au souvenir de son maître à danser, un Andalou d'âge canonique, elle ne put s'empêcher de sourire. Relevant de la main gauche le volant de sa robe, Pilar se mit à danser seule sur le sable de l'allée et sur la pelouse, comme le faisaient non loin d'elle les dames sur le parquet de la salle de bal.

Au cours de ses évolutions, elle décrivit l'itinéraire sinueux de la danse, passant entre les arbres régulièrement espacés, caressant au passage leur écorce de ses doigts étendus, passant de l'un à l'autre au rythme animé de la musique.

A l'écart du palais, dans l'ombre, elle ne redoutait la présence d'aucun témoin. A peine si parfois, à l'instant d'une pause ou d'un accord, elle se reprochait confusément de persister à jouir de sa solitude. N'allait-on pas remarquer son absence, entreprendre une recherche ? Mais pendant que les guitares, les castagnettes et les trompettes enfiévraient l'air, Julian s'appliquait à régenter l'esprit du roi Ferdinand VII. La tâche semblait assez ardue pour qu'il n'ait pas le loisir de dominer ce soir celui de sa pupille. Après tout…

Sa main droite s'appliqua en la caressant à une texture très surprenante. Ce n'était ni de l'écorce ni du bois. Malgré la brièveté du phénomène, Pilar comprit la nature de ce qu'elle venait de toucher. C'était un visage humain. Un être humain se trouvait là, invisible, dans ce jardin où ne devait se trouver personne.

L'exclamation de surprise qui lui échappa rompit la paix ambiante. Par précaution, elle recula vivement de quelques pas, afin de mettre de la distance entre elle et la silhouette qu'elle apercevait confusément, nonchalamment appuyée à un tronc.

— Je suis véritablement désolé de vous avoir fait peur, lui dit-on en anglais.

Pilar vit le rougeoiement d'un cigare. Comment n'en avait-elle pas perçu l'odeur, si caractéristique ? Le parfum un peu lourd des amandiers en fleur aussi bien que l'excitation un peu enfantine de sa pantomime solitaire expliquaient sans doute sa distraction.

— Qui êtes-vous ? demanda-t-elle en reculant encore un peu.

Si l'inconnu ne lui avait pas adressé la parole en anglais, elle aurait naturellement éprouvé une plus grande appréhension, car elle se serait alors trouvée en présence de quelque vagabond. La réception accueillant un certain nombre d'officiers anglais, elle s'étonnait plus qu'elle ne s'inquiétait d'en rencontrer un dans les jardins.

— Ne voyez en moi que le malheureux esclave d'une détestable habitude, répondit-il plaisamment.

Comme pour illustrer son propos, il porta sans se presser son cigare à ses lèvres. Pilar devina ce geste à la lente ascension de l'extrémité incandescente, qui prit une nouvelle vigueur au moment où le fumeur inhalait, puis revint à sa position initiale. Elle perçut cette fois l'arôme subtil qui émanait de l'ombre, et, comme l'avait fait un moment plus tôt la ritournelle de la séguedille, cette sensation la transporta par un charme subtil dans le bienheureux domaine de son enfance.

Ce cigare était long et mince, elle le savait sans le voir, car son père n'en fumait pas d'autre. Ce parfum s'identifiait à sa distinction, à son élégance. Petite fille, lorsque son père s'éloignait trop longtemps de la maison, il lui arrivait de se glisser dans la vaste chambre et d'aller ouvrir la grande armoire pour respirer sur ses tenues diverses sa présence, pour le retrouver en s'imprégnant de ses odeurs. Celle de ces cigares, du cuir, du santal et du cèdre. Les odeurs du foyer.

— S'il vous importune, voulez-vous que je le jette ? s'enquit la voix masculine, à la fois allègre et profonde.

Pilar tenta d'écarter d'elle l'afflux des sensations qui l'assaillaient et fit non de la tête, avant de prendre conscience que son mystérieux interlocuteur ne pouvait pas plus apercevoir ce geste qu'elle ne pouvait distinguer ses traits. Elle ne voyait que sa silhouette qui se découpait, opaque, sur l'obscurité de la nuit, et la pâleur de sa cravate blanche. Et, bien sûr, la lueur rouge du cigare allumé.

— Ne le jetez pas, murmura-t-elle d'une voix brisée par l'émotion.

— Vous avez des ennuis ? Vous souffrez ?

Sans la voir, sans la connaître, il s'inquiétait d'elle. Son intonation exprimait le souci, l'inquiétude. Frustrée depuis longtemps de toute sympathie, de toute compassion, Pilar en ressentit une impression si vive que ses yeux s'embuèrent de larmes.

— C'est que… je croyais être seule, avoua-t-elle.

— S'agit-il… d'une évasion ?

Ce personnage plaisantait sans doute, inconscient des échos qu'éveillait ce terme dans l'esprit de la danseuse solitaire.

— D'une évasion momentanée.

— Nous sommes donc l'un et l'autre coupables du même délit. Quelle honte !

Il y eut un silence, que Pilar rompit la première.

— Vous faites partie de la délégation anglaise.

— En effet. Avez-vous été présentée au duc ?

— Pas encore, mais je l'ai vu. Il me semble extrêmement...

Elle cherchait ses mots, désespérant d'en trouver un qui ne fût ni flagorneur ni offensant.

— Extrêmement ordinaire, suggéra-t-il sur le ton amusé de ceux qui voient clair et ne sont pas dupes. Il le fait exprès, voyez-vous, par une sorte de raffinement, et ne cherche dit-on à plaire à personne.

Autant que sa voix, chaude et prenante, le naturel de cet homme et la simplicité dont il faisait preuve contribuaient à son charme. Pilar se sentit soudain plus à l'aise. Sans doute n'avait-elle rien à faire à cette heure, en ce lieu. Sans doute n'aurait-elle pas dû converser seule avec un inconnu, dans le noir. Il n'en restait pas moins qu'aucune appréhension ne la menaçait, et qu'elle trouvait de l'agrément à cette rencontre.

Si on venait la chercher, il lui serait facile de disparaître dans l'obscurité des jardins. Personne d'ailleurs n'aurait jamais vent de son escapade. Contrainte comme elle l'était de se soumettre en permanence à d'indiscrètes surveillances, Pilar vivait cet intermède de liberté, d'indépendance, comme un moment rare et tellement précieux !

Cette innocente conversation sous les arbres, Julian l'interpréterait sans nul doute comme une trahison, comme un crime, comme une offense abominable à son autorité. Dans un élan farouche, sa pupille décida que ce moment lui appartenait, et que son tyran n'en saurait jamais rien.

Le souvenir de quelques instants d'évasion lui permettrait peut-être de supporter les années d'esclavage auxquelles la condamnait son destin.

— Votre surprise ne m'étonne pas, poursuivait l'Anglais. Au premier abord, il déçoit son monde, d'une certaine façon. Sa renommée sollicite si vivement les imaginations que ceux qui n'ont pas encore fait sa connaissance s'attendent à saluer un nouvel Hercule, ou quelque César triomphant, couronné de lauriers.

Pilar dut faire un effort pour se souvenir qu'il était question de Wellington. Perdue dans sa rêverie, elle s'était abandonnée au bercement de cette voix, décidément enchanteresse.

— Tel n'était pas mon cas, se défendit-elle.

— Sans doute les événements militaires échappent-ils à l'attention des jeunes élégantes, suggéra-t-il avec humour.

— Je sais que le duc de Wellington n'a remporté que des succès, affirma-t-elle.

Le compliment avait quelque chose d'excessif, elle le savait. Comme pour la récompenser d'une naïveté qu'il ne savait pas feinte, l'inconnu rit de bon cœur. Comme sa voix, son rire avait quelque chose de naturel et de chaleureux. Il n'était ni amer ni humiliant, comme celui de Julian.

— Disons plutôt qu'il a remporté beaucoup plus de victoires qu'il n'a subi de défaites, corrigea-t-il.

— Vous avez combattu sous ses ordres ?

— Je faisais partie de son état-major, pendant la guerre. Je reste à sa disposition.

— A ce titre, vous avez sans doute exercé des fonctions particulières ?

— Assister aux bals, voilà l'essentiel de mon service.

— En compagnie du duc ?

— Pas toujours. Mais s'il se donne un bal, en quelque lieu et en quelque occasion que ce soit, un officier d'état-major se trouve tenu d'y assister. Nous sommes chargés de rendre l'autorité du chef agréable à tous, et d'arrondir les angles, voyez-vous. Cela suppose bien des ronds de jambe, et bien des circonlocutions. Vous seriez étonnée d'inventorier les multiples facettes de nos talents.

— Sans doute en compte-t-on plus de mille, dit-elle plaisamment.

Comme il était agréable de tenir ainsi une conversation sans importance en compagnie d'un homme bien élevé, en toute liberté ! Pour une fois, Pilar n'avait pas à se méfier des oreilles indiscrètes, elle ne redoutait pas la présence derrière elle de quelque espion commis à la surveillance de ses faits et gestes. Elle ne se trouvait pas sous la domination d'une brute. Elle n'était plus qu'une femme de bonne éducation, échangeant sans contrôle des propos légers avec l'un de ses pairs, sans engagement ni contrainte.

— Il en est de dangereux, poursuivit l'inconnu dont Pilar ne distinguait que la silhouette. Nous allons transmettre les ordres sur les champs de bataille, nous menons des expéditions de reconnaissance en terrain inconnu. Mais ces activités restent fort heureusement exceptionnelles. De toutes nos qualités, celle de danseur est la plus appréciée et la plus sollicitée.

Il y revenait donc. Tout à l'heure, Pilar, refusant de prendre au sérieux cette allégation, l'avait mise sur le compte de la facétie.

— Vous dansez en service commandé, vraiment ?

— Dans la carrière d'un officier d'état-major, chaque bal réussi marque une étape vers sa promotion.

Son rire, son humour, l'ivresse de la liberté, le mystère de la nuit, toutes ces sensations si rares et miraculeusement rassemblées avaient quelque chose d'enchanteur et de grisant, qui faisait tourner la tête.

— Vous avez passé un brevet de danseur ?

— Je suis passé maître en science chorégraphique, tout simplement. Mais n'allez pas croire que la technique et la disponibilité physique suffisent à notre qualification. Le commandement exige de ses collaborateurs l'aptitude à charmer, car un danseur militaire incapable d'enchanter son monde usurperait son titre !

Ils rirent tous deux, de bon cœur.

— Si je vous comprends bien, conclut Pilar, vous semblez assez satisfait de vos propres prestations.

— Pour vous convaincre, vous faut-il une démonstration de mes talents ?

— Dans ce jardin ?

— Ou dans la salle de bal, si vous le préférez.

D'un coup, elle cessa de rire.

— A l'intérieur ? Certainement pas !

— Dans ce cas…

L'extrémité du cigare lancé au loin traça dans la nuit une longue trajectoire, que Pilar suivit des yeux. Lorsque son regard chercha la silhouette du galant officier, elle vit la main qu'il lui tendait, près d'elle, alors que son visage demeurait dans l'ombre de la nuit. Pilar n'hésita qu'un instant, le temps de prendre une profonde inspiration pour se donner du courage, et résolument posa ses doigts sur la main qu'on lui offrait.

Sous le chevreau de ses gants, elle reconnut la puissance d'une main de cavalier aguerri. Les nobles Espagnols qui revenaient d'exil n'avaient pas la prestance et l'allure si remarquable des officiers anglais, et de ceux notamment qui constituaient l'escorte de Wellington.

En danseur effectivement expérimenté, l'inconnu avait un maintien très ferme. Pilar observa que ses propres doigts se trouvaient parcourus de frissons. Devait-elle imputer cette manifestation de nervosité à l'inquiétude, ou à l'excitation du moment ?

Comme l'Anglais se déplaçait avec elle en direction d'une large allée, Pilar décida d'ignorer ce dilemme. Emue ou non, elle allait danser, par exception, avec un inconnu, dans le noir. De cet événement unique, il lui fallait tirer la quintessence.

Il s'arrêta et la salua dune inclinaison appuyée du buste. Elle répondit à son salut par une cérémonieuse révérence, et ils se firent face.

Comme ils étaient sortis du couvert des arbres, ils évoluaient maintenant dans la pénombre. Allait-elle discerner les traits de son visage, qui lui apparaissait confusément ? Pilar sentit s'accélérer les battements de son cœur.

En parfait accord avec la musique lointaine, que l'on entendait très nettement dans le silence des jardins, l'Anglais suivit le rythme de la séguedille, et fit l'éclatante démonstration de son talent. Bien que cette danse typiquement locale n'ait jamais franchi, pensait-elle, les frontières de l'Espagne, cet étranger en connaissait admirablement les pas et les raffinements. Pour l'avoir apprise dès son enfance, Pilar retrouvait grâce à elle sa fougue, que tant de malheurs avaient contenue.

Sous le charme de cette parfaite entente, elle respira plus aisément et s'abandonna à une sorte de quiétude heureuse. La sensation grisante de braver un interdit et d'encourir un risque ajoutait sans doute quelque piment à cet exercice. Cette sensation d'allégresse, combinée à la vivacité des mouvements de la danse, fit circuler plus vite son sang dans ses veines. Depuis de longs mois, jamais elle ne s'était sentie aussi vivante.

Pour danser la séguedille, ils faisaient un couple parfait. L'Anglais, maître de son art, esquissait les figures imposées avant même que les instruments n'en donnent le signal, aussi bien que le faisait Pilar, qui les connaissait en quelque sorte de façon héréditaire et naturelle.

En effectuant une volte, elle posa un instant le regard sur la terrasse lointaine, devant la façade du palais. Un homme, debout, observait le jardin. Sans rien discerner d'autre que sa taille et son allure, elle sut aussitôt qui il était.

Sombre figure du destin, son prétendu tuteur tentait de percer l'obscurité des jardins, sous les arbres. Il la cherchait. Pilar s'arrêta net, et sa main quitta celle de son cavalier.

— Vous avez une difficulté ?

Il s'exprimait normalement, sans élever la voix, bien sûr. Mais dans le silence de la nuit, ces mots, cette intonation masculine semblaient retentir au loin, jusqu'au haut des marches peut-être, où Julian les entendrait.

— Il faut que je parte, dit-elle.

Elle voulut s'enfuir, mais le danseur la retint en lui saisissant vivement le poignet. Elle s'immobilisa par nécessité, mais surtout parce que l'hypothèse d'une contrainte physique exercée contre elle la pétrifiait. Ce hardi militaire n'entendait-il pas lui imposer sa volonté, la retarder, la garder près de lui ?

Elle tenta de se libérer d'une torsion de l'avant-bras, mais ne parvint qu'à se faire mal, parce que le danseur resserrait sa prise.

— Vous me faites mal, dit-elle en renouvelant sa tentative. Laissez-moi partir, s'il vous plaît.

Insensible à sa plainte, il ne relâchait pas son étreinte. Le cœur battant, Pilar se demanda quel argument serait à même de convaincre l'intraitable inconnu. Pour rien au monde il ne fallait que Julian Delgado les découvre ensemble.

Elle jeta un nouveau coup d'œil vers le palais. Julian s'était mis en mouvement. Il descendait les marches qui menaient aux jardins.

Absurdement, elle se demanda si le danseur était armé. La réponse s'imposait, bien sûr : pour se rendre à une réception officielle, on se défait de tout ce qui peut apparaître comme une menace, à plus forte raison lorsqu'on appartient à une délégation étrangère.

L'Anglais n'avait pas d'arme. Delgado, pour sa part, portait en permanence un long poignard.

— Tâchez de me comprendre, à la fin, balbutia-t-elle. Il vient !

— Il vient ? Qui donc ?

Pilar s'était exprimée sous l'effet de la panique. Inconscient du danger, l'inconnu ne perdait rien de son calme.

— Mon tuteur. Lâchez-moi vite, je vous en prie ! Il ne faut pas qu'il nous trouve ensemble !

— Rien de plus facile, dit-il avec une évidente bonne volonté.

Au lieu de lui lâcher le poignet, il l'entraîna sans hésitation dans l'ombre épaisse, sous le couvert des arbres, en ce lieu même où l'obscurité propice avait favorisé leur rencontre, et réuni leur couple.

Comment Pilar avait-elle eu la faiblesse de céder à une tentation aussi périlleuse ? La réponse qui s'imposait ne constituait aucunement une excuse. A la pure déraison, connaît-on des excuses ?

— Vous n'avez rien compris, protesta-t-elle en tentant derechef une évasion.

— L'affaire est si banale qu'elle ne prend personne de court, pas même un Anglais, dit-il avec désinvolture. Rien de plus ordinaire, chez nous comme ailleurs, qu'une jeune fille qui entend se soustraire quelques instants à la surveillance d'un cerbère.

— Alors laissez-moi partir ! exigea-t-elle, trop effrayée pour ne pas ressentir de l'irritation.

Afin de la manifester, sa main libre tenta de desserrer les doigts qui lui étreignaient le poignet. Ce fut en pure perte.

— S'il me trouve en votre compagnie, il vous tuera, le prévint-elle, d'une voix haletante qui semblait étrangement sonore dans le silence de la nuit.

— Qu'il essaie, et nous verrons, répondit-il avec un impressionnant sang-froid.

Pour mettre fin à ses tentatives, il lui prit l'autre main et contraignit Pilar à reculer jusqu'à l'adosser au tronc d'un arbre, lui maintenant les bras allongés tout le long du corps.

Avant qu'elle ait eu le temps d'émettre la moindre protestation, il s'appuya étroitement contre elle, son torse pressant ses seins jusqu'à lui faire mal. Pilar avait tourné la tête, si bien que sa joue se trouvait posée contre l'épaule de l'Anglais.

L'oreille contre la poitrine de l'officier, elle entendait battre son cœur. Bien qu'il affectât un calme parfait, son cœur battait aussi rapidement que celui de sa prisonnière.

— Chut, murmura-t-il.

Réagissant spontanément à cet ordre, elle tendit l'oreille, attentive à capter les sons extérieurs, au-delà de ce battement sonore.

— Pilar ?

C'était bien la voix de Julian. En l'apercevant de loin, elle ne pouvait s'être trompée.

— Chut, répéta l'Anglais à son oreille, si faiblement que le bruit de son cœur semblait couvrir sa voix.

Elle se résigna à lui obéir, et retint sa respiration de manière à ne livrer aucun indice à celui qui la pourchassait. Elle entendait maintenant ses pas, beaucoup trop proches, et si lourds de menaces.

Le tronc assez épais les dérobait tous deux aux regards des passants qui auraient parcouru l'allée, comme le faisait Julian. L'Anglais lâcha les poignets de Pilar, que la terreur paralysait. Elle ferma les yeux et balbutia une prière muette.

L'Anglais s'écarta imperceptiblement d'elle, juste assez pour la délivrer de la désagréable impression d'être tenue prisonnière. Elle respira plus librement mais n'osa remercier l'inconnu, fût-ce d'un soupir, tant Julian était proche.

Et soudain, de la façon la plus inattendue, l'Anglais lui enveloppa le visage entre ses paumes. Les pouces sous son menton, il le releva. Surprise, Pilar ouvrit les yeux, juste à temps pour voir les lèvres du hardi cavalier descendre vers les siennes.

Trop scandalisée pour avoir le temps de serrer ses lèvres, qui s'ouvraient sous l'effet de l'émotion, elle sentit la langue de l'Anglais envahir sa bouche. Elle ne trouva pas désagréable de respirer le même air que lui, et de goûter sa saveur d'homme.

Que faire en une telle circonstance ? Pilar n'osait se rebeller. Elle ne pouvait réagir en aucune façon, puisque Julian, dont on entendait maintenant très nettement les pas, se rapprochait de plus en plus, et qu'ils se tenaient derrière ce tronc debout l'un contre l'autre, comme deux amoureux !

Jamais Julian n'acceptait d'explications, si sincères fussent-elles. En une telle occurrence, il ne risquait pas de déroger à son habitude. Il tuerait sans remords cet inconnu qui baisait si expertement la bouche de sa pupille, et lui dévorait les lèvres. Mais quelle expérience captivante, que celle de ce premier baiser !

L'Anglais releva un peu la tête, ce qui permit à Pilar de prendre une profonde inspiration. Avait-elle oublié de respirer pendant les instants précédents ? Elle venait de tout oublier, attentive seulement aux sensations nouvelles qui la transportaient.

Elle s'aperçut avec un peu de retard que les pas de Julian, qui l'avaient tant épouvantée, s'éloignaient maintenant. Il retournait au palais, aux lumières, à la foule, tandis qu'eux deux…

Leurs souffles, aussi haletants l'un que l'autre, se mêlaient encore. Le torse de l'homme effleurait les seins de Pilar, leurs hanches et leurs cuisses se frôlaient, révélant leur tension.

L'appréhension l'abandonnant à mesure que Julian s'éloignait, Pilar prit conscience de phénomènes encore inconnus d'elle. De sensations qu'elle n'avait jamais ressenties. Les pectoraux de l'Anglais, régulièrement soulevés par sa respiration, exerçaient sur la poitrine de Pilar des pressions successives et régulières, comme une subtile titillation. Entre le sexe dressé de l'homme et le ventre plat de la jeune fille, seules la soie de la robe et la soie de la culotte de cérémonie faisaient obstacle. Et ces mains un peu rugueuses de cavalier qui enveloppaient la douceur de ses joues...

— Pourquoi ? murmura-t-elle. Pourquoi s'exposer à un tel danger ?

— Pour bien vivre, il faut vivre dangereusement. Nous n'avons pas le choix.

— Vous venez de risquer la mort pour un simple baiser, s'indigna-t-elle, outrée de la témérité dont il avait fait preuve.

Elle leva les mains et écarta celles de l'Anglais, dégageant ainsi son visage de leur contact. Elle lui posa ensuite les paumes sur le torse, pour l'inviter à reculer, mais il s'y refusa.

A chaque instant, elle prenait de plus en plus nettement conscience de l'indiscrète intimité de leur position. Pour la première fois, Pilar se prit à redouter les intentions de l'inconnu, presque aussi intensément que tout à l'heure elle redoutait la fureur homicide de Julian à son égard.

— Un seul de vos baisers ne vaut-il pas que l'on meure pour l'obtenir, señorita ?

Il ironisait. Elle le repoussa des deux mains, plus fermement cette fois.

Tel un fauve agrippant une proie, il lui saisit soudain les deux poignets, et l'écarta brutalement du tronc d'arbre. Puis, la tenant d'une seule main, il l'entraîna de force à sa suite. Pilar une fois de plus essaya de se dégager en tordant le bras, et se résolut enfin à frapper son agresseur de son poing demeuré libre, faisant inutilement pleuvoir sur son dos une grêle de coups. Il semblait insensible à cette agression.

— Si j'avais une arme, je vous tuerais, je le jure ! cria-t-elle dans un paroxysme de rage.

— Puisque vous n'en avez pas, volez-en une, suggéra-t-il cruellement. C'est votre spécialité, je crois.

Elle s'aperçut qu'il l'entraînait non pas vers l'ombre, propice aux crimes, mais vers le palais et ses lumières. Cessant de frapper, elle tenta de comprendre à la fois les intentions de l'inconnu, et la signification de ses propos.

Un pressentiment se fit jour, que Pilar n'eut pas le loisir d'approfondir. Les flambeaux du palais dispensaient assez loin leur lueur. L'Anglais interrompit sa marche et offrit son visage aux yeux épouvantés de Pilar.

— Nous nous retrouvons, señorita. Et cette fois j'ai l'avantage, il me semble.

2.

Les yeux de la belle Espagnole s'agrandissaient sous l'effet de la stupeur. Elle le reconnaissait. A ce spectacle rare et riche de tant de satisfactions, Sébastien résolut de ne pas bouder son plaisir. Le désarroi de cette fille ne compensait pas son crime, mais il y avait quelque chose de réconfortant dans ces retrouvailles.

— Qui êtes-vous ? murmura-t-elle.

Avant de s'exprimer, elle avait dû se passer la langue sur les lèvres, qui n'étaient pourtant pas sèches quelques instants plus tôt.

Ce baiser constituait une erreur, Sébastien l'admettait volontiers. Jamais il n'avait réfléchi à la tactique qu'il mettrait en œuvre, dans l'improbable hypothèse où il croiserait le chemin de la voleuse d'uniforme. Des châtiments, il en avait souvent imaginé au cours de ses sombres rêveries. Mais comment les infliger, à présent ? Les lèvres encore frémissantes du baiser qui le transportait tout à l'heure, il ne se sentait malheureusement plus en état de sévir avec la rigueur et la sévérité qui convenaient à un justicier véritablement responsable.

— Je m'appelle Sébastien Sinclair, señorita. L'usage voudrait que j'ajoute : « à votre service », mais le souvenir de notre précédente entrevue fait naître en moi, je l'avoue, bien des réticences.

Comme fascinée, elle ne parvenait pas à détacher son regard de la longue balafre. Sébastien se raidit, l'estomac noué, tant que se prolongea cet examen.

— Jamais je n'ai voulu que se produise une chose pareille, dit-elle enfin.

— Dites-moi son nom, ordonna-t-il d'une voix sourde.

— Jamais, murmura-t-elle.

— Puisqu'il fréquente la cour, je finirai toujours par le savoir.

— Dès que vous l'aurez appris, hâtez-vous de l'oublier, s'il vous reste un peu de bon sens. Ce qu'il a fait n'est pas…

— Ce qu'il a fait appelle le châtiment.

— Si vous vous en prenez à lui, vous contreviendrez à la volonté de votre prince, et de toute façon Julian vous tuera.

— Julian ?

— Le colonel Julian Delgado, dit-elle avec une sorte d'emphase, revenant ainsi sur le refus qu'elle venait de formuler. Vous ne pouvez imaginer l'influence de cet homme-là, et quel pouvoir il exerce.

— « Cet homme-là », répéta ironiquement Sinclair. Cet homme-là est fait de chair et de sang. Il mourra, comme le font tous les mortels.

Il voulait rester calme et maîtriser sa fureur meurtrière, celle-là même qui s'était emparée de lui un peu plus tôt dans la soirée, lorsqu'il avait aperçu la jeune fille traversant la salle de bal, et l'avait reconnue. S'il s'était attaché à la suivre dans l'obscurité des jardins, ce n'était bien sûr que dans l'intention d'identifier le criminel, afin de le châtier.

Il savait maintenant le nom de l'homme qui l'avait défiguré. Les choses n'avaient plus qu'à suivre leur cours logique.

— Ce n'est pas un homme, il est inhumain, répéta la jeune fille, à voix si basse que sur l'instant il put croire l'avoir mal entendue.

Le silence qui s'établit entre eux se trouva accentué par la musique et la rumeur du bal. Sébastien Sinclair se demandait quel sens attribuer à cette étrange déclaration, et s'interrogeait surtout sur l'intonation plus étrange encore, adoptée par celle dont il n'avait pas oublié le nom, Pilar. Malgré sa soif de vengeance et sa détermination, il se sentait gagné par une sorte de crainte superstitieuse. Il risqua une question qui aurait dû lui sembler inutile.

— Dans ce cas… Comment le définiriez-vous ?

Un bruit très proche les surprit tous deux. Trois hommes, dont l'un portait un flambeau, s'engageaient à la limite du perron sur les marches qui menaient au parc. La flamme du luminaire faisait comme un drapeau ardent. A sa vue, la jeune fille se réfugia instantanément dans l'ombre, entraînant Sébastien avec elle.

— Il ne faut pas qu'ils vous trouvent ici. Pas avec moi.

— Je n'ai pas peur de lui, déclara Sinclair.

Il ne mentait pas, malgré le frisson qu'avait fait passer en lui l'émotion d'ordre presque fantastique exprimée par la jeune Pilar. Aussi bien ce jour était-il déjà celui d'une victoire, puisque depuis un an il ne cessait de rechercher l'identité de son bourreau.

— Vous avez tort, dit-elle. Craignez-le, ne serait-ce qu'en raison des châtiments qu'il m'infligerait à moi, s'il vous trouvait ici.

— L'esprit chevaleresque et la sollicitude que m'inspiraient jadis les demoiselles en difficulté m'ont abandonné le jour même où vous avez permis à cette crapule de me marquer ainsi.

Du bout des doigts il parcourut la longue cicatrice, au relief sensible et irrégulier.

— Je ne lui ai rien permis !

— En me désarmant, vous m'avez livré à lui.

Elle s'indigna.

— En vous désarmant, je vous ai sauvé la vie !

— C'est la sienne que vous avez sauvée !

Sinclair surveillait le cheminement du flambeau à travers les jardins et les arbres. Bien qu'il n'ait pas menti en affirmant ne pas craindre de rencontrer ce Julian, il ne voulait pas commettre la maladresse de se laisser surprendre par lui.

Il observa que les trois hommes qui fouillaient l'obscurité se montraient assez discrets. S'ils lançaient des appels, c'était à voix retenue, si bien que ces appels n'atteignaient pas les abords du palais. Le tuteur de la jeune fille ne tenait donc pas à faire remarquer son absence.

— Quelle que soit l'opinion qu'il vous a plu de vous faire…

Elle se tut sans finir sa phrase. Le silence invita Sébastien à reporter sur elle son regard. Il vit qu'elle fixait les yeux sur la cicatrice.

— Quelle que soit mon opinion ? reprit-il ironiquement.

— Sachez que Julian n'aurait éprouvé aucun scrupule à vous tuer. Votre vie ne lui importait aucunement. Celle de l'étalon que vous avez blessé lui était infiniment précieuse.

— Et vous-même, qu'êtes-vous pour lui ?

— Il est mon tuteur. Et bientôt... bientôt, je serai sa fiancée.

Sébastien regretta aussitôt d'avoir manifesté une curiosité à vrai dire inutile, d'autant que la réponse faite à sa question provoquait en lui un étrange et incompréhensible malaise, tout à fait analogue à celui que lui avait inspiré, un an plus tôt, la pensée d'un lien conjugal entre l'arrogant cavalier et la jeune voleuse. Ce regret ne l'empêcha cependant pas de poser encore une question, tout aussi indiscrète et tout aussi oiseuse.

— Vous en êtes amoureuse ?

— Voilà une préoccupation bien puérile. Seriez-vous naïf à ce point ? répondit-elle avec amertume.

— Et lui, vous aime-t-il ?

— Dans notre société, le mariage n'est que bien rarement une affaire d'amour.

— La façon dont il s'est conduit ce jour-là relevait m'a-t-il semblé d'une sorte de jalousie, n'est-ce pas ? Sa fierté se trouvait-elle atteinte, craignait-il de vous perdre ?

— Son orgueil est immense. Je l'avais blessé en tentant de m'enfuir. Sur le moment, il s'est imaginé que je bénéficiais de votre complicité.

— Sur le moment ?

— S'il avait persisté dans sa première impression, il vous aurait tué, quoi que j'aurais pu dire.

— Pour l'avoir détrompé, escompteriez-vous des remerciements ? Vous attendez-vous à bénéficier de ma reconnaissance ?

— Je n'attends rien de vous. Mais j'ai la certitude qu'en persistant à vous attarder ainsi vous allez lui permettre de nous surprendre ensemble, et qu'alors il vous tuera. Encore une fois je n'attends rien de vous, monsieur, ni de personne.

Elle exposait maintenant son amertume, sans réticence aucune. Malgré le ressentiment que lui inspirait depuis de longs mois la jeune fille qui avait fait son malheur, Sébastien Sinclair sentit vibrer en lui quelque chose de l'esprit chevaleresque dont elle l'avait détourné.

Cet élan de générosité, il l'avait jadis ressenti lors de leur première rencontre. Ses conséquences étaient venues sanctionner cette erreur, il importait surtout de ne pas y retomber.

— Personne n'a le pouvoir de vous contraindre à l'épouser, s'entendit-il affirmer.

Absurdement mais délibérément, il s'exprimait sans tenir compte des réflexions que venait de lui inspirer l'expérience du passé, expérience dont les stigmates l'accompagneraient jusqu'à la tombe.

Pilar éclata de rire et s'interrompit brutalement, les yeux craintivement tournés vers les bosquets et les arbres, parmi lesquels évoluait la lueur du flambeau.

— Vous vous exprimez en effet comme un enfant, reprit-elle à voix basse, sur le ton de la confidence. Et maintenant nous allons l'un et l'autre, mais séparément, rejoindre la compagnie, et nous comporter comme si rien ne s'était passé ce soir. Si vous nous rencontrez un jour à Madrid, Julian ou moi, faites semblant de ne pas nous voir.

Avant que Sébastien ait pu répliquer ou esquisser un geste, elle lui échappa vivement. En restant dans l'ombre de la haute terrasse, elle gagna les degrés de pierre qui y donnaient accès. Au moment d'entreprendre leur ascension, elle fit halte et tourna la tête vers les ténèbres qui le dissimulaient. Une main sur la rampe, elle hésita un moment, le visage caressé par la lumière venue d'en haut.

Sur sa joue, Sébastien Sinclair vit briller des larmes, qui coulaient. Relevant le volant de sa robe, elle s'engagea dans la montée et disparut à ses yeux.

— C'est bien elle, tu en es certain ?

Le vicomte affichait un prudent scepticisme. Seuls dans la voiture qui les ramenait à leurs appartements, après la réception, les deux amis pouvaient enfin se parler librement.

Sébastien avait attendu que le porteur de flambeau et ses acolytes aient interrompu leurs recherches pour regagner la salle de bal et les salons. Un examen attentif de la foule l'avait conduit à constater l'absence de la jeune fille ainsi que celle de son tuteur.

— Je l'ai reconnue au premier coup d'œil.

— Après un an ou presque, on peut toujours se tromper, insista Harry, qui visiblement ne prenait pas goût à cette aventure et souhaitait apaiser l'ardeur de son camarade.

— J'ai de bonnes raisons d'en garder un souvenir très précis, répliqua Sinclair. Elle n'a d'ailleurs pas cherché à nier les faits.

Sébastien n'avait fait à Wetherly qu'un compte rendu succinct de la soirée. Ses confidences n'incluaient pas la totalité des paroles échangées ni des gestes accomplis pendant cette entrevue sous les frondaisons.

Incapable de s'expliquer à lui-même les raisons qui l'avaient conduit à embrasser son ennemie, il n'entendait pas subir l'interrogatoire que le vicomte ne manquerait pas de lui infliger. A quoi bon exciter la curiosité d'un ami, lorsqu'on n'a pas de quoi la satisfaire ? Harry ne songeait d'ailleurs qu'à minimiser l'importance de ces improbables retrouvailles.

— Cette fille ne t'a rien fait. Elle ne tenait pas l'épée, après tout.

— Elle a détourné mon pistolet. Sans elle…

— Sans elle, dit Wetherly en l'interrompant, je t'aurais retrouvé mort, avec une douzaine de balles dans dos.

— Tu t'imagines que j'ai gagné au change, avec ça ?

Il avait crié avec colère le dernier mot, en pétrissant à pleine main la balafre rouge.

Harry se trouvait réduit au silence. Mais Sébastien regrettait déjà cet éclat, qui infirmait la désinvolture depuis si longtemps simulée. Le capitaine Sinclair professait en effet une indifférence hautaine à l'égard de son apparence physique. Ce n'était qu'une attitude, que démentait un accès de fureur incontrôlée. Fort heureusement, il n'avait eu pour seul témoin que le fidèle Wetherly, confident de toujours, qui sans doute n'était plus dupe depuis longtemps de cette orgueilleuse pudeur.

— Lorsqu'elle est intervenue, nous étions à égalité, s'obstina Sébastien. Il aurait pu commander à ses hommes de tirer, mais je l'aurais entraîné avec moi jusqu'en enfer.

— N'y pense plus, conseilla prudemment le vicomte, ou plutôt abandonne au passé ce qui appartient au passé. Que t'apporterait la vengeance ? De quel œil Wellington verrait-il une pareille querelle qui compromettrait le succès de sa mission ?

— Sa mission ? Chacun sait qu'elle est condamnée à l'échec. Ces Espagnols que nous avons remis au pouvoir sont trop rancuniers et bornés pour entendre raison. Je sais son nom, Harry. Je peux le retrouver, et alors…

— Et alors quoi ? Tu vas le tuer ? La belle affaire ! Quel avantage comptes-tu en tirer ?

— Pour moi, aucun. Mais pour la fille, quelle délivrance !

A peine cette exclamation lui avait-elle échappé que Sébastien Sinclair en saisit la portée. Le vicomte pour sa part n'était pas en reste.

— Bon Dieu, Sébastien, qu'est-ce que c'est que cette histoire ? Pour qui te prends-tu ? Pour don Quichotte ?

— Dès le début, j'ai compris qu'elle avait des ennuis. En fait, elle tentait de s'enfuir parce qu'il la terrorisait. Je l'ai vu dans ses yeux, pendant que ce fou lançait son étalon dans la descente. Mais elle lui a tenu tête, ce jour-là. Ce soir, elle n'était plus la même. Elle a perdu sa flamme, son ardeur, on dirait que toute espérance l'a abandonnée. Elle le craint plus que jamais, c'est évident.

— J'en suis fâché pour elle, ironisa le vicomte, mais qu'y faire ? Un tuteur, bientôt un fiancé, dans ce pays d'Inquisition et de gaillards ombrageux, autant dire un maître, un tyran. Fiancé, marié, ils ont tous les droits, ces Andalous et ces Castillans ! Tu n'y peux rien, mon cher.

— Fiancés, ils ne le sont pas encore. Et elle va l'épouser sous la contrainte, que dis-je, sous la menace ! Elle m'a laissé entendre qu'il avait barre sur elle, d'une façon ou d'une autre.

— Encore une histoire de famille, suggéra philosophiquement Wetherly. S'il s'agit d'un mariage arrangé entre clans, on n'y renonce pas de gaieté de cœur.

— On ne mérite pas d'avoir le cœur gai, quand on oblige une fille à épouser son tyran.

— Belle formule ! Je tâcherai de m'en souvenir. Mais tu n'y peux rien, mon cher. Ces gens-là vivent dans leur monde, qui n'est pas le nôtre, Dieu merci. Oublie-les, cela vaudra mieux pour les uns comme pour les autres. On ne vit pas dans le passé, que diable !

— Mais le mien me saute aux yeux chaque fois que je passe devant un miroir, dit amèrement Sébastien.

— Cette fille, a-t-elle crié au secours ? Sollicité ton aide ?

Elle n'en avait bien sûr rien fait, partageant sans le connaître le point de vue du vicomte. Wellington lui aussi conseillerait la réserve et l'abstention, dans le cas fort improbable où le capitaine Sinclair se trouverait appelé à lui exposer la situation.

La guerre venait de se terminer, Napoléon se trouvait en exil à l'île d'Elbe, et les officiers anglais n'étaient plus que les invités du roi auquel ils avaient contribué à rendre son trône. Les mœurs et coutumes de l'Espagne, aussi particulières qu'elles fussent, devaient être respectées. Aussi bien assistait-on en Angleterre comme dans la péninsule à des mariages de convenance, où l'intérêt prévalait sur les sentiments ou la liberté des époux. Certains des mariages de raison ou d'intérêt donnaient lieu à des unions raisonnablement heureuses. Dans l'autre cas, c'était affaire de résignation, songeait Sébastien, qui ne s'était jamais senti véritablement concerné par ce problème. Mais que penser d'un mariage imposé par la terreur qu'inspire le futur époux ?

« Il est inhumain. »

Les mots entendus, l'amertume et la peur qu'exprimait l'intonation de la jeune fille qui les prononçait revenaient dans l'esprit du capitaine, comme la répétition d'une antienne. Que voulait-elle exprimer, suggérer ? Ce terme trop général évoquait tant d'hypothèses !

Sébastien Sinclair ne disposait que de trois certitudes : le tuteur de Pilar serait un jour son fiancé, elle ne l'aimait pas, et il l'effrayait.

Harry s'impatientait.

— Alors, tu me réponds ?

— Elle n'a pas appelé au secours. Elle n'a sollicité aucune aide. Elle ne m'a absolument rien demandé.

Le silence s'instaura de nouveau. Wetherly réfléchissait.

— Un bon conseil, oublie-la, dit-il enfin, avec une gravité qui ne lui était pas coutumière. Cela vaut mieux pour tout le monde. Ni le moment ni le lieu ne sont propices aux fantaisies héroïques et à l'exaltation chevaleresque. D'ailleurs, tu le dis toi-même, cette fille ne t'a rien demandé.

— Tu m'invites donc à l'abandonner à son triste sort, à son lamentable destin, dit en plaisantant le capitaine.

Le vicomte ignora l'ironie.

— Exactement ! confirma-t-il avec satisfaction. Je vois que tu m'as compris. Toute cette histoire ne te regarde pas.

D'une certaine façon, il n'avait pas tort. Sébastien songea qu'en s'intéressant avec tant de sollicitude à ce qu'il avait pu lire dans les yeux de Pilar, il cherchait un prétexte pour affronter le misérable qui lui avait si sauvagement balafré le visage. Se réclamer de la galanterie et de l'esprit chevaleresque soulageait sans doute sa conscience, et mettait en valeur son sens des responsabilités. La commisération grandit celui qu'elle anime, le désir de vengeance l'abaisse.

En prévoyant la réaction de Wellington, Harry ne se trompait pas, songea Sébastien. Alexandre de Darewood, son frère aîné, condamnerait lui aussi toute tentative d'intervention. Mais le comte était loin, et la distance atténuait son influence, si déterminante à l'époque où Sébastien n'était encore qu'un adolescent.

Malgré le cynisme qu'affichait volontiers le comte, c'était lui et Ian, son frère puîné, qui avaient inculqué à leur benjamin les valeurs qui gouvernaient leur existence. Le sens de l'honneur. Le patriotisme. Le courage au combat et dans le sport. Et la volonté de mettre leur force et leur intelligence au service des faibles, et de ceux qui ne peuvent pourvoir à la défense de leur vie et de leur bonheur.

Si, dans la lointaine Angleterre, ils désapprouvaient son dessein, songea-t-il, ses deux frères n'avaient à s'en prendre qu'à eux. A cette pensée, malgré la rage qui l'habitait, les lèvres de Sébastien Sinclair s'incurvèrent en un mystérieux sourire.

*
* *

— Je vous l'ai déjà dit.

Les yeux dans ceux de son tuteur, que reflétait le miroir, Pilar, assise devant sa psyché, brossait méthodiquement sa longue chevelure. Jusqu'à quels excès la fureur qui animait Julian le conduirait-elle ? Pilar ne pouvait le prévoir.

Dès l'arrivée de son tuteur, elle s'était empressée de congédier sa femme de chambre, dans l'attente d'inévitables éclats.

— Alors, répétez, ordonna-t-il.

— La chaleur et le bruit m'ont donné la migraine. Je me suis réfugiée dans un vestibule désert pour m'y trouver seule, loin de la foule et de ses parfums écœurants.

— Sans me prévenir !

— Vous étiez en conversation avec le roi. Je ne voulais pas vous déranger. Je ne le pouvais pas.

Julian Delgado lui arracha la brosse et de l'autre main lui saisit cruellement l'épaule pour la contraindre à lui faire face.

Du pouce et de l'index il lui souleva le menton. La brosse levée dans un geste de menace, il scruta longuement son regard. Un silence écrasant régnait dans la pièce.

Pilar consacrait toute son énergie mentale, toutes ses forces, à ne rien laisser paraître des émotions violentes qui l'agitaient. Dans ses yeux, dans ses traits, nulle trace de crainte, ni de bravade.

L'expérience lui avait montré que dans ses rapports avec Julian l'attitude la meilleure, c'est-à-dire la moins risquée, devait se conformer à une loi : ne lui montrer, quelles que soient les circonstances, qu'un visage impassible, dépouillé de toute expression. N'ayant rien à ajouter, elle se contentait donc de soutenir le regard de son bourreau, les yeux vides.

— Où étiez-vous ? demanda-t-il une fois de plus.

— Je vous ai dit où j'étais, et pourquoi je m'y suis isolée, répondit-elle sans impatience apparente. Vous voulez entendre encore une fois mes explications ? Je n'en ai pas d'autre.

— Ce que je veux, c'est savoir la vérité.

Pour cette fois, il n'élevait pas la voix et semblait sincère. Mais des mois de dépendance absolue et de fréquentation permanente avaient permis à Pilar de bien connaître Delgado. Il poussait la duplicité jusqu'à simuler parfois le bon sens. A certains moments, on pouvait le croire raisonnable et pondéré.

Mais il ne l'était jamais. Sa cautèle aussi bien que sa fureur démente relevaient toutes deux d'une permanente hystérie.

Pilar inspira lentement et prit soin de déglutir pour se desserrer la gorge avant de reprendre sa récitation.

— La chaleur et le bruit m'ont donné la migraine. Je me suis réfugiée...

Il lui lâcha le menton et, sans cesser de la tenir sous le feu de son regard, il jeta violemment la brosse contre le miroir. Trop légère pour le briser, elle tomba sur la table de toilette et renversa plusieurs flacons.

L'un de ces flacons contenait le parfum qu'elle avait porté au palais le soir même. Comme pour échapper à l'odeur un peu capiteuse qui se répandait dans la pièce, Julian Delgado s'écarta vivement de plusieurs pas.

— Votre ami anglais, il faisait partie de la délégation ?

Le cœur au bord des lèvres, Pilar sentit son pouls s'accélérer si brutalement qu'elle put craindre que Julian ne perçoive sa rapidité et sa force.

— Je parle de ces pantins qui accompagnaient Wellington, précisa-t-il en élevant la voix.

Pilar comprit que son tuteur ignorait tout de la présence du capitaine Sinclair. S'il l'avait aperçu, il aurait nécessairement reconnu la blessure qu'il lui avait lui-même infligée, et la teneur de son interrogatoire aurait été bien différente. Elle feignit l'incompréhension.

— Un… ami ?

— Le don Quichotte qui prétendait vous prendre sous sa protection au bord du torrent, l'année dernière…

— Lui ? Un simple soldat ? Pensez-vous que l'on invite un simple soldat à la cour ?

Elle ne fut pas mécontente de la qualité de sa prestation. Rien n'y manquait, ni la conviction, ni l'étonnement sincère, ni même une petite pointe de raillerie tout à fait vraisemblable.

L'échec de son entreprise n'en fut que plus décevant.

— Un simple soldat ? A d'autres ! Il faut bien des galons pour faire le coquet, et pour tenir un tel langage !

Il revenait vers elle à grands pas. Le cœur battant à grands coups, Pilar savait que pour rien au monde elle ne devait laisser paraître l'angoisse qui lui serrait la gorge. La moindre manifestation de faiblesse la condamnerait. Julian se complaisait à inspirer la terreur, cette terreur qui lui permettait de tout détruire autour de lui.

Sur la tombe de son père, Pilar en avait fait le serment : jamais Julian Delgado ne parviendrait à la détruire. En pensant à son père, elle associa à ce souvenir l'odeur du tabac qu'il aimait, dont elle avait quelques moments plus tôt retrouvé la fragrance, sous l'arbre…

— Il se passe quelque chose ! s'exclama Julian avec une soudaine violence.

Avec une vivacité de fauve, il lui saisit de nouveau le menton, la serrant assez fort pour la faire tressaillir de douleur.

— A quoi, à qui pensiez-vous ?

Il venait de lire en elle. Pilar se reprocha sa propre négligence. Si brèves qu'elles fussent, les rêveries lui étaient interdites. La présence du tyran excluait toute évasion, physique ou mentale.

— C'est ce parfum, prétendit-elle. Il me donne la migraine.

— J'ai vu quelque chose dans vos yeux, dit-il.

Les sourcils froncés, Pilar tenta de faire non de la tête, afin de simuler l'incompréhension.

— Dans mes yeux, il n'y a rien !

— Quand j'ai parlé de cet Anglais, j'ai vu passer quelque chose dans votre expression. Elle n'était plus la même.

Elle ouvrit très grands les yeux, et esquissa un nouveau geste de dénégation.

— Vous imaginez bien des choses, dit-elle sans trembler.

— Si vous me mentez, je le saurai sans peine, ma chère.

Sa voix ne menaçait plus. Elle se faisait aimable, et presque caressante. Cette douceur paradoxale annonçait souvent quelque nouvelle barbarie.

Pilar réfléchit intensément, et s'inquiéta. Il serait en effet facile à Julian Delgado, récent colonel et homme d'influence, de se faire communiquer la liste des membres de la délégation anglaise. Mais cette liste ne comporterait que des noms. Ce n'est qu'en voyant un visage...

Les espoirs que nourrissait Pilar se trouvèrent aussitôt détruits.

— De toute façon, disait Delgado, cette réception n'est que la première parmi beaucoup d'autres. Avant de renvoyer chez eux ces benêts, nous allons devoir les régaler d'une douzaine de dîners et de manifestations diverses. Après tout, je ne suis pas mécontent d'avoir posé ma marque sur le museau de cet officier, car c'est un officier, la chose est certaine. Ainsi stigmatisé, il me sera facile de le reconnaître.

Julian se distrayait avec complaisance de son humour bestial. Pilar y vit une raison supplémentaire de le haïr. Elle se souvenait si précisément de la cicatrice qui barrait la joue du généreux officier, et de la tristesse qu'elle avait vue dans son regard lorsqu'elle s'était attardée à contempler cette marque !

— Si par malheur pour vous j'apprenais qu'en cette affaire vous m'avez menti, votre punition serait exemplaire.

Pilar n'émit aucune protestation. Aussi bien Delgado, gouverné par ses pulsions plutôt que par sa réflexion, ne se souciait ni de promesses, ni de projets, ni de parole donnée. Il agissait d'instinct. S'il apprenait la vérité, sa réaction serait brutale. Mais peut-être n'en saurait-il rien.

Tout était possible. Si mince qu'il fût, il restait à Pilar un peu d'espoir. Peut-être l'Anglais prendrait-il à cœur les recommandations qu'elle lui avait faites. Peut-être tiendrait-il compte de ses avertissements et éviterait-il de participer aux festivités prévues pour l'occasion. Peut-être…

— La vérité ! tonna Julian.

Elle eut la présence d'esprit de ne pas se laisser prendre au piège. Sans doute aimerait-il la voir sursauter, l'entendre balbutier. Il n'aurait pas ce plaisir.

— La vérité, dit-elle en mentant effrontément, je viens de vous la dire, Julian.

— Vraiment, ma chère ? Je me le demande.

Il sourit, lui lâcha le menton et par jeu traça de l'ongle du pouce sur sa joue une ligne oblique, qui de toute évidence rappelait la marque de l'épée sur le visage de l'Anglais.

— Souhaitez-vous qu'une femme de chambre assiste à notre entretien ? reprit-il, une lueur dans les yeux.

Pilar sentit que son cœur cessait de battre, mais sut rester ferme. Il fallait éviter à une pauvre innocente un odieux supplice.

— Ce sera inutile, dit-elle. Ecoutez-moi bien, Julian. Je vous jure sur la tombe de mon père que je ne vous ai rien caché de la vérité.

Ce mensonge, ce blasphème, la conduirait peut-être en enfer. Mais au moins évitait-il qu'une horreur soit commise.

— Je préférerais presque...

Delgado ne précisa pas sa pensée. Sans doute, songea Pilar, rêvait-il de la découverte d'un mensonge qui lui permettrait d'exercer sa férocité.

Il se pencha, lui prit la nuque et la serra cruellement. Des larmes aux yeux, Pilar se souvint d'un homme, d'un baiser...

« Il est inhumain », avait-elle dit à l'Anglais. Le regard du capitaine, elle en avait la certitude, disait qu'il ne la croyait pas. Avant qu'il ne soit trop tard, il fallait qu'elle le prévienne, il fallait que ce malheureux sache quel danger mortel le menaçait.

3.

— Monsieur le vicomte ?

Dans l'embrasure de la porte, l'ordonnance de Wetherly tentait d'occuper le moins d'espace possible. Bien que son maître, pesamment vautré sur son lit, semblât hors d'état de se livrer à quelque violence, son valet se gardait de pénétrer plus avant dans sa chambre. S'y aventurer, c'était courir le risque de se trouver à portée de jet de quelque accessoire contondant.

Harry n'ouvrit qu'un œil, qui apparut à la fois morne et vitreux, et le referma aussitôt.

— Rompez, balbutia-t-il. Fiche-moi le camp.

Fin psychologue et observateur avisé malgré les apparences, le vicomte Wetherly n'avait discerné sur le visage rustique de son ordonnance, le dévoué Malford, qu'un assez vif embarras. Dans l'hypothèse où le capitaine Sinclair, objet de toutes les attentions, se fût trouvé en difficulté, Malford aurait offert le spectacle d'une agitation fébrile. Harry et Sébastien, éloignés depuis longtemps de leurs familles, vivaient en effet en frères et se sentaient pour cette raison intimement responsables l'un de l'autre. Puisque Sinclair ne semblait pas concerné, Wetherly n'éprouvait aucun scrupule à se replonger dans un sommeil réparateur. Malford se trouva contraint d'insister.

— A la cuisine, il y a un marchand de poissons, monsieur le vicomte.

Proprement indigné par l'audace et l'absurdité d'une telle déclaration, le vicomte, prêt à réagir à cette provocation, ouvrit tout grands les deux yeux, déclenchant ainsi dans la région occipitale de son crâne une douleur fulgurante. Il était parvenu la nuit précédente à faire rouler Sinclair sous la table, mais à quel prix ! Au moins tout à l'heure saurait-il où le trouver, ce qui n'était pas si fréquent.

— Un marchand de poissons, répéta-t-il avec un rictus de dégoût. Tu as bu, maraud ! Un homme de ma qualité, se commettre avec un marchand de poissons ! Pour qui me prends-tu, misérable, pour Rodrigo le cuisinier ?

— Assurément pas, monsieur le vicomte, mais...

— Mais tu en doutes ? Va au diable, et ne t'avise plus de troubler mon repos !

Wetherly se tut, sans pour autant retrouver le sommeil, car l'irritation tétanisait ses muscles endoloris. Dans le silence qui suivit, il était presque parvenu à se détendre assez pour espérer une rémission, lorsque Malford revint à la charge.

— Cet Espagnol insiste vraiment, monsieur le vicomte. Je n'oserais pas vous déranger si vous n'aviez donné des ordres stricts. Lorsqu'il s'agit du capitaine Sinclair...

— Sébastien ? Bon Dieu, Malford, ne me dis pas que tu l'as laissé sortir sans me réveiller !

En manifestant ainsi son inquiétude et son indignation, le vicomte avait voulu en souligner l'importance en adoptant vivement la position assise. Retombé en arrière, il ne manqua pas d'imputer l'échec de sa tentative à la quantité de vin absorbée dans le seul dessein d'enivrer Sébastien. Avait-il accompli ces libations en pure perte ? Sinclair errait-il dans Madrid, à la recherche de son ancien tourmenteur ?

En se prenant la tête à deux mains, il parvint à en assurer la stabilité. Quelques mouvements lents et précautionneux lui permirent alors de s'asseoir au bord du lit. Ainsi installé dans une position plus conforme à l'exercice de l'autorité, il put prendre sous le feu de son regard accusateur le pauvre garçon.

— Que monsieur le vicomte se rassure, protesta Malford. Le capitaine Sinclair n'a pas bougé depuis que nous l'avons traîné jusqu'à son lit. Je viens de l'y voir, il n'y a qu'un instant.

— Alors pourquoi diable m'en rebats-tu les oreilles, imbécile ?

— A cause du marchand de poissons. Le message qu'il apporte s'adresse au capitaine. Ou du moins...

Il hésitait, comme pour se rendre intéressant et se faire prier.

— Quel message ? demanda Wetherly.

Partagé entre la tension d'esprit qu'impliquait cet effort de compréhension, les tortures de la migraine et l'imminente nécessité de satisfaire un besoin naturel, le vicomte avait fort à faire.

Il opéra une subtile glissade sur le drap, et tressaillit au moment où ses pieds entraient en contact avec le sol. Comme la chambre entreprenait autour de lui un mouvement de rotation, il tituba et ne garda un semblant d'équilibre qu'en acceptant l'aide de Malford, qui lui tint fermement le bras.

Il s'en écarta aussitôt et desserra tant bien que mal le pont de sa culotte de cérémonie. Alerté par ce geste, Malford, d'un geste souple, atteignit sous le lit le vase et le disposa adroitement devant son maître, à la distance convenable. Ils observèrent tous deux, rituellement, le silence, pendant que l'opération s'accomplissait.

— C'est un message pour… pour le balafré, précisa l'ordonnance lorsqu'il lui sembla que le vicomte n'avait plus rien à attendre de son organisme.

Wetherly, qui remettait de l'ordre dans sa tenue, suspendit son geste et darda sur Malford un regard où commençait à se manifester la compréhension.

— Tu veux dire qu'en bas un Espagnol vient apporter un message… pour Sébastien ?

L'inquiétude l'envahit. Que l'on ose parler de balafre pour identifier un destinataire avait quelque chose de surprenant, compte tenu surtout de la susceptibilité de l'intéressé. Et un message délivré au lendemain de cette réception, dans une ville étrangère, prenait une importance particulière.

— Au rapport. Où est-il ?

Pour la première fois de la matinée, Wetherly retrouvait l'intonation claire qui caractérise les hommes d'autorité et de commandement.

— Comme tout à l'heure, toujours couché, répondit Malford, en soldat accoutumé à l'arbitraire des armées.

— Je ne te parle pas du capitaine, triple buse. Ce marchand de poissons, où est-il ?

— Dans la cuisine, monsieur le vicomte. Je lui ai dit d'attendre.

— Excellente initiative, dit Harry en frappant l'épaule de son ordonnance, le poussant ainsi vers la porte. Va le chercher et amène-le-moi. Et surtout…

— Oui, monsieur le vicomte ?

— Assure-toi que personne ne le voie, et surtout pas le capitaine Sinclair.

— A vos ordres.

Harry se rassit sur son lit, la tête dans les mains. Après un moment de réflexion, il s'ébroua et se redressa. Sa décision était prise.

A l'issue de la réception, Sébastien ne lui avait pas fait mystère de son état d'esprit. Il était facile de prévoir quelle serait sa réaction à un appel lancé par la fille dont le souvenir l'obsédait. Facile aussi de deviner sinon la teneur, du moins l'esprit de ce message.

En l'interceptant, Wetherly pouvait rendre à Sébastien un signalé service. Lorsqu'il connaîtrait son contenu, alors il pourrait décider de le transmettre à son destinataire ou, hypothèse a priori plus vraisemblable, de le détruire et de l'oublier.

En cette affaire, Sébastien manquait d'objectivité et de clarté d'esprit. Gouverné par ses émotions, il risquait de se lancer dans de fâcheuses mésaventures. Confident du capitaine et témoin de certains de ses écarts, Wetherly se devait de le protéger.

Quelle satisfaction que celle de se rendre utile à un ami, de le protéger contre lui-même ! N'entretenant aucun lien affectif avec cette fille, Wetherly en serait d'autant plus efficace. Car Sébastien, en homme bien élevé, s'était sans doute dans son récit tenu à une prudente réserve. Sans doute avait-il tu les épisodes les plus intimes de cette promenade romantique et nocturne. Que la fille tente déjà de communiquer avec lui en disait long sur son état d'esprit, et sur l'intimité probable des relations qu'elle entretenait avec le galant capitaine.

Wetherly songea à la chance qui le comblait. Le hasard lui donnait l'occasion d'éviter à Sébastien de nouveaux embarras. Il eût été fort mal venu de braver l'autorité de Wellington, tout particulièrement au cours de sa mission à Madrid. Plus tard, lorsque le temps aurait apaisé les esprits et que la volonté de vengeance aurait abandonné Sébastien Sinclair, Harry pourrait faire à son ami le récit de son intervention secrète. Ils en riraient tous deux, et Sébastien le remercierait d'avoir ainsi protégé sa carrière, en lui évitant une irréparable erreur.

Car ils ne constituaient pas seulement une paire d'amis, les plus proches que l'on puisse imaginer. Camarades de combat et officiers, ils étaient hommes de devoir. En se portant à la place de Sébastien au-devant de cette femme, Wetherly accomplirait le sien.

— Dis-lui que je suis l'adjoint de l'homme à la balafre, dit le vicomte au cuisinier. Il peut me parler en toute confiance.

Personnage volumineux et d'apparence brutale, Rodrigo, le cuisinier, régnait en maître sur l'étage inférieur de la résidence. Il exerçait son autorité sur les fournisseurs, les mitrons, les valets et les servantes. Au gré des conflits, tout ce petit monde avait contribué successivement à la restauration et au confort des Français, puis de leurs adversaires, à la satisfaction de ces employeurs successifs. Le chef des cuisines ne se déplaçait jamais sans porter quelque instrument tranchant, symbole de son pouvoir.

L'important personnage, qui pour l'heure avait passé à sa ceinture un couteau à large lame, se mit à faire l'interprète, trop rapidement pour que Wetherly, assez peu féru de langues étrangères, puisse apprécier la fidélité de sa traduction. En guise de réponse, le messager se contenta de secouer négativement la tête et de répéter en espagnol la phrase qu'il ne cessait de ressasser, si bien que désormais Harry la savait par cœur et la comprenait : chargé d'une mission particulière, l'homme ne s'exprimerait que dans les conditions définies par son commanditaire, en présence du balafré.

— Je te dis que l'homme à la balafre n'est pas là, dit le vicomte dans sa propre langue mais en parlant très fort, comme si l'intensité de son élocution pouvait instiller le sens de son discours dans l'esprit de l'entêté personnage. Moi, je suis là, c'est une chance, tu peux parler.

Le marchand de poissons entendit la traduction de cet argument tactique, sans pour autant se laisser convaincre, bien que Rodrigo imitât avec talent la véhémence de son auteur. Exaspéré de ne pouvoir se faire comprendre, Wetherly frappa des deux poings le bureau surdimensionné qui encombrait la pièce. Une bouteille d'encre heureusement fermée sauta en l'air et roula en direction du messager, qui la saisit prestement avant qu'elle ne tombe et la posa au centre du plateau. En cas d'accident, il se serait donc sans doute estimé responsable. Ce témoignage de délicatesse donna au vicomte l'idée d'une tactique nouvelle.

— S'il refuse de me parler qu'il retourne tout de suite voir la personne qui l'envoie, et qu'il lui dise qu'il est incapable de porter un message.

Au fur et à mesure que le cuisinier traduisait, Harry voyait s'altérer le visage du marchand. Il pâlissait, et ses yeux s'écarquillaient d'inquiétude. L'aveu d'un échec semblait le terroriser. Lorsque le cuisinier se tut, ce fut sur Harry que se reporta l'attention du personnage. Il le jaugeait, mais selon quels critères ?

Le vicomte se félicitait d'avoir enfilé ses bottes et passé son uniforme rouge. Il avait ainsi plus d'allure qu'en chaussettes et gilet dégrafé. Sans doute portait-il encore une partie des atours dont il s'était paré à l'occasion de la réception. Mais sa jaquette haut boutonnée enveloppait et dissimulait le tout.

Lorsque Malford était allé chercher le marchand de poissons dans la cuisine, il l'avait fait monter, par souci de discrétion, à l'étage supérieur, où les officiers les plus jeunes avaient leurs appartements. En s'adjoignant un interprète, il entendait bien sûr faciliter le dialogue. Mais les réticences du messager le prolongeaient d'autant plus fâcheusement que celui-ci répandait autour de sa personne les odeurs particulières à sa profession. Rodrigo, qui à en juger par les maculations de son tablier venait d'égorger un troupeau, sentait pour sa part la boucherie. Wetherly résistait courageusement à la nausée menaçante. Comme le silence se prolongeait, il sourit cordialement à celui qui le scrutait.

— Alors, on y va, mon brave ?

Sans attendre de traduction, l'homme se tourna soudain vers le cuisinier et débita d'un trait un assez long discours. A en juger par la physionomie de son auditeur, dont les yeux s'écarquillaient en même temps que s'affaissait son menton, le message ainsi délivré abondait en surprises. Lorsque ce fut terminé, le cuisinier hocha pensivement la tête. Il semblait prendre le temps de bien se pénétrer de l'information reçue.

— Eh bien ? s'impatienta Harry. Qu'est-ce que tout cela signifie ?

— La chose est fort embarrassante, milord.

— Embarrassante ? Pourquoi ?

— C'est... cela concerne une dame, milord, dit le cuisinier en rougissant comme une jeune fille.

Pour susurrer cette réponse, il s'était penché vers le vicomte, afin de s'adresser à lui en confidence.

— Je le savais déjà, dit Harry en haussant les épaules. Que veut-elle, cette femme ?

Sans se départir de ses airs mystérieux, le cuisinier, après avoir jeté un coup d'œil au marchand, comme pour rejeter sur le messager la responsabilité d'une information qui visiblement le scandalisait, se pencha derechef vers le vicomte.

— Elle propose un... une rencontre, milord, à l'officier dont la joue gauche est balafrée.

Il ne s'exprimait qu'à voix basse, en manifestant toutes les réticences qui conviennent à des âmes vertueuses lorsque la nécessité les appelle à blasphémer.

— Parfait ! s'écria rondement Wetherly. Et en quel lieu, ce rendez-vous ?

— A la chapelle Santa Maria de la Rosa, dans la campagne toute proche, à l'ouest de Madrid. La dame ira y entendre les vêpres comme elle le fait souvent, parce que la tombe de son père se trouve dans le cimetière de la chapelle. Elle demande à l'officier de l'y rejoindre.

— A quelle heure ?

— Après les vêpres, bien sûr ! s'écria Rodrigo, qui pensait sans doute que la chose allait de soi.

— Elles finissent à quelle heure, ces vêpres ?

— Excusez-moi, j'oubliais que les Anglais sont hérétiques, dit l'homme avec beaucoup de simplicité. Vers 5 heures, je pense. Le poissonnier dit que la dame attendra l'officier dans le cimetière. C'est une petite chapelle, un petit cimetière très tranquille, on ne peut pas se tromper ni se perdre.

— Et cette fille lui a confié elle-même ce message, je suppose ?

La réponse à cette question, à vrai dire secondaire, devait permettre au vicomte de confirmer son intuition. En proposant dans des délais aussi brefs une rencontre à un étranger, cette jeune femme assez délurée s'excluait de la catégorie des chastes vestales, et ne redoutait sans doute pas trop les foudres de son tuteur. Plus émotif que clairvoyant, Sébastien se laissait éblouir par de fâcheuses illusions.

Aussi bien le comportement de cette fille, rencontrée à seulement deux reprises, aurait-il dû mettre Sinclair en garde : tentative de vol dans le passé, vagabondage nocturne la veille, ce n'étaient pas là les indices d'une moralité bien exigeante. La passion rend aveugle, disait-on. Fort heureusement pour le capitaine, il disposait en la personne de Harry Wetherly d'un ami sûr, capable de porter un regard lucide sur une mésaventure à tout prendre banale, et de formuler par conséquent un jugement parfaitement objectif.

Peut-être la jeune rouée s'était-elle renseignée sur la famille dont le comte de Darewood était le chef. Bien que benjamin des trois frères, Sébastien constituait un excellent parti. Il n'était pas exclu de penser que cette femme, au prix d'un possible scandale, envisageait de jeter son dévolu sur un jeune et riche Anglais, de manière à échapper à la tutelle, voire à la concupiscence d'un barbon sourcilleux.

Une telle alliance jetterait l'opprobre sur Sébastien. Wellington l'interdirait, sans aucun doute. Et quel serait le scandale familial si par aventure Sébastien rentrait d'Espagne avec dans ses bagages une aventurière espagnole ! Harry ne pouvait qu'imaginer la scène, faute d'intimité avec les autres Sinclair, mais il savait pertinemment quelle serait la réaction de son propre père.

— C'est la femme de chambre qui a communiqué le message, dit le cuisinier après un dialogue assez laborieux avec le marchand de poissons, qui craignait apparemment que sa parole fût mise en doute. Mais il la connaît bien, on peut lui faire confiance.

Harry, soucieux de mettre toutes les chances de son côté, s'avisa soudain d'une lacune dans son information.

— Quel est le nom de la dame ?

— Puisque milord connaît si bien l'autre officier, il doit le savoir, lui fut-il répondu.

— Sans doute, répliqua effrontément le vicomte. Mais ainsi je me livre à une vérification. On ne donne pas de pourboire à un menteur, dans mon pays.

Le messager acquiesça et s'exprima si distinctement qu'aucun truchement ne fut nécessaire.

— Doña Maria del Pilar Mendoza y Aranjuez.

— Eh bien, conclut Wetherly, c'est entendu. Qu'il lui dise que l'officier sera exact au rendez-vous.

Sur ces mots, il donna à chacun, au messager comme au cuisinier, une poignée de pièces. Leur exultation ainsi que l'outrance de leurs salutations et de leurs remerciements lui firent comprendre l'excès de sa générosité.

Au demeurant, la chose importait peu. A jouer les grands seigneurs avec ces pauvres gens, le vicomte ne risquait pas de se ruiner. Aussi bien se disposait-il à rentrer dans ses frais. Le hasard des cartes lui était généralement favorable. Et s'il n'avait pas la chance de vaincre Sébastien au piquet ou au pharaon, il attendrait que le temps ait passé. Il aurait alors tout loisir de raconter à son frère d'armes ce qu'avait coûté cet exploit. On ne lésine pas lorsqu'il s'agit d'empêcher un ami de succomber au chant des sirènes, qu'elles soient mythologiques ou espagnoles. La scène aurait lieu au club, à Londres. Ce serait la paix. On boirait du porto ou du xérès, en souvenir de la guerre, et de la folle jeunesse.

Lorsque Sébastien Sinclair ouvrit les yeux, l'insupportable lumière qui envahissait sa chambre lui apprit que le soleil se trouvait à son zénith. Il allait se lever bien tard, tout comme Harry sans doute. En cette période de paix retrouvée, les exigences du service devenaient moins contraignantes. Nul ennemi n'était à craindre, et les membres de l'état-major, déchargés de toute responsabilité à l'égard de la troupe en instance de rapatriement, pouvaient en prendre à leur aise.

Pour sa part, levé dès l'aube, Wellington, dont les appartements se situaient à l'étage supérieur et prenaient vue sur la place voisine par la noble façade de l'édifice, dictait sans doute son abondant courrier diplomatique. Les plus jeunes de ses collaborateurs n'entreraient en fonctions que le soir, animant de leur présence d'autres réceptions.

Commodément accoté aux oreillers, Sébastien Sinclair entreprit, comme il s'efforçait de le faire régulièrement, sinon un examen de conscience, du moins l'analyse critique de ses récents comportements. Pourquoi la veille, dès leur retour, avait-il entraîné Harry dans une compétition à vrai dire un peu puérile, puisqu'ils avaient tous deux dépassé l'âge des distractions de collégiens qui se livrent à de coupables excès de boisson ? Ils avaient connu tous deux des émotions assez fortes pour ne pas avoir à compenser par des beuveries leur manque d'expérience.

Sans doute fallait-il voir dans la rencontre imprévue qui avait précédé la raison essentielle de cette exaltation assez déraisonnable pour inciter à l'ivresse. Jamais Sébastien n'avait véritablement imaginé revoir l'intrépide voleuse d'uniforme. Cette rencontre, il en avait rêvé chaque jour, sans oser l'espérer. D'un coup, la chimère s'était faite réalité. C'était afin d'échapper à cet excès d'émotion qu'il lui avait fallu se réfugier dans des excès d'une autre sorte.

Au bord du torrent, il avait compris déjà que malgré son costume cette jeune fille n'était pas une simple paysanne, car sa connaissance d'une langue étrangère ainsi que la fermeté de son caractère dénotaient son appartenance à une famille de notables. Mais en retrouvant cette fille en atours de gala, sous les lambris d'un palais, telle une Cendrillon au bal du château, le capitaine qu'elle avait un jour désarmé s'était d'abord cru victime d'une hallucination.

La descente surprenante et à vrai dire incongrue dans le parc, suivie d'un marivaudage qui ne l'était pas moins avaient provoqué chez Sébastien une surexcitation assez violente pour ne pouvoir être apaisée que dans l'engourdissement de l'ébriété.

Il ne savait pas même son nom, alors qu'elle lui avait donné celui de son tuteur, cette brute qui la tenait sous sa dépendance...

Sébastien se hâta de chasser de son esprit cette préoccupation inutile et oiseuse. Cette fille se trouvait être la pupille de Delgado. Personne n'y pouvait rien, Pilar elle-même l'eût-elle voulu. Elle ne recherchait d'ailleurs l'assistance de personne, et n'en faisait pas mystère.

Il n'aurait sans doute plus l'occasion de la rencontrer au cours des quelques réceptions qui figuraient au programme de la délégation anglaise. Pour sanctionner son absence prolongée, son tuteur allait certainement la priver quelque temps de sortie. Il allait la punir.

A cette pensée, Sébastien éprouva une aigreur subite, qui peut-être se confondait avec celle qu'il fallait imputer aux excès de la veille. Mais à quoi bon se préoccuper du sort de cette fille, à quoi bon s'inquiéter du châtiment que lui réservait son tuteur ? A cultiver ainsi sa propre sensiblerie, Sébastien Sinclair ne se livrait-il pas à un excès d'une autre sorte ? Il fallait laisser à d'autres un pareil luxe de délicatesse.

Harry ne manquait pas de bon sens. Membre d'une délégation officielle, le capitaine Sinclair se trouvait dans l'obligation de faire passer l'intérêt de son pays avant la satisfaction de ses rancunes personnelles. Toute tentative de vengeance mettrait en cause le succès de la mission présente, ainsi que les rapports ultérieurs entre les deux nations. Une telle initiative constituerait un acte de forfaiture. Sans doute Sébastien ne trouverait-il de véritable repos qu'après avoir percé de son épée le cœur du misérable qui lui avait à jamais marqué le visage. Mais cette satisfaction, il devait la remettre à plus tard, une fois son service achevé, bientôt peut-être.

Au moins n'avait-il pas perdu son temps, puisque la fille lui avait donné le nom de la brute. Le serment que Sébastien avait fait le jour même du crime, au bord de l'eau, serait tenu un jour avec éclat. Comme le lui avait enseigné Ian, son aîné direct, ce n'était qu'affaire de patience.

En pensant à son frère, gravement blessé au Portugal deux ans plus tôt, et qui depuis poursuivait à Sinclair House une interminable convalescence, Sébastien s'ébroua. Soldat et homme de devoir, que faisait-il au lit à cette heure ? A quoi bon cultiver la nostalgie, irriter des plaies anciennes ?

« Ton heure viendra, Delgado, ton heure viendra », jura-t-il au fond de son cœur.

— Il est parti ? Parti où ? Tu le sais, bourrique !

Malford, plus hébété qu'il n'était vraisemblable de l'être, ne savait que répondre. Réveillé depuis trois heures ou presque, Sébastien avait eu le temps de prendre un bain et d'atténuer à force de médication la migraine provoquée la veille par l'intempérance. De plus en plus lucide à mesure que ses malaises disparaissaient, il s'était trouvé contraint de reconnaître avec un étonnement de plus en plus vif le bon sens du cher Harry. Se pouvait-il que le vicomte devînt de bon conseil, lui dont l'illogisme et la fantaisie déconcertaient les esprits les plus désordonnés ?

En passant chez Wetherly, qui occupait une chambre proche, dans l'intention de le remercier, Sinclair n'avait pu que constater son absence. Absence étonnante, puisqu'en principe aucun des deux amis ne manquait d'informer l'autre de ses intentions, mais à tout prendre banale et sans importance. Sébastien ne s'en serait pas autrement soucié si l'attitude de Malford ne lui avait mis la puce à l'oreille. Pourquoi l'ordonnance, le regard sournois et la démarche fuyante, prenait-il des airs de conspirateur ?

Le vicomte et le capitaine se reverraient d'ailleurs bientôt, puisqu'ils devaient le soir même assister à un dîner donné par un aristocrate dont Wellington espérait bien se faire un allié. Sébastien n'aurait vu aucun inconvénient à remettre à plus tard des remerciements qui pouvaient attendre, si Malford n'avait porté le masque des traîtres de mélodrame.

— C'est qu'il est parti en mission, dit enfin Malford.

Avant de formuler ces simples mots, il lui avait fallu solliciter outrageusement son imagination, à en juger par la contorsion de ses traits.

— Auprès de qui, cette mission ?

Faute d'inspiration, l'ordonnance observa le silence. Malford semblait étrangement coupable. Sébastien éprouva l'amorce d'un fâcheux pressentiment. Il insista.

— Auprès de qui, Malford ?

— J'en sais rien, moi. Au service du duc, pour sûr.

Ordinairement fidèle et dévoué, le malheureux ne savait pas mentir. Son regard fuyant et sa mine déconfite le trahissaient. Mais pourquoi mentait-il ?

— Tu veux me faire croire que le duc aurait chargé lord Wetherly d'une mission à Madrid ? Pour parler à qui ?

Malgré plusieurs années de présence au Portugal et en Espagne, Harry n'était jamais parvenu à s'initier aux langues parlées dans la péninsule. Rétif à tout enseignement, Harry ne faisait qu'ânonner quelques mots de français après avoir réduit au désespoir durant sa jeunesse les maîtres les plus prestigieux. Il acceptait de bonne grâce les railleries de ses camarades, et assumait avec panache sa réputation d'aimable cancre. Jamais Wellington ne l'aurait investi d'une mission à accomplir seul en territoire étranger.

— C'était peut-être un rendez-vous personnel, concéda Malford.

En voyant le capitaine réagir à ce mot, il rougit comme une pivoine et tenta de corriger son lapsus.

— Je veux dire, une mission, balbutia-t-il lamentablement.

— Un rendez-vous avec qui ?

— Je n'écoute pas aux portes, capitaine.

— Et le vicomte ne t'a pas mis dans la confidence, naturellement.

— Hélas, non, capitaine. J'en suis désolé. Puisque je ne peux vous être…

Le reste se perdit dans un gémissement étouffé. Soulevé par Sébastien qui lui agrippait le col, le malheureux Malford ne touchait presque plus terre.

— La vérité, Malford, rien que la vérité !

— Je vous assure, mon capitaine…

— La vérité ! s'écria Sébastien en le secouant d'importance.

L'apoplexie menaçait l'ordonnance, qui s'étranglait.

— On a reçu un… message, hoqueta-t-il.

— Voilà qui va mieux, dit Sinclair en le secouant derechef. Un message de qui ?

Comme fasciné, Malford fixait, de ses yeux exorbités, ceux, tout proches, de l'officier.

— C'est un marchand de poissons qui l'a apporté à la cuisine ce matin.

— Un message de qui ? répéta Sinclair.

— Pour ce rendez-vous, m'est avis que lord Wetherly n'a pas envie que tout le monde soit au courant…

— Ne me confonds pas avec tout le monde, maraud. Que ton maître me fasse des cachotteries, passe encore, mais pas toi !

— Je vous assure, capitaine Sinclair…

Sébastien le secoua de plus belle, assez fort pour que ses dents s'entrechoquent.

— Cela suffit, Malford. Nous sommes en territoire étranger, ton maître n'en parle pas la langue et je veux savoir où il se trouve. Si tu refuses de me répondre, je vais demander au duc de t'interroger en personne et sur-le-champ. Tu regretteras ta bêtise. Et maintenant, bon Dieu, où se trouve Wetherly ? Dis-le-moi !

Les yeux dans ceux de Sébastien, Malford resta muet. Sans doute ne prit-il pas suffisamment au sérieux la menace d'une intervention de l'autorité supérieure, car il serra fortement les lèvres, dans l'évidente intention de se taire.

Hors de lui, Sinclair le projeta en arrière et se dirigea à grands pas vers la porte. Il allait mettre sa menace à exécution.

— C'était un message de femme ! avoua l'ordonnance depuis le lit sur lequel il venait de tomber à la renverse.

Sébastien suspendit son geste et s'immobilisa, ne tournant que la tête vers le lit où gisait Malford.

— Une femme ?

Autant qu'il pouvait le savoir, Harry n'avait rencontré aucune femme depuis leur retour de Paris. Arrivés à Madrid depuis peu et sans cesse en représentation, les officiers qui accompagnaient Wellington n'avaient pas eu le loisir de marivauder.

— Une dame, rectifia l'ordonnance.

— Une dame ? ironisa Sinclair qui n'aurait jamais donné ce titre à une personne assez légère pour proposer un rendez-vous à un militaire, étranger de surcroît. Et cette dame, tu sais son nom ?

— Je ne l'ai entendu qu'une fois, et c'est de l'espagnol...

— Dis toujours, autant qu'il t'en souvienne.

— Maria del Pilar...

Il ne s'exprimait que de très mauvaise grâce, mais Sébastien ne tint pas compte de sa réticence. Le nom seul importait.

— Elle a envoyé un message à Harry ?

L'ordonnance, de nouveau fort embarrassé, hésitait à répondre. Sébastien allait-il se trouver contraint de lui arracher la vérité par bribes, alors que l'heure avançait ? Dans un élan d'impatience, il traversa de nouveau la pièce, l'expression si menaçante que Malford se hâta de rendre les armes.

— Pas à lord Wetherly. Le message s'adressait à vous, mon capitaine. Monsieur le vicomte se l'est fait traduire. Il est parti la rencontrer.

— En quel endroit ?

— Près d'une église qui s'appelle Santa Maria de la Rosa. Elle l'attend dans le cimetière.

— Depuis quand Harry est-il parti ?

— Depuis une heure, un peu moins peut-être.

Le cœur serré, Sébastien Sinclair éprouva l'angoisse des catastrophes imminentes. « Harry, cher imbécile, qu'as-tu fait encore ? » songea-t-il avec désespoir.

*
* *

Avant de partir à son tour, Sébastien Sinclair dut prendre le temps de se faire seller un cheval et de se renseigner sur le chemin à suivre pour se rendre au lieu du rendez-vous. Pendant cette attente, son angoisse n'avait fait que croître, non pas jusque l'affolement mais jusqu'à la fièvre ardente des combats mortels et incertains. A peine sorti de la ville, il avait pu pousser sa monture au galop, car on se trouvait alors en rase campagne, loin semblait-il de toute activité humaine. La solitude du lieu permettait toutes les hypothèses. Elle autorisait aussi bien la discrétion d'une rencontre confidentielle que celle d'un criminel guet-apens.

Afin de se rassurer, Sébastien se remémorait les multiples occasions où Wetherly avait fait la démonstration de sa remarquable incapacité à s'orienter sur le terrain. Parfaitement dépourvu du sens de l'orientation, le vicomte s'était peut-être égaré. Peut-être chevauchait-il en ce moment même de l'autre côté de la ville, incapable aussi bien d'interroger d'éventuels passants afin de retrouver son chemin. Pourvu qu'en ce jour le vicomte ne perde pas ses mauvaises habitudes !

Sébastien aperçut enfin la petite église, qui n'était en fait qu'une chapelle solitaire, endormie au soleil. Il mit son cheval au pas. Nul signe de présence humaine ne se manifestait. On n'entendait que le craquettement des cigales.

Le cimetière, orné de nombreux bouquets d'arbres aux ramures torturées, montait en pente douce jusqu'au sommet d'une colline. Avant de mettre pied à terre, Sébastien examina les lieux. La chapelle était fermée. Comme on ne voyait aucune voiture, et qu'aucune monture ne se trouvait à l'attache, il devait s'attendre à ne rencontrer personne.

A moins d'une traîtrise, peut-être. Pour plus de sûreté, il dégaina son épée en quittant les étriers.

Un calme irréel régnait sur ce lieu étrange, un calme analogue à celui qui précède la tempête ou les grands affrontements, lorsque les soldats, retenant leur souffle, attendent les premiers roulements des tambours.

Sur sa nuque se manifestait le frisson d'un hérissement, signe prémonitoire de l'imminence d'un danger chez les soldats aguerris. Bien que le lieu du rendez-vous fût désert, ou en raison même de cette apparence d'abandon, le capitaine y trouva la confirmation de ses inquiétudes.

« C'est un être inhumain. » L'avertissement formulé par la jeune fille lui revint à la mémoire au moment où il pénétrait dans le cimetière. Il laissa ouverte la porte basse qui venait de s'ouvrir en grinçant, et s'attarda à apprécier une fois de plus la qualité de l'étrange silence qui régnait alentour.

Dans ce lieu pittoresque mais sinistre, où des tertres rustiques et récents alternaient avec des monuments de pierre, les insectes s'étaient tus. Sébastien percevait ainsi la pulsation rapide de son propre sang. Un secret instinct lui disait que malgré les apparences il n'était pas seul.

En se déplaçant lentement et sans bruit, il entreprit de parcourir l'espace laissé libre entre les tombes pour aller examiner les zones que dissimulaient à ses regards les bouquets d'arbres et les irrégularités du terrain, rocheux par endroits, qui montait en légère pente. Stèles dressées, dalles gravées au ras du sol et à demi effacées par l'usure du temps, simples croix de bois, tout rappelait au visiteur la fatale destinée des hommes.

Sébastien dut à la longue infirmer ses pressentiments. Nul guetteur ne le menaçait. Ni Harry, ni la jeune fille qu'il avait embrassée la veille n'étaient au rendez-vous. Seuls les morts habitaient ce lieu pour leur dernier repos.

Il se disposait à terminer sa visite et à regagner Madrid lorsqu'il remarqua, dans la monotonie des coloris qu'offraient la terre sèche, les troncs noueux et la pierre grise, une tache sombre très particulière. Un objet noir gisait sur le sol, entre les tombes les plus éloignées, toutes proches du sommet de la colline.

L'épée à la main, il s'en approcha, le regard mobile, aux aguets. Si ce prétendu rendez-vous n'était qu'un piège, comme il le soupçonnait, il atteignait le moment crucial. Derrière le sommet de la colline, un assaillant pouvait se tenir en embuscade. En fait, un groupe tout entier pouvait attendre son approche : il suffisait que ses membres soient allongés sur le sol pour être hors de vue.

Avant de l'atteindre, il vit que l'objet n'était autre que du tissu et, plus près, il reconnut une cape de velours noir, telle qu'en portent les femmes de la bonne société pour se rendre à une soirée.

Le cœur de Sébastien battit plus vite, mais il se convainquit rapidement que cette cape ne dissimulait aucun corps. En excellent état, elle avait été abandonnée là, à moins qu'elle ne fût tombée des épaules de celle qui la portait.

Sa propriétaire s'enfuyait-elle au moment de sa perte ? On n'apercevait alentour aucune trace de piétinement ou de lutte.

Sébastien s'interdit de déplacer ou de palper ce vêtement, et l'enjamba pour aller plus loin. Penché en avant, il s'avança vers la crête de la colline, sur une pente plus raide qu'il ne l'avait cru.

Près du sommet, il marqua une halte, accroupi, une main sur le sol, à l'écoute du moindre indice qui serait venu de l'autre côté de la pente : froissement d'étoffe, respiration, crissement d'arme dégainée, claquement étouffé du pistolet qu'on arme.

Il n'entendit rien que le silence annonciateur de la tempête. Il retrouvait la sombre prémonition éprouvée plus tôt, lors de son entrée dans le cimetière. Cette cape noire, qui venait de la déposer ? Ce signe, qu'annonçait-il ? L'instant fatal approchait…

D'un élan, Sébastien Sinclair s'arracha au sol et se rua en avant, l'épée brandie, comme pour conduire une charge.

Jamais il n'oublierait le spectacle affreux qui l'attendait. Une fraction de seconde après avoir franchi la crête, il s'agenouillait près de son ami, de celui qui en prenant sa place s'était offert à la mort qu'on lui destinait.

La jaquette d'uniforme que portait Wetherly était trempée de sang. On voyait nettement, non loin du cœur, le trou sombre, aux bords noircis, qu'avait fait l'impact de la balle. En tremblant, Sébastien posa la main sur la joue livide du vicomte, pour tenter de trouver son regard.

Harry souleva à demi ses paupières. Ses yeux noisette, d'ordinaire si naïfs et si gais, désormais sans éclat, ne voyaient plus. Le voile de la mort s'étendait déjà sur eux. Sébastien, en trois ans de service, avait assisté à trop d'agonies pour s'y tromper.

— Maman ? soupira-t-il.

— C'est Sébastien, gros malin, dit Sinclair en s'efforçant de ne pas sangloter.

Il venait de prendre entre les siennes la main droite de son ami, et se désespérait de la trouver déjà glacée.

— Pourquoi, Harry, pourquoi es-tu venu ? gémit-il encore.

Wetherly resta silencieux. Le regard dans le vague, il cherchait à voir, sans succès. Alors ses paupières s'abaissèrent. Sébastien sentit des larmes ruisseler sur ses joues. Il n'avait plus à dissimuler son émotion, à présent.

— Toutes les filles... à toi... tout seul, balbutia le mourant dans un souffle.

Une contraction violente déforma un instant son visage, qui soudain s'apaisa. C'était la fin. Jamais Sébastien ne saurait le détail des événements. Saurait-il au moins l'essentiel ?

— Harry, dis-moi, qu'est-il arrivé... Qu'est-il arrivé à la fille ?

Les yeux de Wetherly s'ouvrirent de nouveau, et Sébastien eut l'impression que cette fois son ami le voyait vraiment. Mais peut-être n'était-ce qu'une illusion, un jeu de lumière, l'ombre d'une feuille.

Fugitif, l'éclat de conscience s'effaça aussitôt qu'apparu. Les paupières du vicomte ne s'abaissèrent pas, mais toute vie s'éteignit dans ses yeux. Sébastien éprouva le désespoir des enfants qui ont peur dans la nuit noire, lorsque le vent vient de souffler la dernière bougie.

Sébastien Sinclair porta à ses lèvres la main glacée de son malheureux ami et la baisa. Aveuglé par les larmes, le cœur déchiré de chagrin, il s'abandonnait au désespoir et ne se contrôlait plus.

— Reste avec moi, Harry, reste avec moi... Ne pars pas, pas maintenant ! Pas maintenant !

La paix était enfin revenue, après les guerres les plus longues et les plus meurtrières qu'avaient provoquées les ambitions de Napoléon. Elles ne reviendraient plus, ces années de campagne où l'on se hâtait de chasser de son souvenir la mort du camarade que l'on venait de porter en terre, afin d'avoir le courage d'aller combattre encore, sans savoir lequel serait enterré à son tour, le lendemain. Sans savoir qui serait bientôt amputé par le chirurgien militaire.

Harry et lui-même avaient survécu à la guerre, sans en éprouver de graves atteintes. Et voilà que, une fois les hostilités terminées, Harry venait de mourir.

De cette mort, Sébastien Sinclair se sentait responsable. C'était pour accomplir sa vengeance qu'il avait abordé la fille nommée Pilar, c'était pour le protéger contre sa propre témérité qu'Harry s'était substitué à lui.

Il baissa la tête pour demander pardon à son meilleur ami, à celui qu'il aimait aussi tendrement que ses propres frères, et toute la tendresse que par pudeur il n'avait jamais formulée l'envahit.

De la paume de la main, il ferma pour jamais les paupières du vicomte de Wetherly.

— Repose en paix, Harry, balbutia-t-il d'une voix brisée.

Un sanglot l'étouffait. Il n'exprima aucune promesse, ne se lia par aucun serment. Mieux que quiconque, Wetherly avait su que Sébastien Sinclair punirait le crime et mettrait ordre à ce scandale, autant qu'il serait possible dans un monde désormais mutilé par sa disparition.

en terre. Afin d'[illegible] qu'il [illegible] courage d'aller [illegible] campagne encore sans avoir [illegible]. [illegible] Dans sa [illegible] qui [illegible] par le chirurgien militaire?

Harry, [illegible] à la guerre, sans [illegible] dès que tous les [illegible] Harry [illegible].

[illegible] De cette [illegible]

[illegible]

[illegible]

[illegible] qu'il [illegible]

[illegible] que ses propres [illegible] jamais [illegible] l'enfant.

De la [illegible]

[illegible]

[illegible]

[illegible] qu'il serait possible qu'il [illegible]

4.

Pendant tout le temps qu'il fallut au capitaine pour faire son tragique rapport, en tentant de contenir son émotion, le regard de Wellington ne se détacha pas un instant de son visage. Sébastien Sinclair crut lire dans les yeux du duc, ordinairement impassibles et autoritaires, une exceptionnelle compassion. Peut-être même se contraignait-il, comme le faisait Sébastien, à fortifier son âme contre le chagrin et à retenir ses larmes.

Lorsque le capitaine eut exposé dans le détail le déroulement des événements récents, le duc se leva et s'écarta de la table de travail où s'étalaient des rapports, des dépêches, des journaux et des cartes, pour aller se poster à une haute fenêtre, tournant le dos à Sébastien. Il resta un long moment silencieux.

— Capitaine Sinclair, dit-il enfin, vous devez vous faire à une idée qui vous sera sans doute désagréable. Dans la situation présente, nous ne pouvons rien faire, et en ce qui vous concerne personnellement vous n'avez aucune initiative à prendre.

En l'entendant, Sébastien éprouva une bouffée d'amertume d'autant plus surprenante qu'il s'attendait à une telle déclaration. En aucun cas le duc ne pouvait entreprendre une action judiciaire, ni inviter l'un de ses officiers à défier en duel l'une des figures montantes de la monarchie, restaurée au prix d'immenses sacrifices. Sébastien Sinclair ne pouvait venger la mort de son ami. Le conseil donné par Wellington avait naturellement valeur d'interdiction absolue.

Sans doute conscient du désarroi de son subordonné, et de sa rage impuissante, Wellington lui fit de nouveau face, les traits tendus, et prit le temps de justifier sa décision.

— En premier lieu, vos hypothèses ne sont étayées par aucune preuve. L'interrogatoire du porteur de message, à supposer que nous puissions le retrouver, serait sans effet. Nous n'avons aucun pouvoir de police, et ne pouvons exercer sur lui aucune contrainte. Le personnage que vous désignez comme le commanditaire ou l'auteur de l'assassinat jouit à la cour d'un tel prestige que le témoignage d'un homme du peuple ne peut l'atteindre.

— Celui qui a provoqué la mort d'Harry serait donc hors d'atteinte de la justice, s'indigna Sébastien.

— Aussi bien que de votre vindicte, Sinclair. La mission que je dirige ne peut que reconnaître l'efficacité des services rendus à la couronne d'Espagne par le colonel Delgado. A la tête de l'une des juntes les plus dynamiques, il a participé avec nous à la défaite des troupes françaises. Le roi qui vient de rentrer d'exil ne saurait le récompenser en le faisant arrêter, et la moindre offense, ne fût-elle que verbale, de votre part, ruinerait les rapports entre nos deux nations. Ces colonels de junte ne doivent leur grade qu'aux circonstances, mais ils ont eu leur importance.

Durant la guerre d'Espagne, les juntes, groupes armés indépendants, avaient pris parti contre les troupes de l'Empire français et employé une tactique de harcèlement, alternant attaques et retraites stratégiques. Cette succession de « petites guerres », les « guérillas », avait provoqué le prolongement des hostilités dans la péninsule, et soutenu l'action des Anglais en utilisant des méthodes interdites dans les armées régulières.

Puisque Delgado avait mené l'une de ces juntes, Wellington ne se trompait pas en l'estimant au-dessus des lois. Le roi Ferdinand ne pouvait que protéger ceux de ses compatriotes auxquels il devait son retour à Madrid.

Wellington avait encore raison en rappelant l'absence de preuve formelle. Sébastien avait la certitude de la culpabilité de Delgado. Mais rien ne pouvait appuyer cette conviction.

— Tout ce qu'il vous reste à faire, reprit le duc, ce que vous devez absolument faire, c'est débarrasser votre esprit de cette préoccupation, si pénible soit-elle. Il faut évacuer de votre pensée cette mort, aussi bien que ce dont vous avez été victime il y a un an. Comme le roi semble refuser d'entendre les sages conseils que notre gouvernement m'a chargé de lui soumettre, notre séjour à Madrid ne se prolongera pas. Dans quelques jours, nous quitterons définitivement l'Espagne. Patientez un peu, et soyez bien convaincu qu'en cette conjoncture il n'y a absolument rien à faire, ni à tenter.

— Dois-je entendre par là, monsieur le duc, que l'assassinat de Wetherly doit rester à jamais impuni ?

Sébastien n'avait mis dans cette question, à vrai dire impertinente, aucune agressivité. Mais son amertume avait quelque chose de pathétique.

Wellington, préoccupé, quitta l'embrasure de la fenêtre pour revenir sur ses pas. Mais il ne s'arrêta pas à sa table de travail. La contournant, il vint poser sa main droite sur l'épaule du capitaine.

— Vous déplorez la disparition d'un certain nombre de vos camarades, Sébastien, comme nous le faisons tous. Harry sera la dernière victime de cette guerre, puisque la diplomatie nous contraint de mettre sa mort sur le compte du hasard, ou de la fatalité.

— C'est moi qui devais mourir cet après-midi, monsieur le duc. Pas Harry. Ce traquenard, c'est moi qui devais y tomber.

— Alors admettez que Wetherly, votre ami, a donné sa vie pour la vôtre. Faites honneur à son sacrifice.

— En épargnant à son assassin toute poursuite ?

— En vous rappelant qui nous sommes, et quelle est notre mission, dit calmement Wellington.

Cette recommandation, il l'avait déjà faite à son état-major, la veille, avant le départ. Harry l'avait même citée un peu plus tard, après l'épisode des jardins. Sans doute ne manquait-elle pas de pertinence, alors. Qu'elle semblait creuse, à présent !

— Mais j'y pense, je viens de recevoir avec les dépêches de Londres une lettre qui vous est destinée, reprit le duc sur un tout autre ton. J'allais vous faire appeler quand le planton m'a annoncé votre présence dans l'antichambre.

Sébastien vit dans le regard pénétrant de Wellington passer de la bonté, de la sympathie.

Pensait-il encore à la mort du vicomte, ou préparait-il l'annonce de quelque nouvelle catastrophe ? Se pouvait-il que Ian, en convalescence depuis si longtemps, n'ait pas survécu ? Survenant après celle d'Harry, une telle perte serait insupportable.

— C’est à propos de Ian ? demanda Sébastien, la gorge serrées.

— S’il s’agissait de mauvaises nouvelles, le comte m’aurait inévitablement demandé de vous les communiquer personnellement et de vive voix. Puisqu’il n’en a rien fait, je suppose que les nouvelles sont bonnes, et que le chef d’escadron Sinclair poursuit normalement sa convalescence. Cette lettre vous apprendra peut-être qu’il est enfin tout à fait remis de ses blessures.

Le duc administra sur l’épaule de Sébastien une tape amicale et alla chercher sur sa table de travail, parmi différents plis, celui qui lui était destiné.

Alexandre de Darewood, le chef et l’aîné des Sinclair, avait à son habitude nettement marqué de son sceau la cire qui fermait le feuillet unique, plié avec art. Les armes de sa famille, dont il était le benjamin, firent passer dans l’esprit de Sébastien une bouffée de nostalgie, qui se traduisit physiquement par un picotement des yeux pour le moins embarrassant.

Pour dissimuler son émotion, il se hâta de décacheter la missive et de la déplier. En parcourant en hâte les lignes tracées par l’écriture familière, il sut que les pressentiments de Wellington étaient bien fondés.

— Il m’annonce le mariage de Ian ! s’écria-t-il.

Il remit à plus tard l’examen du court message qui, sous une forme condensée, contenait sans doute des informations et des intentions particulières. Les lettres du comte étaient en effet de celles qu’il convient de lire entre les lignes.

— Joignez mes propres félicitations aux vôtres lorsque vous écrirez au commandant Sinclair et à son épouse, dit le duc. Votre message sera porté en Angleterre en même temps que le courrier diplomatique. Je vous autorise également à annoncer par la même occasion à votre famille une bonne nouvelle : nous rentrerons chez nous avant la fin du mois prochain.

« Chez nous. »

Après trois ans d'absence, d'épreuves et de guerre, Sébastien Sinclair allait retrouver le confort et la tranquillité d'une existence antérieure, celle de membre d'une famille puissante et très unie, remarquable par son ouverture d'esprit, sa droiture et sa générosité. La proximité de ce retour lui était comme un merveilleux enchantement. En relevant les yeux, il vit que ceux de Wellington restaient fixés sur lui.

— Un dernier conseil, Sébastien, dit le duc. Ne faites rien qui soit de nature à compromettre la joie des retrouvailles. Vous n'avez depuis votre engagement mérité que des éloges. Vos frères s'en trouveront honorés, comme vous-même. Toute initiative serait mal venue. N'en prenez aucune. Pas maintenant surtout, alors que tout s'achève.

« Pas maintenant. » Ces deux mots, Sébastien les avait murmurés avec désespoir, au moment où Harry rendait son dernier souffle. Pour lui aussi, tout s'achevait. A ce souvenir, Sébastien Sinclair éprouva la certitude que, en dépit des directives données par le commandant en chef, il aurait sans doute des initiatives à prendre, et ne chasserait pas de son esprit une mort qui appelait vengeance.

— Je vais informer personnellement le père du vicomte, dit le duc, qui fort heureusement ne pouvait lire dans l'âme de son interlocuteur. Les circonstances particulières de ce décès vont nécessairement le surprendre.

— Vous saurez sans nul doute trouver les mots les plus convenables, monsieur le duc, dit prudemment Sébastien en repliant la lettre de son frère.

— Lorsque vous serez rentré en Angleterre, vous tiendrez, je pense, à présenter vos condoléances aux parents du vicomte. Le fait de savoir que vous étiez présent lors de ses derniers instants leur apportera, je l'espère, quelque consolation.

Cette conclusion marquait sans doute la fin de l'entretien. Rien de ce qu'avait dit Wellington n'était de nature à étonner Sébastien, qui en avait prévu tous les termes.

— Je rendrai cette visite dès mon retour, monsieur le duc.

Il s'inclina et se dirigea vers la porte. Comme il allait l'atteindre, Wellington l'arrêta d'un mot.

— Sébastien ?

— Monsieur le duc ?

— Il me semble préférable de ne pas instruire les autres officiers des circonstances de cette disparition. Ils éprouvaient tous à l'égard d'Harry une exceptionnelle sympathie. Certains d'entre eux risqueraient de se montrer moins raisonnables que vous-même, et de se livrer à de fâcheuses provocations.

Sébastien, qui s'était arrêté sur place, évita de faire face au général, afin de ne pas lui montrer le sourire sarcastique que venait de susciter ce compliment.

— Bien sûr, monsieur le duc, répondit-il en ouvrant la porte.

Dans l'antichambre, il prit une profonde inspiration. Pour la première fois depuis trois ans, le capitaine Sébastien Sinclair allait entrer en désobéissance.

*
* *

— La question est bien simple, mon ami. Je veux savoir qui vous a dicté le message qui m'était destiné à moi, l'officier à la balafre. Vous la voyez bien ?

Sébastien s'exprimait sans acrimonie aucune, sans pour autant que son aménité rassurât le marchand qui évitait précisément d'attarder son regard sur la longue cicatrice.

Pour cette fois bien décidé à ne rien dissimuler au capitaine et à collaborer activement à son enquête, Malford l'avait instruit des détails de l'aventure. Témoin privilégié et acteur de la scène, le cuisinier interprète avait fait l'objet des premières recherches. Il connaissait nécessairement l'identité du marchand de poissons, mais se souciait peu de la révéler.

Pour vaincre ses scrupules, il avait fallu à Sébastien solliciter chez le brave homme la crainte des représailles aussi bien que la cupidité. L'une aidant l'autre, de longues tractations avaient abouti au retour du marchand de poissons dans le logis des officiers anglais, et une rencontre avec le véritable destinataire de son message, qui de toute évidence le terrifiait. Qui lui avait dicté son message ? Telle était la question.

— Je l'ai déjà dit au milord, hier, geignit l'homme.

— Répète-le-moi.

— C'est la dame, milord.

— Ne m'appelle pas milord, et dis-moi le nom de la dame.

Avant de pouvoir répondre, le marchand se trouva contraint de déglutir avec effort.

— Doña Maria del Pilar Mendoza y Aranjuez, comme je l'ai dit hier.

— C'est la señorita en personne qui t'a parlé ?

— Non, milord, c'est sa femme de chambre, la vieille, parce qu'elle en a plusieurs. Elle m'a répété le message plusieurs fois, pour que je m'en souvienne bien quand je verrais l'Anglais balafré…

Il s'interrompit et rentra la tête dans les épaules, dans l'attente probable d'un coup, qui ne vint pas.

— Continue, dit Sébastien sans s'émouvoir.

— Alors je suis venu ici, dans la cuisine. Je connais Rodrigo, bien sûr. Il a appelé cet Anglais-là.

Il désigna Malford et lui adressa un signe, de manière à le prendre à témoin.

— Où l'as-tu rencontrée ?

— Qui, milord ?

— La femme de chambre. Elle est venue te chercher ?

— Oh non, milord. Je leur livre du poisson, comme j'en livre ici, dans la cuisine.

— Et la femme de chambre de doña Pilar t'a donné le message dans la cuisine de leur maison ?

— Dans le couloir à côté, milord.

— Et tu la connais, cette femme ? Tu es certain qu'elle est au service de doña Pilar ?

— Je la connais depuis avant la guerre, bien avant que la dame arrive à Madrid. Elle a toujours servi dans la même maison.

— Tu peux m'y conduire ?

Le marchand, qui ne comprenait pas, fronça ses sourcils épais.

— Où ça, milord ?

— A la maison où réside doña Pilar.

Le visage de l'Espagnol s'épanouit largement.

— Quand vous voulez, milord, c'est facile. A Madrid, tout le monde connaît la grande maison du comte Condé del Castillo. C'est celle du colonel Delgado, à présent.

Durant ces deux derniers jours, les moments les plus douloureux avaient été ces instants de brève inconscience où, la force de l'habitude occultant le deuil, Sébastien s'était comme de coutume avisé d'une anecdote à raconter à Harry, ou d'un conseil à lui demander, sur les sujets les plus futiles. Chaque fois renaissait la souffrance originelle, celle qui s'était emparée de son cœur au moment où Wetherly exhalait son dernier souffle. Chaque fois s'imposait l'affreuse vérité : plus jamais il n'entendrait les charmantes naïvetés d'Harry, plus jamais ils ne riraient ensemble d'un mauvais jeu de mots, plus jamais des disputes sans fin autour d'une broutille ne les dresseraient l'un contre l'autre.

Sébastien restait seul. En faction dans l'ombre de la nuit, devant la vaste résidence du colonel Delgado, il méditait son deuil, et se préparait à rendre hommage à son ami en lui offrant la seule réparation qui valût, la punition du criminel. En cette affaire très personnelle, les désirs et les ordres de Wellington n'importaient plus. Sébastien n'oublierait pas.

La mission diplomatique conduite par Wellington allait bientôt quitter Madrid. Par respect pour sa famille, le capitaine Sinclair ne pouvait envisager d'abandonner son poste pour s'attarder en Espagne, ce qui équivaudrait à une désertion. Il lui fallait donc trouver d'urgence l'occasion de confondre et de défier Delgado, et pour cela le rencontrer seul, le plus tôt possible. Depuis deux jours il s'y efforçait, en vain.

Il s'appuya au mur qui le couvrait de son ombre et ferma les yeux. Il n'avait, ces derniers temps, pas dormi deux heures de suite. Partagé entre l'accomplissement de ses tâches réglementaires, à vrai dire insignifiantes, et la surveillance assidue du colonel Delgado, qui s'entourait en permanence d'un véritable rempart humain, Sébastien se trouvait condamné à un perpétuel état de veille.

A demi assoupi, son esprit évoqua spontanément la dernière soirée, le visage grave d'Harry entreprenant de vider sans les mains une coupe d'étain, la chute de la coupe et l'euphorie soudaine du vicomte, dont le rire juvénile retentissait encore dans le cœur de Sébastien.

De l'autre côté de la place on entendit les échos d'une agitation soudaine. Sébastien ouvrit les yeux. Allait-il trouver ce soir l'occasion recherchée ? Une grande berline de voyage, à quatre chevaux, venait de s'arrêter devant le portail, qui ressemblait fâcheusement à celui d'une prison. Un jeune porteur de torche apparut d'abord, suivi de près par un homme de haute taille, drapé comme l'eût fait un acteur de mélodrame dans une ample cape noire. Malgré sa fatigue, Sébastien sentit un sang plus vif circuler dans ses veines.

Instinctivement, sa main étreignit le pistolet qu'il cachait sous son manteau. La portée de son arme ne lui permettait pas d'atteindre avec précision une cible aussi lointaine, mais il dut combattre la tentation de lever le bras pour viser le misérable et tenter de lui loger une balle en plein cœur. Une balle ne peut-elle accomplir des miracles, lorsqu'une forte volonté soutient sa trajectoire ?

Se fût-il trouvé à portée suffisante, il n'aurait pas fait feu. Jamais Sébastien Sinclair n'avait envisagé de commettre un assassinat. Il voulait donner à sa future victime la chance de se défendre, il voulait qu'avant de mourir le criminel sache qu'il allait mourir, et pourquoi.

Sébastien se détacha du mur et fit quelques pas en avant, dans l'intention d'aborder le colonel avant qu'il ne soit monté en voiture. Mais un groupe de cavaliers, sorti des écuries voisines, se présenta soudain. Sans doute, un an plus tôt, certains de ces hommes constituaient-ils déjà l'escorte de Delgado. Il s'agissait là de membres de la junte, de la petite armée privée évoquée par Wellington.

En faisant connaître sa présence, Sébastien se verrait sans nul doute empêché d'accoster leur chef afin de le défier en duel. Son intervention connue, il serait facile à Delgado d'en aviser le chef de la mission anglaise, et d'exiger des excuses et une sanction trop prévisible. Il échapperait ainsi à son châtiment. Parce qu'il ne pouvait agir autrement, Sébastien battit en retraite et retrouva la protection de la muraille.

Lorsque les cavaliers se furent alignés dans un ordre presque militaire, Delgado posa sa botte sur le premier degré du marchepied, mais interrompit son geste pour se tourner vers la porte qu'il venait de franchir. A la lueur du flambeau, Sinclair aperçut une silhouette indistincte, celle d'une assez forte femme, peut-être.

— Surveille-la ! cria-t-il pour élever sa voix au-dessus du brouhaha des chevaux. Tu m'en réponds sur ta vie !

On lui répondit sans doute, car il resta plusieurs secondes attentif, mais Sébastien ne put rien entendre. Delgado leva la main pour donner le signal du départ et disparut à l'intérieur de la voiture. Aussitôt, la moitié du détachement se porta en bon ordre devant l'attelage qui suivit le train, pendant que les autres cavaliers se disposaient en arrière-garde.

« Surveille-la. » Une telle injonction ne pouvait concerner que la pupille du colonel. L'aurait-il accompagnée d'une menace tonitruante à l'occasion d'une absence de quelques heures ? Peut-être ce genre de comportement était-il familier à cette brute ? Et pourquoi rassembler une escorte aussi nombreuse, s'il n'entendait pas quitter la ville ? Sébastien ne pouvait se fonder sur aucune certitude.

Sa seule conviction concernait la fuite du temps. Depuis deux jours, chaque minute écoulée était comme un grain qui s'échappe dans l'étranglement d'un sablier. Inexorablement, le temps passe. Fatalement, le flux s'arrête. Si Wellington donnait l'ordre de départ avant que Sébastien ait eu l'occasion d'interpeller Delgado, c'en était fait de sa vengeance.

A la droite de la résidence, occupée sans doute par la garde rapprochée du colonel, des murs élevés rappelaient l'architecture d'une caserne. Sa partie gauche, beaucoup plus élégante, semblait composée de pièces d'habitation et de réception très luxueuses. Au-dessus d'un mur assez peu élevé, on voyait le sommet de certains arbres d'ornement.

Le porteur de torche s'attardait à voir s'éloigner les cavaliers. Lorsqu'il rentra dans la demeure, la personne à laquelle Delgado s'était adressé avait disparu. Sans doute s'était-elle rendue dans les appartements.

Que faisait pendant ce temps la fille qui l'autre soir dansait seule dans les jardins du palais ? Avait-elle donné un baiser à son futur fiancé, avant son départ ? Lui avait-elle souhaité bon voyage ?

Durant ces deux jours de surveillance et d'angoisse, Sébastien s'était souvent interrogé sur le rôle qu'avait joué cette Pilar. S'était-elle rendue en personne au cimetière ? En envoyant ce message, si toutefois elle l'avait elle-même dicté à sa servante, savait-elle quel piège elle tendait ? N'avait-elle été en cette affaire qu'une complice inconsciente du crime, l'avait-on contrainte à y prendre part sous la menace ? Il semblait évident l'autre soir qu'elle était terrorisée par son tuteur.

Son tuteur. Son fiancé, bientôt.

Absurdement, Sébastien s'était scandalisé d'apprendre que la jeune fille vivait sous le même toit que Delgado. Cette information l'avait mordu au cœur. Sans approfondir la question, il croyait les traditions espagnoles aussi sévères, sinon plus, en fait de morale, que celles de son pays. Sans doute s'était-il trompé.

Le marchand de poissons, interrogé sur ce point, avait suggéré la possible présence d'un chaperon dans la maisonnée, mais comme il ne fréquentait que la cuisine, il ne pouvait fournir sur ce point aucune certitude. Cette cohabitation en tout état de cause avait quelque chose d'un peu équivoque aux yeux de Sébastien, d'autant que, aux dires mêmes de la jeune fille, il était question de prochaines fiançailles.

S'agirait-il d'un mariage forcé, accepté sous la contrainte ? Dans ce cas, Sébastien Sinclair, en tuant la brute, remplirait la promesse faite à Harry et du même coup rendrait à la fille sa liberté.

La petite place était à présent déserte. Nulle lumière n'apparaissait aux fenêtres de la façade, et la porte cochère qui donnait accès aux communs et aux écuries venait d'être fermée, comme l'entrée d'apparat. Sébastien longea le mur qui lui servait d'abri pour se rapprocher de la maison par le côté gauche, celui des appartements. Au cours des deux jours précédents, il s'était appliqué à étudier aussi précisément que possible la disposition des lieux, pour le cas où il lui serait nécessaire d'y entrer par ruse ou par effraction, pour provoquer avec Delgado la rencontre tant désirée.

Comme il ne pouvait interroger quiconque sans éveiller les soupçons, il s'était trouvé contraint de se contenter de ses propres observations. Faute de situer l'appartement privé du colonel, qui sans doute prenait vue sur une cour intérieure, invisible du dehors, il avait pu déterminer la position des pièces occupées par la jeune fille car, la nuit dernière, elle lui était apparue derrière la vitre d'une fenêtre à la française.

Cette porte-fenêtre donnait sur le jardin d'agrément. Sébastien Sinclair avait vu de loin Pilar, dont la chevelure, artistement agencée le soir de la réception, flottait librement sur ses épaules lorsqu'elle se trouvait chez elle. Il pouvait même préciser la nuance de sa robe de chambre de satin ou de soie, dont les luminaires placés derrière elle exaltaient la pourpre.

En s'approchant du jardin, Sébastien fut soudain saisi d'une sorte d'illumination. Delgado venait de s'éloigner en grand équipage, pour une certaine durée peut-être. Orgueilleux et jaloux de son pouvoir, également jaloux de sa future fiancée, au point de commettre un assassinat au moindre commencement de soupçon, il ne souffrirait pas sans réagir une perte humiliante. Pour le provoquer et l'attirer à lui, Sébastien disposait d'une arme…

Sans doute son projet s'opposait-il au code de l'honneur, ainsi qu'à une longue tradition familiale. Mais l'occasion, trop belle, ne se représenterait pas, et l'urgence justifiait l'action.

Sébastien venait d'atteindre le mur du jardin. En se juchant sur une borne ancienne, il vit que les hauts volets des portes-fenêtres avaient été fermés. A travers les rayons lumineux que déterminaient leurs fentes horizontales se découpait la silhouette d'un garde.

Unique sentinelle dans un jardin clos, ce personnage semblait profiter au mieux de sa solitude et de la paix de la nuit. La fumée de son cigare menait contre le parfum du jasmin un combat inégal, et son arme, un tromblon évasé, redoutable en cas d'affrontement rapproché, était appuyée à quelque distance, contre le tronc d'un figuier.

Les deux mains appuyées au sommet du mur, Sébastien prit une profonde inspiration. Wellington lui avait rappelé son devoir, et malgré la distance il sentait peser sur lui le regard de ses frères. La tentation d'abandonner la partie était forte. Mais son hésitation fut brève.

Une telle occasion ne se présenterait plus. Fort de cette certitude, il entreprit de franchir le mur. Avant d'atteindre la jeune fille, il lui fallait d'abord s'occuper du gardien.

Bien qu'en l'absence de Julian la surveillance dont elle était l'objet fût plus étroite encore que de coutume, Pilar respirait plus librement lorsqu'il la laissait seule. La pression permanente qu'il exerçait sur elle au cours des longues journées vécues en sa présence ou dans son voisinage lui était de plus en plus intolérable.

Il n'avait rien dit du message qui venait de le contraindre à un départ précipité. Delgado, comme de coutume, avait fait preuve d'une scrupuleuse discrétion. Mais de toute évidence la nouvelle annoncée l'avait surpris, et nécessitait une réaction rapide.

Assise devant sa psyché, le regard lointain, Pilar tenait machinalement sa brosse. Perdue dans ses pensées, elle oubliait de la passer dans ses cheveux. L'attitude de Julian avait si étrangement évolué ces derniers jours. Pourquoi ? Un événement nouveau était intervenu, un événement qu'il lui cachait, et qui le mettait dans un état d'excitation et d'euphorie surprenant. Jamais elle n'avait vu son prétendu tuteur manifestait un tel entrain, un tel enjouement.

Il se pouvait bien sûr que ce halo de contentement qui entourait Julian et semblait modifier l'atmosphère autour de son orgueilleuse personne ne fasse que refléter l'éclat de ses réussites auprès du roi, dont il était, disait-on, un conseiller très écouté. Mais à plusieurs reprises, en l'observant à la dérobée, elle avait surpris Delgado fixant les yeux sur elle. Il la contemplait complaisamment, avec une satisfaction presque joyeuse.

En croisant son regard, il lui avait adressé un sourire inattendu, le sourire lent et satisfait d'un vainqueur qui jouit de son triomphe.

Cette infatuation de réussite, il la devait nécessairement à elle, ou à quelque événement qui la concernait. Dans la monotonie de son existence recluse, rien de marquant n'était advenu, que la rencontre avec l'officier anglais.

Sébastien Sinclair. Ce nom qu'elle s'efforçait de chasser de sa mémoire ne cessait de la hanter en mille occasions.

La veille, absurdement, elle avait ouvert sa fenêtre afin d'entendre plus distinctement un air lointain qui flottait dans l'air, comme l'autre jour la séguedille dans les jardins du roi.

Au moment du dîner, comme elle suivait machinalement des yeux la main de Julian, qui faisait longuement miroiter le vin dans son verre, elle n'avait pu s'empêcher de penser à l'épiderme un peu rugueux de la paume et des doigts qui lui avaient emprisonné le poignet.

De l'extérieur vint un claquement sec, puis un son mat, des froissements. Pilar vérifia dans le miroir la position des volets, que sa femme de chambre avait soigneusement fermés avant de prendre congé pour la nuit, en laissant les fenêtres entrouvertes.

Sans doute le garde, qui se tenait en faction dans le jardin fleuri, distrayait-il son ennui en tracassant quelque animal égaré. De peur d'une dénonciation et de représailles, il s'efforçait d'étouffer le moindre bruit. Delgado ne manquerait pas de le châtier, s'il apprenait cette incartade. C'était par sa brutalité, ou plutôt par sa cruauté que le chef de la junte assurait son pouvoir sur ses membres.

Après un moment de silence, un autre bruit se fit entendre, comme un frottement métallique qui de nouveau attira son attention sur les volets. Pilar se pétrifia. Un volet s'ouvrit à demi et révéla la silhouette noire d'un homme, se découpant sur l'ombre violette du ciel nocturne.

D'instinct, elle le reconnut, et l'épouvante s'empara d'elle, plus intense que la panique éprouvée naguère dans les jardins du roi, lorsque l'Anglais la retenait prisonnière.

Elle se leva, l'esprit en déroute, réduite au silence par la folie de cette intrusion. Ne l'avait-elle pas mis en garde, averti de la férocité du tuteur qui la tenait sous sa dépendance ? Voir cet officier en ce lieu, c'était pour elle assister à une mort violente, à un suicide.

— Vous avez cinq minutes pour vous habiller, dit Sébastien Sinclair en pénétrant dans la pièce. C'est bien peu pour une femme, mais si vous n'y parvenez pas, je vous emmène telle que vous êtes.

De cette étrange déclaration, elle ne retint qu'un mot.

— M'emmener ? M'emmener où ?

— Vous emmener avec moi.

— Non, murmura-t-elle. Je vous ai averti…

— Je ne vous demande pas votre avis. J'ai besoin de vous, alors je vous emmène.

Pilar s'émerveilla de la confusion de ses propres émotions. A la peur se combinait une étrange allégresse. C'était pour venir la chercher qu'il commettait cette folie. Il était venu pour elle !

Cette ivresse s'éteignit aussitôt. Quelles que fussent les intentions de l'insensé, quitter la maison en sa compagnie, c'était courir à la catastrophe. Elle le savait de longue date. On ne se joue pas du destin.

— Vous avez besoin de moi ? Pour quoi faire ?

— Pour tendre un piège à votre… tuteur, et pour le tuer.

Il avait détaché ce mot, en le mettant ironiquement en valeur.

— Tuer Julian ? Vous êtes fou !

— Il vous reste quatre minutes, dit-il en traversant la pièce à grands pas pour aller ouvrir à la volée les portes de la penderie.

Trop surprise pour avoir la force de s'indigner, Pilar observa sans réagir autrement l'insolent qui fouillait parmi ses atours et en prélevait plusieurs avec une indéniable impertinence. Lorsqu'il en eut suffisamment rassemblé, en un paquet informe, il vint les déposer près d'elle, sur le tabouret qu'elle venait de quitter.

— Si vous voulez sortir en tenue de nuit, libre à vous, naturellement.

Il accompagna cette mauvaise plaisanterie d'un sourire sardonique et glacial, qui la désespéra.

— Pourquoi agissez-vous ainsi ? s'inquiéta-t-elle. Vous ne comprenez pas que pour ce que vous faites, c'est lui qui va vous tuer ?

— Voilà une menace qui a déjà servi, señorita. Vous devriez moderniser votre répertoire. Avez-vous entendu un beau sermon, à la messe ?

Pilar songea que l'auteur de cette folie avait effectivement perdu la raison. Pour tenir des propos aussi incohérents, il fallait que quelque chose se soit brisé en lui.

Sans doute son équilibre mental se trouvait-il altéré par la permanence de cette balafre, qui pérennisait l'humiliation subie un an plus tôt. Il n'était plus l'homme de cœur, le noble écuyer qui voulait alors la prendre sous sa protection. Mais lors de leur récente rencontre, trois jours auparavant, il ne manifestait pas une telle hargne, une telle agressivité. Quelle en était la source ? Et pourquoi parler de sermon et de messe ? N'osant livrer aucune confidence, fût-ce sous le secret de la confession, Pilar évitait de fréquenter les sacrements, afin de ne commettre aucune impiété.

— Je ne suis pas allée à l'église depuis bien longtemps, dit-elle simplement.

— Vous vous êtes arrêtée au cimetière, sans doute, et vous y avez perdu votre jolie cape noire. Quel dommage, n'est-ce pas ? Vous auriez pu la porter ce soir, sans avoir à vous rhabiller.

Pilar n'en croyait pas ses oreilles. Elle secoua la tête, comme pour s'éveiller, pour échapper au cauchemar qu'elle vivait sans doute. L'Anglais s'était introduit dans sa chambre, il voulait l'emmener et tuer Julian. D'un instant à l'autre les gardes pouvaient le surprendre, et il s'obstinait à débiter des extravagances.

— Je ne comprends pas, dit-elle. De quelle cape parlez-vous, de quel cimetière ?

Il ne répondit pas, mais hocha la tête d'un air entendu, tout en lui jetant un vêtement pris au hasard sur le tabouret. C'était la jaquette d'une tenue d'amazone. Pilar s'en saisit sans réfléchir et pudiquement la pressa sur sa poitrine.

— Vous attendez pour vous vêtir que je ferme les yeux ? ironisa-t-il.

— J'attends que vous m'appreniez les raisons de votre présence dans ma chambre.

— Je vous l'ai dit. Je suis venu vous chercher.

Que répondre à une telle absurdité ? A quoi bon renouveler des avertissements dont il ne tiendrait pas compte ? On ne saurait raisonner un dément.

— Je ne partirai pas avec vous, dit-elle simplement. Cela m'est tout à fait impossible.

Elle aurait voulu qu'il s'emporte, qu'il profère de nouvelles accusations, si absurdes fussent-elles, qu'il s'exprime et se délivre ainsi de sa tension intérieure. Mais il restait ferme et décidé, sarcastique, amer et cependant moqueur.

— Comme c'est curieux, ironisa-t-il, vous vous prétendez terrorisée par votre tuteur et, lorsqu'on vous donne l'occasion d'échapper à ses griffes, vous préférez demeurer chez lui.

— Il m'est impossible de quitter la résidence, dit-elle. Il y a partout des gardiens.

— La plupart d'entre eux sont partis avec Delgado, et en l'absence de leur maître je doute que ceux qui restent soient plus difficiles à neutraliser que celui qui surveillait vos fenêtres.

Il savait donc que Julian avait dû s'absenter. Mais il ignorait qu'en raison de cette absence même les gardes avaient reçu des consignes de vigilance renforcée. Comment le convaincre ?

— A supposer que nous puissions…

Elle se tut, parce qu'on venait de frapper discrètement à la porte. Les yeux agrandis par la peur, elle se figea, sans quitter des yeux l'étrange visiteur. Tirant un pistolet de sa vareuse, l'Anglais la saisit par le poignet, comme il l'avait fait dans les jardins du roi, et entreprit de l'entraîner vers le volet ouvert.

Pilar laissa tomber la jaquette qu'il venait de lui lancer et s'efforça, à deux mains, de desserrer les doigts qui lui étreignaient violemment le poignet. Elle ne pouvait protester autrement, puisque de l'autre côté de la porte on aurait pu l'entendre.

Il était bien sûr le plus fort. Impitoyablement, il progressait sans la lâcher en direction du passage par lequel il était entré. Désespérément, elle lui frappa le visage de sa main libre, avec tant de violence qu'il rentra la tête dans les épaules et leva le bras gauche pour amortir les coups de poing.

Tout en se débattant avec rage, Pilar suppliait le ciel que les froissements et les chocs soient assez discrets pour ne pas donner l'alerte à la femme de chambre qui sans nul doute s'impatientait.

On atteignait la fenêtre. Sans desserrer sa prise, Sébastien Sinclair tourna la tête pour scruter l'obscurité du jardin.

Lorsque leurs regards se croisèrent de nouveau, Pilar comprit que ce dément ne renoncerait pas à son projet, et resterait inflexible. Il pourrait la maîtriser et la porter jusqu'où bon lui semblait, s'il en décidait ainsi. La seule façon d'agir…

Du poing gauche, elle le frappa sur le nez de toutes ses forces, et dans le même mouvement tenta de libérer son poignet droit en effectuant une torsion désespérée, la panique décuplant ses forces.

Contre toute attente, elle se trouva libre, si soudainement qu'elle tituba en arrière, malgré les efforts que faisait son ravisseur pour la rattraper. En déséquilibre, elle trébucha sur la jaquette d'amazone qu'elle avait laissé choir.

Les deux bras étendus et battant sans trouver d'appui, elle sut qu'elle tombait à la renverse, sans recours. Un choc retentissant fit vibrer les muscles tendus de sa nuque. L'arrière de sa tête venait de heurter l'un des lions d'ébène qui tenaient lieu de pieds à son lit.

Elle n'eut que le temps d'emporter une dernière image : celle de l'officier anglais, le visage horrifié, la main tendue vers elle. Alors l'obscurité l'ensevelit, et sa conscience se déroba.

[illegible]

[illegible]

[illegible]

[illegible]

[illegible]

[illegible]

5.

Embarrassé par le fardeau qui l'encombrait, Sébastien parvint à dégager son avant-bras droit afin de frapper à coups redoublés sur le vantail épais de la porte de service, à l'arrière du vaste bâtiment. Comme le roi Ferdinand, sous prétexte d'honorer ses hôtes, avait tenu à pourvoir l'entrée principale d'une garde armée, il ne restait à ceux qui recherchaient la discrétion qu'à passer par la porte réservée aux fournisseurs et aux domestiques.

Il fouilla du regard les ténèbres et tendit l'oreille. On ne voyait aucune lumière, on n'entendait aucun bruit. Bien que tout à l'heure, chez Delgado, on ait frappé à la porte de la chambre à deux reprises, quelques secondes avant qu'il n'en sorte, personne n'avait donné l'alerte sur le moment. Pendant qu'il franchissait en hâte le mur du jardin, aucun des gardes postés par Delgado ne s'était manifesté.

Pour cette fois, la chance souriait à Sébastien Sinclair, qui se surprenait à mener inopinément une action entièrement hasardeuse et improvisée, au point de n'avoir pas prévu de retraite ni bien sûr de logement pour la fille qu'il venait d'emmener contre son gré, à la faveur de son inconscience.

Lorsqu'il s'était avisé d'enlever la pupille du colonel afin d'exercer sur son prétendu tuteur une sorte de chantage, Sébastien n'avait en aucune façon envisagé l'hypothèse d'un rapt. Sur la foi de ses propos, il s'était imaginé que la mystérieuse Pilar l'accueillerait en libérateur. N'avait-elle pas décrit Delgado comme un tyran ?

Peut-être serait-il parvenu à la convaincre, si ce malencontreux coup frappé à la porte n'était venu interrompre leur entretien. De cette supposition, Sébastien se serait plu à faire une certitude, ne fût-ce que pour s'absoudre d'une infraction aussi éclatante au code de l'honneur. La conviction de sa culpabilité lui semblait s'accroître de minute et minute, et les remords le tenaillaient un peu plus chaque fois qu'il se risquait à jeter un regard sur le visage pâle de la jeune fille qui semblait dormir entre ses bras.

Lorsqu'elle était tombée à la renverse, il s'était précipité à son secours, mais n'avait pu que constater son état de profond évanouissement. On avait de nouveau frappé à la porte, et une voix féminine avait appelé doña Pilar. Sans réfléchir aux conséquences de son acte, Sébastien s'était empressé de jeter le corps inanimé sur son épaule, pour l'emporter. Ce geste, il l'avait accompli à maintes reprises, pour secourir des blessés qui tous étaient beaucoup plus pesants que la jeune fille, et n'embaumaient pas comme elle.

Une fois sorti, il était allé détacher son cheval de louage, s'était mis en selle avec son fardeau et avait repris le chemin de la résidence officielle des Anglais en tenant contre son corps celui de la jeune fille qui s'abandonnait, étrangement tranquille et vulnérable.

Elle avait cependant repris conscience quelques instants, et tourné un peu la tête pour observer le visage de son ravisseur d'un œil étonné. Sottement, Sébastien Sinclair s'était félicité de n'offrir que sa joue droite à la contemplation de sa prisonnière, dont les paupières s'étaient d'ailleurs aussitôt abaissées.

Du temps s'était écoulé depuis ce bref répit, mais l'évanouissement se prolongeait de façon fort inquiétante. Sans doute le choc avait-il été plus violent qu'il ne l'avait d'abord semblé.

— Qui c'est qui frappe à cette heure ?

Bien que la voix, assourdie par l'épaisseur de la porte, ne fût guère engageante, Sébastien l'entendit résonner comme celle, a priori harmonieuse, de la Providence. Enfin, l'un de ses vœux se trouvait exaucé.

— Sinclair, répondit-il.

Se reprenant aussitôt, parce que son nom n'était pas nécessairement connu de tous les domestiques, il estima souhaitable d'apporter une précision plus évidente.

— Le balafré, dit-il en assumant hardiment cette appellation. Ouvrez vite.

On ne posa pas d'autre question, mais une éternité sembla s'écouler avant que ne se fasse entendre le bruit caverneux de la traverse qui quitte son logement. Lorsque l'opération fut terminée, la porte s'entrouvrit et Sébastien vit apparaître le visage massif de Rodrigo, le cuisinier qui servait occasionnellement d'interprète.

Ce personnage, au demeurant sympathique, ne semblait pas mépriser l'argent. Sébastien connaissait donc le moyen de s'en faire un allié. Dans les heures qui allaient suivre, il aurait besoin d'aide et de discrétion.

A cette heure tardive, le cuisinier se trouvait en chemise de nuit, et portait un bonnet rouge du plus surprenant effet. Il prit soin de lever le bougeoir qu'il tenait à la main droite pour vérifier l'identité du visiteur.

Sans lui donner le temps de s'étonner ou de poser des questions, Sébastien poussa la porte de l'épaule pour l'ouvrir autant qu'il le fallait pour l'admettre avec son encombrante charge. Avec une présence d'esprit qui laissait bien augurer de la suite des événements, Rodrigo posa la hache dont par précaution sans doute il étreignait le manche de la main gauche, et se hâta de remettre la traverse en place, sans faire de commentaire.

— Il me faut un lit et du vin chaud, dit Sébastien avec autorité. Tu ne regretteras pas ta peine.

Ce personnage, qui jouissait d'un grand prestige dans le quartier des domestiques, pouvait dans l'instant déclencher un scandale et ruiner d'un coup la carrière et la réputation du capitaine Sinclair. En conséquence, celui-ci résolut de se comporter comme l'eussent fait ses frères en de telles occasions. « En cas de faiblesse, il faut toujours en imposer par la puissance du verbe, disait le comte de Darewood. Plus que la force, la conviction de l'autorité s'impose à ceux qui se sentent commandés. Parlez-leur en chef, ils se plieront à votre volonté. »

Aussi bien l'homme au bonnet de nuit ne semblait pas s'émouvoir outre mesure.

— Elle est morte ? demanda-t-il incidemment, en élevant son bougeoir pour observer le visage de la jeune fille évanouie.

Sous la peau fine de ses paupières fermées se dessinaient de minces veines bleues. Son visage était si paisible que Sébastien put croire un instant que le pire était survenu.

Mais il se rassura aussitôt en observant le mouvement régulier de sa poitrine qui tout à l'heure, lorsqu'il la maintenait sur le cheval, se pressait rythmiquement contre son corps de si émouvante façon.

— S'il lui faut un lit et du vin chaud, c'est qu'elle est vivante, dit-il avec l'autorité du chef auquel l'évidence n'échappe pas. Exécution.

Pour jouer son rôle comme il convient, le benjamin des Sinclair souleva le plus aristocratiquement du monde le sourcil droit, dans un geste qu'Alexandre, son aîné et son modèle, n'aurait pas désavoué, afin d'amplifier l'expression d'un regard impérieux. Il eut la satisfaction de parvenir au même degré d'efficacité que le comte, qui se flattait d'en imposer aux plus indociles.

— Par ici, milord, dit le cuisinier en ouvrant la marche dans le couloir des cuisines, son bougeoir levé.

En poussant un soupir de soulagement, Sébastien assura sa prise sur son fardeau pour en faciliter le transport, vérifia d'un coup d'œil la position de la barre de fermeture, et se hâta de suivre la flamme vacillante de la bougie qui dansait là-bas, dans les ténèbres, et jetait des lueurs sur la hache que Rodrigo n'avait pas oublié de reprendre.

— Buvez encore. Cela vous soutiendra.

Pilar ouvrit les yeux. Il faisait jour. L'officier anglais, en uniforme cette fois, se penchait vers elle, lui passait un bras sous les épaules afin de lui soulever le buste et présentait à ses lèvres un grand bol fumant.

Elle se souvenait confusément de la même scène et du même geste, un moment auparavant, alors qu'il faisait nuit et qu'une unique lampe donnait de la lumière. Lorsqu'elle s'éveillait quelques instants, elle le trouvait toujours à son chevet.

Une fois, elle s'en souvenait, il lui avait posé la main sur le front, s'inquiétant sans doute qu'elle ait la fièvre. Et comme elle était parvenue à soulever les paupières pour le regarder, il lui avait tapoté la joue, comme pour lui faire une caresse.

Il avait une main fraîche qui apaisait les douleurs lancinantes de son occiput. La tentation de tourner la tête pour s'y blottir s'était emparée d'elle.

— Eh bien, buvez, reprit-il sur un ton un peu autoritaire cette fois.

Soumise à cette injonction comme l'aurait été une petite fille, elle entrouvrit les lèvres et goûta le breuvage. Ce n'était pas une simple tisane. Un peu âpre, mais sucré, à la saveur puissante, c'était sans doute un médicament, un fortifiant. Quel qu'il fût, il combattait délicieusement la sécheresse de sa gorge.

Lorsque Sinclair redressa un peu le bol, elle tendit les lèvres pour garder le contact avec lui. Comme elle avait soif ! Dans sa tête, la douleur persistait mais avait perdu de sa violence.

— Vous en voulez encore ?

Elle acquiesça de la tête. Il pencha de nouveau le bol, qu'elle vida presque entièrement, avec avidité. Lorsque d'un signe elle indiqua qu'elle en avait assez, il la reposa doucement sur ses oreillers, avant de déposer le bol sur une petite table où pendant la nuit avait brillé la lampe.

Il faisait clair maintenant. La pièce, assez petite, ne comportait qu'une fenêtre ornée d'un rideau usé jusqu'à la transparence. Le coffre, les sièges, la table, étaient rustiques et dépareillés.

— Où sommes-nous ? demanda-t-elle en levant les yeux vers son visage.

Dans cet éclairage indiscret, la longue balafre sollicitait violemment le regard. Mais en définitive, songea la jeune fille, cette violence ne portait pas atteinte à l'allure générale du personnage. Dépourvus de cette cicatrice, ses traits auraient pu paraître trop réguliers, trop délicats. Sans elle, Sébastien Sinclair aurait fait penser à un parangon de beauté convenue, à une gravure de mode.

La trace de l'estafilade ajoutait une sorte de charme viril et agressif à la beauté classique de ses traits. Sans doute le capitaine ne partageait-il pas ce point de vue positif et optimiste. Fût-il absolument dénué de toute prétention esthétique, la façon dont il avait reçu cette blessure la lui rendait à jamais odieuse.

— Nous sommes, vous êtes en lieu sûr, répondit-il. Pour le moment, du moins. Ici, vous n'avez rien à craindre.

Pourquoi craindre ? Pilar ne comprenait pas. Et soudain retentit dans son esprit le nom de son persécuteur. Julian !

Il allait se mettre à sa recherche. A cette pensée, elle voulut bondir, s'appuya des deux mains au drap pour se redresser, pour fuir… Elle y renonça aussitôt, contrainte de fermer les yeux pour échapper au tournoiement du vertige.

Sébastien lui enveloppa d'un bras les épaules. Elle n'eut pas la force de le repousser, de refuser son aide. Accablée, elle s'abandonna, le visage blotti contre son torse, réduite à l'impuissance par l'égarement.

Dès que la crise fut passée, elle se redressa et se dégagea de l'étreinte protectrice, sans qu'il songe à la retenir.

— Pourquoi m'avez-vous emmenée ? Pourquoi m'avez-vous transportée dans cette chambre que je ne connais pas ? demanda-t-elle en scrutant son visage.

— Je vous l'ai déjà dit, répondit-il.

Ses yeux bleus s'assombrissaient, et leur éclat semblait glacial. Leur expression rappelait les intentions effectivement formulées la veille.

« J'ai besoin de vous pour tendre un piège à votre tuteur, et pour le tuer. »

— Quand je l'aurai tué, reprit-il, je m'engage à vous rendre à votre famille.

— Je n'ai plus de famille, murmura-t-elle amèrement. Je suis seule au monde, hélas. Julian a pris soin de s'en assurer.

Sébastien, surpris, sourcilla. Il n'osait comprendre.

— Voulez-vous dire que votre tuteur...

Soudain exaspérée, elle lui coupa la parole. Pourquoi ne l'avait-il pas écoutée ? Pourquoi s'avisait-il trop tard d'admettre la vérité ?

— Je vous avais prévenu ! s'écria-t-elle avec emportement. Je vous ai dit qu'il était capable de tout, et vous n'avez pas voulu me croire !

Il se fit un bref silence. Lorsque l'Anglais le rompit, son intonation n'était plus la même. Son agressivité ne le cédait en rien à celle de Pilar.

— Ce dont Delgado est capable, je le sais d'expérience, dit-il âprement. Le lendemain de la réception royale, votre tuteur m'a tendu un piège. Ce traquenard m'était destiné, mais c'est l'un de mes amis qui en a été la victime. Il est mort. On l'a assassiné, en le confondant peut-être avec moi.

Pilar comprit d'emblée que ce meurtre ne pouvait être que la conséquence de sa folle équipée.

— Jamais je n'aurais dû quitter la salle de bal, murmura-t-elle. Je suis bien placée pour savoir…

Elle se tut, parce que précisément elle s'était comportée en parfaite ignorante des préceptes longuement enseignés par Julian, qui lui interdisait absolument toute velléité non pas de révolte, mais d'indépendance. Sans tenir compte de ses avertissements, elle s'était autorisé une escapade, pour jouir un instant d'une liberté perdue.

Elle aurait dû se souvenir qu'elle avait un an plus tôt abdiqué le droit d'être libre, et que toute dérogation à ce pacte entraînait une inévitable sanction. Julian ne s'était pas fait faute de le lui rappeler.

Après le décès de son père, il avait décidé de régir sa conduite dans tous les domaines, humiliant sa fierté jusqu'à provoquer une incoercible volonté de rébellion.

C'est alors qu'elle s'était résolue à s'enfuir loin de son tyran. Lors de cette unique tentative, elle avait rencontré l'Anglais près de la rivière, et avait découvert que, si elle était prête à mourir s'il lui était interdit de vivre libre, elle n'irait pas jusqu'à sacrifier la vie d'autrui pour recouvrer sa liberté perdue.

Lorsqu'elle avait compris que sa tentative d'évasion allait entraîner la mort de l'Anglais qui se baignait, elle avait conclu avec Julian un pacte. Pour sauver cet inconnu, elle se soumettait au tyran. Parce que cet acte de soumission comblait les vœux de son prétendu tuteur, Sébastien Sinclair n'était pas mort ce jour-là.

Un an plus tard, elle avait tenté de se libérer quelques instants de son joug, et un autre homme était mort. Elle s'expliquait maintenant la jubilation muette de Delgado, la veille et l'avant-veille. Parce qu'elle avait voulu échapper quelques instants à la touffeur d'une salle de bal, la sanction était intervenue, immédiate. Et cette fois Pilar n'avait même pas pu intercéder pour épargner la victime. Aussi bien n'avait-elle plus rien à abandonner à celui qui disposait d'elle et de son destin.

— Comment cela s'est-il passé ? demanda-t-elle.

Loin de toute curiosité morbide, seule l'animait la volonté d'en savoir davantage sur les méfaits de Julian, de manière à nourrir son mépris et sa haine, car les passions, si négatives soient-elles, aiment à s'accroître de nouveaux aliments.

— Votre femme de chambre a dicté votre message à un fournisseur qui fréquente la résidence où nous nous trouvons ainsi que celle où vous demeurez.

Pilar n'avait dicté aucun message. Mais Anna, elle le savait, se soumettait aveuglément, comme d'ailleurs l'ensemble des domestiques, à la volonté du maître.

— Mon message ? protesta-t-elle, je n'en ai envoyé aucun, à personne, je vous assure...

— Ce message m'était destiné, poursuivit Sinclair sans se soucier d'entendre d'autres dénégations, mais pour me protéger mon ami le plus intime l'a intercepté, et s'est présenté à ma place au rendez-vous que vous me donniez, vers 5 heures.

— Dans un cimetière, n'est-ce pas ? Voilà pourquoi vous en parliez, hier soir. Je ne vous comprenais pas pour la simple raison que je ne savais rien de ce complot, je vous le jure !

— Quelqu'un l'attendait, en tout cas. Une personne qui portait une cape noire, une cape de femme.

Se pouvait-il qu'Anna ait participé à ce traquenard ? La plus ancienne des femmes de chambre s'était absentée ce jour-là comme elle le faisait souvent, sans que cette sortie ait quelque chose d'exceptionnel.

— Bien qu'il soit très facile de m'identifier, poursuivit Sébastien en effleurant du doigt sa cicatrice, on n'en a pas moins abattu mon ami.

Le cœur de Pilar se serra. Cet Harry était mort par sa faute. Sébastien Sinclair ne s'exposait-il pas à subir le même sort ?

— Julian ne se soucie que de lui-même, dit-elle amèrement. Il méprise la vie d'autrui, et la sacrifie sans remords à ses moindres caprices. Malheur à ceux qui se trouvent sur son chemin !

En percevant dans son intonation quelque chose de désespéré, Sébastien se souvint d'une confidence récente.

— Vous n'avez plus de famille, m'avez-vous dit. A-t-elle contrarié les desseins de Delgado ?

— Ma mère ne l'a jamais rencontré, puisqu'elle est morte en me donnant le jour. Bien que l'usage le veuille en un tel cas, mon père s'est refusé à prendre une seconde épouse. Il n'a cessé en fait de porter le deuil de ma mère, jusqu'au dernier jour.

Lorsqu'elle avait appris la mort de son père, Pilar avait voulu considérer avec optimisme, pour son propre salut, cet événement terrible. Le vœu de son père d'être réuni à sa femme bien-aimée ne se réalisait-il pas ?

— Mon père rêvait de mettre fin à l'occupation de l'Espagne par les Français, poursuivit-elle. C'est ainsi qu'il s'est trouvé conduit à fréquenter des personnages qu'en principe il n'aurait jamais dû connaître, comme Julian Delgado. Mon père était un grand d'Espagne, Julian un simple roturier. Seule la guerre pouvait les rapprocher. Mon père appréciait le courage physique de Delgado et son apparent patriotisme. Si mon père avait mieux connu son caractère et sa mentalité, jamais il ne lui aurait ouvert la porte de notre maison. Dès que Julian m'a vue, il a demandé ma main.

— Votre père la lui a accordée ? s'inquiéta étourdiment Sébastien.

— Non, bien sûr, parce qu'en épousant un roturier sa fille aurait dérogé. Mais il voyait en Julian un partisan dévoué à une noble cause. Je n'ai pas eu à protester, parce que mon père n'a pas même songé à me demander mon avis. Il ne pouvait savoir alors que, aux yeux de Delgado, toute contrariété constitue une agression, et qu'un refus, si justifié soit-il, équivaut à une insulte, à un défi qu'il lui faut à tout prix relever.

Elle se tut, les yeux baissés. Sébastien respecta son silence et songea, en voyant dépasser de la couverture rugueuse qu'il avait posée sur elle la dentelle du vêtement de nuit qu'elle portait, qu'il lui faudrait d'urgence trouver à sa victime une garde-robe. Parfaitement profane en matière d'enlèvement, il avait pour son coup d'essai choisi la plus ravissante des victimes. Lorsqu'il s'était trouvé contraint de l'allonger sur la couchette, quelles émotions l'avaient saisi ! Il n'osait les analyser. L'admiration et l'attendrissement en expliquaient-ils à eux seuls la douceur ? En portant sa proie, en rabattant sur ses jambes fines son vêtement léger, n'avait-il pas éprouvé une autre pulsion que celle du désir ?

Comme pour le distraire de ses inutiles divagations, la jeune fille reprit après un moment son récit, le regard perdu dans le vague.

— Mon père s'opposait au règne de Joseph Bonaparte, l'usurpateur, par fidélité à la dynastie espagnole et aux idéaux de sa famille. Julian pour sa part n'est qu'un opportuniste, toujours prêt à prendre le parti du plus fort. Lorsqu'il a pressenti l'inéluctable défaite des Français, alors il est devenu l'un des plus ardents défenseurs de l'ancien régime. Lorsqu'il militait pour le retour d'exil du roi, il en escomptait les faveurs.

— Il les a obtenues, constata Sébastien.

Pilar, dont le regard s'était fait lointain lorsqu'elle évoquait le passé, fixa de nouveau les yeux sur le visage du capitaine, qui chaque fois lui paraissait plus accessible, en quelque sorte plus familier. Des signes de fatigue et même d'épuisement y apparaissaient. Elle se souvint que la veille déjà ses traits portaient la trace de l'insomnie, et qu'il était resté à son chevet toute la nuit.

Le rappel de cette longue veille l'émut vivement. Depuis longtemps, personne ne s'était véritablement soucié de son bien-être. Les serviteurs qui l'entouraient n'étaient mus ni par l'affection ni par le dévouement à son égard, mais par la crainte que leur inspirait leur maître.

— Il a les faveurs du roi, en effet, mais il n'est pas encore parvenu au terme de ses ambitions. La mort de mon père était naturellement indispensable à leur réalisation. Julian a pris soin de la mettre au compte des hasards de la guerre, mais au fond de mon cœur je sais qu'il en est responsable.

— Delgado aurait assassiné votre père ?

— Au cours d'un conflit en quelque sorte clandestin où se succèdent embuscades et escarmouches, il est facile de se débarrasser d'une personne dont l'existence vous importune. C'est Julian qui m'a appris la mort de mon père. Il l'aurait assisté dans ses derniers instants, au cours desquels mon père l'aurait choisi pour devenir mon tuteur légal, en lui remettant même une sorte de testament. Il s'agit d'un texte calligraphié par un copiste, et qui porte une signature un peu maladroite, en raison d'une blessure, a-t-on prétendu. En l'absence de toute expertise et de tout recours, Julian s'est empressé de le faire authentifier par un évêque naguère protégé du roi Joseph, et candidat à sa propre réhabilitation. Julian est parvenu à ses fins. Il y parvient toujours.

Elle fit encore une pause. Son regard s'était durci.

— Mon père avait levé aux alentours de son fief une petite armée composée de serviteurs fidèles. A sa mort, Delgado en a pris le commandement, en s'entourant surtout de ses propres partisans. Pendant les derniers mois de la guerre, il a multiplié les manœuvres de harcèlement, et a su mettre en valeur son efficacité. Dès le retour du roi, il lui a adressé des requêtes qui seront nécessairement acceptées sous peu. Le roi n'a rien à lui refuser.

— De quelles requêtes s'agit-il ?

— La seconde seule lui importe vraiment. Il veut obtenir d'abord l'autorisation d'épouser sa pupille, ce qui lui permettra ensuite de recevoir en héritage les terres et les titres de son père, Antonio Rafael Lazaro Mendoza de Covadonga, Condé del Castillo. Imaginer qu'un être tel que Julian veuille m'épouser par amour, ce serait mettre le comble à la naïveté.

Sébastien l'écoutait, pensif et recueilli. De toute évidence, la jeune fille, en s'exprimant aussi longuement, se libérait de préoccupations et de secrets dont le fardeau l'accablait. Elle le prenait pour confident. Par son extravagance même, l'aventure qu'ils vivaient ensemble les rapprochait.

— Dans le jardin du palais, continua-t-elle, je n'ai eu ni le loisir ni l'intention d'entrer dans ces détails, parce que je comptais bien ne jamais vous revoir, capitaine Sinclair. Soyez en tout cas satisfait de votre stratégie. Mon tuteur viendra mordre à l'appât que vous lui présentez. Il viendra me chercher car, s'il me perd, ses ambitions se trouvent ruinées. Ou plutôt c'est à vous d'abord qu'il va s'intéresser. Lorsqu'il vous aura trouvé, alors il agira comme il voulait le faire au bord de la rivière, avant que je le persuade de renoncer à ce meurtre. Il vous tuera.

Faute d'arguments décisifs, Sébastien remit à plus tard les exhortations à l'optimisme qui s'imposaient. Aussi bien fallait-il qu'il fasse ailleurs acte de présence.

— Reposez-vous, dit-il. Cette chambre manque de confort, mais nul autre que moi n'y pénétrera.

— Il ne nous trahira pas, dit Sébastien. Son silence m'a coûté assez cher, mais la prudence est mère de sûreté, Malford.

— Vous voulez que je le tienne à l'œil, capitaine ? Ce Rodrigo ne sort jamais de la maison.

— Surveille-le de près, mais avec discrétion. Prends garde à son couteau !

La nuit précédente, Sébastien s'était trouvé contraint d'accorder sa confiance au cuisinier qui lui avait ouvert la porte. Les locaux occupés par la délégation anglaise constituaient le seul refuge possible pour l'un de ses membres, d'autant qu'il se trouvait chargé du plus embarrassant des fardeaux. Mais avec le jour était venu le temps de la réflexion, et les inconvénients du système apparaissaient en pleine lumière.

La résistance que lui avait opposée le cuisinier interrogé sur l'identité du marchand de poissons pouvait être portée au crédit du maître queux espagnol, mais sa discrétion pouvait avoir des limites. Et un personnage de l'envergure de Delgado disposait de moyens de persuasion ou d'intimidation d'une redoutable efficacité.

— Soyez tranquille, capitaine, je ne vais pas le quitter d'une semelle. Pendant ce temps-là, vous vous occuperez du salaud qui a tué lord Wetherly.

Sébastien serra affectueusement l'épaule de l'ordonnance du défunt vicomte. En Malford, il possédait le plus précieux des collaborateurs, puisque provisoirement sans affectation et sans maître il se tenait à la disposition de Sébastien, et qu'il ne rêvait comme lui que de venger la mort du malheureux Harry. Sébastien n'avait pas eu à réfléchir longuement avant de prendre la décision de mettre Malford dans le secret de l'enlèvement improvisé, et du dessein poursuivi.

— A propos de lord, reprit l'ordonnance qui allait s'éloigner, j'allais oublier, parce que je perds la tête, capitaine, le duc aimerait bien vous voir. Il vous a réclamé, il y a peut-être une demi-heure.

En entendant ces mots, Sébastien Sinclair revécut les angoisses de son enfance, non pas atténuées par l'âge mais cent fois multipliées, car il est moins inquiétant de s'entendre tancer par un régent de collège que par un général investi de tous les pouvoirs. Dans le cas où l'on commet plusieurs délits, dont ceux de désobéissance et de séquestration, sous le propre toit du maître, l'inquiétude s'en trouve décuplée. Sébastien en faisait l'expérience.

Après avoir remercié Malford, il attendit que celui-ci soit sorti pour se passer l'index autour du cou, car il lui semblait que son col s'était rétréci. Il vérifia sa tenue, sortit de sa chambre et prit le chemin des étages supérieurs, en espérant que l'attente ait été assez brève pour ne pas épuiser la patience de Wellington, qui n'en possédait guère.

Dans l'hypothèse où le duc ne nourrissait aucun soupçon, Sébastien pouvait s'attendre à subir une épreuve assez désagréable. Si au contraire l'un des agents de renseignements dont il aimait s'entourer lui avait signalé l'enlèvement par le capitaine Sinclair de la pupille d'un favori du roi Ferdinand, alors qu'importerait le retard de Sébastien ? Bien peu, en vérité.

— Vous voici donc, capitaine Sinclair, dit Wellington en levant les yeux de sa table de travail, pour les reporter aussitôt sur le document qu'il consultait.

Sébastien respira mieux. Wellington, qui ne savait pas dissimuler, n'éprouvait d'évidence aucun mécontentement à son égard. Quel que fût l'objet de sa convocation, aucun blâme, aucune sanction n'était à craindre.

— A vos ordres, monsieur le duc.

— J'ai reçu ce matin des informations dont il ne me semble pas inutile de vous faire part, dit le général. Elles ont trait à l'événement dont nous nous sommes entretenus confidentiellement lors de notre dernière entrevue.

Ennemi des périphrases et soucieux de souligner la cruauté des faits, Sébastien Sinclair les résuma.

— Il s'agit du décès de lord Wetherly, précisa-t-il.

— D'une certaine façon, en effet. A ce propos, j'ai ordonné une enquête, naturellement. Il en résulte qu'aucun témoin ne se trouvait dans les parages de cette église, Santa Maria de la Rosa, cet après-midi-là.

Sébastien s'abstint de faire observer au duc que les assassins s'entourent rarement de témoins au moment de commettre leur crime.

— En fait, poursuivit Wellington, mes informations ne concernent que le colonel espagnol dont nous avons parlé.

— Julian Delgado.

— Il semble que ce personnage soit appelé à occuper la fonction d'ambassadeur de Sa Majesté le roi Ferdinand auprès du roi de France, qui est lui aussi rentré d'exil. Sa désignation a eu lieu hier, ce qui lui laisse peu de temps pour rejoindre son poste, dans l'hypothèse où il assisterait à la signature des accords en préparation. Si tel n'est pas le cas, le roi d'Espagne tient sans doute à disposer d'un représentant à Paris, puisque le tsar de Russie y réside encore, aussi bien que le roi de Prusse. Paris est furieusement à la mode, semble-t-il.

— Pardonnez-moi, monsieur le duc, s'écria Sébastien, trop ému pour attendre patiemment la fin de l'exposé, dois-je comprendre que Delgado doit se rendre à Paris ?

— Selon mes informateurs, il est déjà parti.

Wellington sourit avec suffisance, car il se flattait d'entretenir en activité un certain nombre d'espions qu'il désignait par cet euphémisme. Connaissant la précision de ce service de renseignements au cours de la longue guerre, Sinclair ne doutait pas de la véracité de cette information.

— Je dois reconnaître, poursuivit le duc, que connaissant l'amitié qui vous liait au vicomte ainsi que les soupçons que vous nourrissez à l'encontre de Delgado, la nouvelle de son départ m'a débarrassé d'une cruelle inquiétude.

Sébastien ne parvenait pas à comprendre d'emblée toutes les implications de cette révélation. Pour l'essentiel, Julian Delgado se trouvait désormais hors d'atteinte de sa vengeance, puisqu'il s'était éloigné de Madrid. Sans doute Sébastien avait-il assisté sans le savoir au départ pour la France du tuteur de Pilar.

Au moment de monter en voiture, le colonel avait dramatiquement rappelé à ceux de ses gens qu'il laissait sur place la sanction qu'ils encouraient en cas de défaillance. Il y avait fort à parier qu'aucun d'entre eux n'allait se soucier de le rattraper pour l'informer de son infortune.

— Une anecdote qui vous amusera, reprit le duc, que le soulagement semblait rendre disert. Ce colonel de guérilla s'est vu octroyer une dénomination conforme à la dignité de sa mission. Ferdinand a fait droit à une revendication déjà ancienne, semble-t-il. Un simple ruffian ne saurait représenter la cour d'Espagne, la cour d'avant Bonaparte, bien sûr, sans porter un grand nom.

— Condé del Castillo, lança Sinclair à l'étourdie.

— Je suis heureux de constater qu'un capitaine de mon entourage est aussi bien renseigné que moi-même, dit Wellington sans sourire le moins du monde. De toute façon, en devenant ambassadeur celui que vous soupçonnez se trouve plus que jamais appartenir à la classe des personnes au-dessus de tout soupçon. Je suppose que sa pupille l'accompagne. On m'a dit qu'ils allaient bientôt se marier. Ils vont peut-être effectuer leur voyage de noces au bord de la Seine, plaisir réservé aux Français jusqu'à présent, et qui désormais devient accessible à leurs vainqueurs ainsi qu'à leurs anciennes victimes !

Wellington lui-même désirait se rendre à Paris, et rêvait de fréquenter le salon de la célèbre Mme Récamier. Sébastien espéra que les projets du duc emplissaient son esprit jusqu'à lui faire oublier la bévue qu'il venait de commettre, et qu'ainsi le duc ne lui demanderait pas de révéler ses sources d'information. Pour cette fois, il sut tenir sa langue. La pupille de Delgado ne risquait pas de se marier à Paris, puisqu'elle se trouvait précisément à Madrid, dans la résidence occupée par la délégation anglaise, deux étages plus bas, sous les pieds de Wellington.

— En ce qui nous concerne, poursuivait le général, nous allons bientôt nous rendre à Bordeaux. L'embarquement et le rapatriement de l'armée britannique ne sera pas une mince affaire. Je vous avais promis votre retour pour la fin du mois de juin, et je tiendrai parole, naturellement. Je suis content de vous, Sébastien, parce que vous n'avez pris en ces fâcheuses circonstances aucune initiative qui soit de nature à contrarier ma mission, et à vous mettre en difficulté par conséquent avec vos frères.

Le capitaine se contenta de hocher la tête, sans plus se compromettre.

— Malgré vos engagements formels, je redoutais de votre part quelque extravagance, avoua Wellington. Le comte de Darewood ne m'aurait jamais pardonné le moindre risque encouru par vous, alors que la guerre est terminée. Les choses étant ce qu'elles sont, vous allez pouvoir surprendre le commandant Sinclair, qui ne passe sans doute pas sa lune de miel sur les bords de la Seine.

L'exceptionnelle bonne humeur du général attestait ses inquiétudes passées, et surtout son ignorance, puisqu'à son insu elles n'étaient pas vaines.

— Je crois en effet que Ian et son épouse ont préféré les bords de la Tamise, monsieur le duc, dit le capitaine dans l'espoir de déplacer le terrain de la conversation.

Son attente se trouva cruellement déçue.

— J'ai eu peur, Sébastien, je l'avoue, insistait Wellington. Vous avez su faire taire votre... disons votre impétuosité, qui aurait pu vous conduire à commettre des actes regrettables. Votre exceptionnelle retenue atteste une maturité et un sens du devoir que je me plais personnellement à reconnaître. En cette circonstance comme en d'autres, vos frères peuvent être fiers de vous.

— Merci, monsieur le duc, dit Sébastien sans songer un instant à ôter au général ses illusions.

Delgado était loin, et Sébastien Sinclair allait rentrer en Angleterre. Leur sort se trouvait fixé. Qu'allait-il advenir de celle qui était la pupille de l'un, l'otage de l'autre ?

L'espace d'un instant, l'image de celle qu'il avait portée dans ses bras vint s'imposer à l'esprit du capitaine. Il l'avait enlevée de vive force, sans obtenir un consentement qu'il n'avait d'ailleurs pas sollicité. Il s'était engagé à tuer son tuteur, et à garantir sa liberté.

Le premier de ces engagements, Sébastien Sinclair se trouvait dans l'impossibilité matérielle de le remplir. Pour satisfaire au second, un seul moyen s'offrait à lui.

— Je [illegible] que j'ai [illegible]
les bords de la [illegible] dit [illegible]
dans l'esprit de [illegible] la [illegible]
[illegible]
— [illegible]
vous [illegible]
[illegible]
[illegible]
[illegible]
[illegible]
[illegible]

— Mais [illegible]
[illegible]

Depuis [illegible]
Angleterre. [illegible]
[illegible]

Lorsque [illegible]
dans [illegible]
[illegible]
[illegible]
[illegible]

Le [illegible]
[illegible]
[illegible]

6.

— De plus brave que lui, j'en connais pas, madame. Lord Wetherly le disait et le redisait toujours, qu'au combat y avait rien à craindre si le capitaine Sinclair était dans les parages. Un chef comme y en a pas deux, et gentilhomme avec ça ! Un cadet de famille, alors sans titre, bien sûr, mais d'une famille tellement ancienne et puissante qu'un cadet comme celui-là c'est mieux qu'un baron chez les autres. C'est ce qu'on m'a dit, sûr.

La société choisie dans laquelle Pilar avait passé son enfance et une partie de son adolescence proscrivait absolument l'attention portée aux ragots des domestiques, et plus sévèrement encore le fait de les encourager ou de les solliciter. Mais en ces temps troublés, les dérogations aux bons usages semblaient s'imposer. Lorsqu'une jeune fille vient de subir l'offense d'un enlèvement, n'est-il pas légitime qu'elle s'enquière de la qualité de son ravisseur ? Intarissable sur un sujet qui lui tenait particulièrement à cœur, l'ordonnance de lord Wetherly s'enchantait de narrer les hauts faits des deux amis, et se remémorait avec accablement les circonstances particulières de la mort du vicomte.

Pilar comprenait mieux à présent les liens particuliers qui unissaient les deux hommes, ainsi que les détails du complot ourdi par Delgado. Elle ne s'étonnait plus que le capitaine l'ait injustement soupçonnée de complicité, et ne condamnait pas sa volonté farouche de châtier le coupable.

En exprimant à propos de Sébastien Sinclair des éloges dithyrambiques, Malford était parvenu à faire naître dans l'esprit de la jeune fille une confuse lueur d'espoir. Invincible comme il semblait l'être, le capitaine n'avait-il pas, en définitive, une chance de parvenir à ses fins ? Comme il était bon de rêver et de se laisser séduire par une flatteuse éventualité. Que Julian trouve son maître et disparaisse, quel soulagement ce serait pour elle !

— Vous m'avez dit que son frère aîné portait le titre, n'est-ce pas ?

— C'est le comte Alexandre de Darewood, madame. Un ami du duc de Wellington, et surtout un intime du prince-régent, la crème du gratin, quoi !

Un coup discret frappé à la porte le prit de court. Sans attendre de réponse, le capitaine pénétra furtivement dans la pièce et referma vivement la porte derrière lui.

Son premier coup d'œil fut pour Pilar, qu'il sembla étonné de voir assise au bord du lit, alors qu'elle y était allongée lors de sa dernière visite. A moins qu'il ne fût choqué par son accoutrement. Comme il l'avait enlevée revêtue de sa seule robe de chambre, conformément à ses menaces, il ne devait pas s'étonner qu'elle ait eu recours à des expédients.

Avec la mince couverture, elle s'était constitué une sorte de cape qui lui couvrait les épaules et le corps, et dont les pans se refermaient sur le devant. En élégance, ces atours rustiques ne l'emportaient évidemment pas sur la robe de bal qu'elle portait quelques jours plus tôt. Sébastien attarda un instant son attention sur cette sorte de déguisement, mais ne manifesta rien de l'admiration que lui inspirait son involontaire invitée. C'est avec circonspection qu'il croisa son regard.

— Votre migraine semble n'être plus qu'un mauvais souvenir, fit-il observer.

A en juger par son intonation, ne critiquait-il pas son attitude et son comportement ? Quoi qu'il en fût, la réponse serait la même.

— Je vais mieux, en effet, je vous remercie, déclara-t-elle avec une dignité un peu incongrue dans un environnement aussi sommaire.

Sinclair soutint son regard avant de lancer un coup d'œil en direction de l'ordonnance. D'un simple froncement de sourcils, il l'invita à sortir, le plus discrètement mais le plus efficacement du monde, car Malford réagit avec une étonnante promptitude, bondissant positivement du rebord de la fenêtre où s'appuyaient ses reins.

— Je dois vous laisser, madame, le devoir m'appelle, dit-il en traversant la pièce. Je vous ai assez fatiguée de mon bavardage.

Pilar l'autorisa à se retirer en lui adressant un sourire de pure forme, puisque de toute évidence ce n'était pas d'elle qu'il prenait ses ordres.

Dès que Malford eut quitté la pièce, tout aussi furtivement que le capitaine y était entré, Pilar reporta son attention sur son ravisseur. Il l'observait pensivement, perdu en conjectures. Comme cette préoccupation, de toute évidence, la concernait, elle l'interrogea du regard, les sourcils relevés.

— Eh bien, que se passe-t-il ? dit-elle pour hâter une réponse qu'elle n'obtenait pas.

Il restait énigmatiquement silencieux. Pilar sentit l'angoisse lui serrer la gorge. Allait-il parler ? Elle ne respirait plus.

— Il paraît que votre tuteur a quitté Madrid, dit-il enfin.

Il s'exprimait d'une voix égale, sans mettre dans son intonation quelque intention particulière. Mais elle mesurait l'étendue de sa déception. Elle compatit pendant plusieurs secondes à l'amertume du capitaine, avant même de considérer les implications personnelles de cette information. En temps normal, elle se serait félicitée de ce départ, de cette absence. Mais à présent, que faire ?

— S'il est parti... Où est-il ?

— Le roi Ferdinand l'a envoyé à Paris.

— A Paris ?

— Pour le représenter. Les ambassadeurs, les princes et les rois qui se trouvent en ce moment à Paris vont décider du partage des territoires annexés par Bonaparte. Comme il s'est résolu à abdiquer et qu'il se trouve reclus à l'île d'Elbe, ses anciens adversaires s'apprêtent à dépecer son empire.

— Et c'est Julian que le roi a choisi pour le représenter ? Il n'est qu'un homme du peuple !

— Pas tout à fait, dit tranquillement Sinclair. Sa revendication s'est trouvée satisfaite.

Stupéfaite par ce surcroît de nouvelles surprenantes, Pilar demeura un moment interdite, bouleversée d'émotions qu'elle ne parvenait pas à dominer. Lorsqu'elle fut parvenue à assimiler la scandaleuse information, elle eut une pensée pour son père. Quelle offense, quelle infamie, que cette spoliation !

— Le roi a donc transmis à Julian les titres qui appartenaient à la famille de mon père, dit-elle comme pour se convaincre de l'incroyable réalité.

— Il ne pouvait confier à un simple roturier une aussi noble mission, ironisa sombrement Sinclair.

— Et pour le reste ? demanda Pilar.

— Je crois savoir, dit Sébastien, que la propriété des domaines est en principe inséparable de celle des titres. Mais je peux me tromper, et l'on ne m'a rien dit des modalités précises de cette nomination.

Le capitaine avait-il oublié l'autre revendication ? N'y attachait-il aucune importance ?

— Je ne m'inquiétais pas des terres, mais de l'autre… aspect de cette affaire, dit-elle avec embarras.

— De l'autre aspect ?

Pilar dut prendre une profonde inspiration avant de trouver la force de préciser sa pensée, tant son cœur battait vite.

— J'aimerais seulement savoir si Sa Majesté le roi a autorisé Julian Delgado à épouser la fille du grand seigneur qu'il a assassiné.

— Ces jours derniers, on m'a plusieurs fois rappelé que l'on ne saurait porter une accusation à l'encontre d'un favori du prince, a fortiori lorsqu'on ne dispose d'aucune preuve dûment attestée. Vous vous trouvez dans le même cas que moi, puisque vous ne pouvez pas authentifier votre accusation, ni moi, la mienne.

— Il demeurera donc impuni, dit-elle amèrement.

— Pour le moment, en effet. Pensez-vous que ses gens vont lui signaler votre disparition pendant son séjour à Paris ?

Pilar imaginait aisément le vent de panique qui avait soufflé sur la maison lorsqu'on avait constaté son absence. Que de cris, de confusion et de terreur !

— Aucun des gardes n'osera prendre la responsabilité de le prévenir. Ceux qui avaient reçu pour mission de me surveiller et de garder la maison vont sans doute tenter de s'enfuir et de disparaître, pour éviter la torture et la mort. A moins, bien sûr, qu'ils ne me retrouvent, ou que je rentre de mon propre gré.

Sébastien n'en croyait pas ses oreilles.

— Alors que vous l'estimez responsable du meurtre de votre père, vous iriez vous remettre sous sa domination, dans la prison où il vous tient enfermée ?

— En lui offrant une bonne raison de commettre d'autres crimes, je ne ramènerai pas mon père à la vie. Je me sens assez coupable comme cela.

— Coupable ? Mais en cette affaire vous êtes la victime, nécessairement innocente !

— Vous ne comprenez pas. Chaque fois qu'il m'arrive de lui désobéir…

— Ce que je comprends bien, dit-il en lui coupant la parole, c'est que votre tuteur s'est mis dans la tête de modeler une sorte d'épouse idéale, soumise et timide, et qu'il peut se féliciter de sa réussite. Je vous ai connue vaillante et fière. Quelle métamorphose, en un temps si court !

« Vaillante et fière »… Il se souvenait d'elle, un an plus tôt, au bord de la rivière. Ce jour-là, elle avait eu le courage en effet de le tenir en respect à l'aide de sa propre épée. Il lui reprochait, le plus injustement du monde, son abdication. Cette iniquité lui brisait le cœur. Sa propre existence ne s'était-elle pas brusquement modifiée, ce jour-là ?

Après avoir dès l'enfance appris à cultiver l'esprit d'indépendance et le courage, elle s'était soudain trouvée contrainte à renoncer aux principes mêmes qui fondaient son caractère, sous peine de condamner à mort un innocent. En demandant à Julian de laisser à l'Anglais la vie sauve, elle avait à jamais aliéné sa liberté. Quelques mots et un regard avaient suffi, le pacte était conclu. L'inutile et cruelle blessure qui marquait le visage de Sébastien Sinclair, Delgado ne l'avait infligée que pour marquer son triomphe, et signifier sa toute-puissance.

Depuis ce jour néfaste, le moindre soupçon de désobéissance ou d'incartade impliquait un châtiment immédiat et brutal. De ces punitions excessives, Pilar aurait personnellement assumé la rigueur, afin d'expier la faute que constituait son existence même. N'était-elle pas d'une certaine façon responsable des ambitions du roturier criminel, et par conséquent de la mort de son père ? Mais au lieu d'exercer sur elle sa violence, Julian choisissait ses victimes parmi les domestiques les plus vulnérables et par un raffinement de sadisme contraignait sa prétendue pupille à se rendre témoin de leurs souffrances.

— Si je rentre de promenade avec une minute de retard, dit-elle, le domestique qui m'accompagne reçoit le fouet. Si la robe que je porte déplaît à Julian, si j'oublie de sourire en public, ma femme de chambre reçoit des gifles et des coups. Souvent je ne prends conscience d'une faute commise qu'en assistant à la sanction qu'elle implique.

Comme je hais la violence et l'injustice, je fais tout pour ne jamais donner à Delgado l'occasion de les exercer.

Touchée au cœur par les reproches que venait de lui adresser Sébastien Sinclair, elle voulait lui dessiller les yeux. Elle savait ce que des innocents encouraient en cas de désobéissance, alors qu'il ne pouvait l'imaginer.

— Pensez de moi ce que vous voudrez, poursuivit-elle. Dites que je suis timide et soumise, ou lâche, si cela vous plaît. Je fais tout mon possible pour éviter à de pauvres garçons et de pauvres filles des châtiments absurdes et cruels. Vous souffrez d'avoir vu votre ami mourir à votre place. Je ne supporte pas de voir une autre personne punie à ma place ou par ma faute réelle ou supposée, pas même, Dieu me pardonne, s'il s'agit de vous.

Le capitaine mit du temps à lui sourire. Lorsqu'il le fit, les yeux dans les siens, ce fut cette fois sans ironie, avec chaleur. Pilar en éprouva un soudain réconfort.

— N'ayez pour moi aucune inquiétude, dit-il. Si vous m'accordez votre confiance, si vous entrez dans mes vues, je m'engage à mettre cette brute hors d'état d'exercer sur vous ce genre de chantage. Je vous en donne ma parole d'officier, de gentilhomme et de membre de la famille Sinclair. Il m'est impossible de prendre un engagement en des termes plus solennels que ceux-là.

Il s'exprimait tranquillement, résolument. Bien qu'elle connût mieux que quiconque la perversité et la puissance de son tuteur, Pilar ne put s'empêcher d'accorder sa confiance à Sébastien Sinclair. Elle désirait tant croire en lui. Séduite, fascinée par tant d'autorité et d'assurance, elle acquiesça.

— Nous devons embarquer pour Bordeaux avec les transports de troupes. Une opération de cette importance ne se conduit jamais sans un certain désordre, qui se trouvera en cette occurrence singulièrement aggravé, je dois vous en prévenir. Il s'agit d'emmener non seulement les membres réguliers de l'armée britannique, mais aussi toutes les personnes qui sont à leur charge.

Pilar s'inquiéta.

— C'est en qualité de « personne à charge » que vous avez l'intention de me faire embarquer ?

Il lui semblait presque plus effrayant de quitter l'Espagne pour se rendre en Angleterre en compagnie d'un étranger que de rentrer chez Julian et d'assumer les conséquences de sa scandaleuse disparition. Mais dans les yeux bleus de Sébastien Sinclair brillaient une telle droiture, une telle sincérité ! De tous les hommes, il était bien le seul à pouvoir se faire entendre d'elle, et à lui exposer un projet aussi extravagant.

— Pour assurer votre sécurité, répondit Sébastien en éludant la question, il nous faut trouver un expédient. Je vous propose…

Il s'interrompit, embarrassé par l'audace de son intention, à la recherche de termes lénifiants.

— Je vous propose de voyager avec Malford. Vous serez… son épouse.

— Son épouse !

— Son épouse supposée, bien sûr. Les simples soldats ne s'encombrent pas de certificats ni de paperasses. Dans l'armée, nous sommes très tolérants en cette matière, et lorsque nos hommes se… se mettent en ménage, leur simple parole nous suffit.

— Il va se faire passer pour mon mari ?

— Vous n'avez pas à craindre qu'il prétende en… en exercer les prérogatives. Il ne s'agit que d'un stratagème. Une fois à bord, Malford pourra veiller sur vous, et vous garantir une certaine tranquillité.

Dans un élan de révolte, Pilar se demanda pourquoi le capitaine ne jouerait pas en personne le rôle d'époux supposé. A ce premier mouvement succéda le temps de la réflexion et de la sagesse. En qualité d'homme du monde et d'officier, il lui serait sans doute difficile de feindre publiquement un mariage, quitte à le renier publiquement un moment plus tard, dans le cas surtout où ces déclarations contradictoires seraient entendues par d'autres officiers.

Ceux-ci ne se trouvaient-ils pas d'ailleurs dans l'obligation de solliciter l'autorisation de leur hiérarchie pour se marier ? A un simple soldat, à un homme du peuple tel que l'ancien ordonnance de lord Wetherly, personne ne demanderait ce qu'était devenue sa femme espagnole, une fois qu'il aurait mis le pied sur les quais de Plymouth ou de Liverpool.

— Dès notre arrivée, poursuivait Sébastien Sinclair, je vous conduirai à Londres, chez mon frère aîné, le comte de Darewood. Il fait autorité en toutes sortes de domaines, et plus que personne il s'entoure de relations prestigieuses. Un Condé del Castillo, qui n'était encore qu'un roturier avant-hier, ne saurait se prévaloir de son titre pour harceler une personne que protège le prince-régent.

La démonstration était convaincante, et le plan d'ensemble bien préparé. On ne pouvait déceler dans cette stratégie ni lacune ni maladresse. Le capitaine appartenait à une famille puissante, dotée de relations prestigieuses. Sans doute Pilar trouverait-elle grâce à lui un refuge sûr. Un problème restait cependant à résoudre.

— Pourquoi agissez-vous ainsi ? Espérez-vous attirer Julian en Angleterre, afin de vous donner l'occasion d'exercer votre vengeance ?

Sébastien l'observa pensivement.

— Pensez-vous qu'il viendra vous chercher ? demanda-t-il après un court silence.

Dans son intonation, Pilar ne pouvait déceler aucune trace d'émotion, aucune attente, aucun espoir particulier. Comme il s'exprimait sans passion, elle lui répondit avec une égale objectivité.

— Delgado a pleinement satisfait toutes ses ambitions sans avoir à m'épouser. Si vous persistez dans l'intention de le tuer, je crois qu'il vous faudra revenir sur le continent pour le traquer...

— Et pour l'abattre comme un chien, conclut Sébastien.

Elle resta un moment silencieuse.

— En Angleterre, vous pratiquez la chasse au renard, dit-elle enfin, les yeux dans les siens. Delgado est un fauve d'une tout autre espèce, capitaine Sinclair.

Lorsqu'on frappa doucement à la porte de la pièce qui lui tenait lieu de cachette, il faisait déjà nuit, Pendant quelques instants, Pilar se tut. Sans doute le capitaine allait-il entrer sans attendre de réponse, comme il l'avait fait le matin même.

Il fallait donc que ce fût Malford, pensa-t-elle, ou bien le gros Espagnol qui lui apportait ses repas. Il ne s'agissait pas en tout cas de Sébastien Sinclair, et bien que toute la journée elle se fût fortifiée dans d'énergiques résolutions, elle ne put se retenir d'en éprouver quelque déception.

Elle traversa la chambre, et retint ses pas en s'approchant de la porte. Que faire, si la personne présente n'était aucune des trois qui se trouvaient dans le secret de sa présence ? Que dire à un domestique, à une fille de cuisine ? Hypothèse bien plus effrayante encore, Julian n'était-il pas revenu, ne s'était-il pas introduit par fraude dans la résidence des Anglais ?

Le ridicule de cette crainte lui apparut aussitôt : jamais son tuteur n'aurait sollicité dans un tel cas l'autorisation d'entrer. Il aurait défoncé la porte, et emmené sa pupille en la traînant sur le sol, la tirant par les cheveux.

On frappa encore, un peu plus fort cette fois, en appelant son nom. Cette voix, elle rêvait de l'entendre.

Elle ouvrit à Sébastien Sinclair, et s'étonna de la fulgurance de son regard. A la lumière de la bougie qu'il tenait, ses yeux d'un bleu profond semblaient lumineux dans l'obscurité du couloir dallé de pierre. Ils étincelaient comme des saphirs, leur éclat transportait dans un monde de mystère, de luxe et de fête, dans un ailleurs.

Le temps de quelques battements de cœur, elle vécut sous l'empire de cette sensation, si étrange et si rare. Elle oublia de s'effacer pour le laisser entrer, aussi bien que de respirer.

Ces yeux d'un bleu si particulier plongeaient leur regard dans les siens avec tant d'intensité qu'elle en percevait la pénétration. La porte restait ouverte, et Sébastien Sinclair, perdu dans sa contemplation, se tenait immobile, oublieux du danger, insoucieux de l'éventuel passage d'un témoin intempestif.

Il fallut qu'il esquisse un mouvement pour que se brise le charme qui les retenait immobiles. Elle s'effaça alors pour le laisser entrer et referma la porte derrière lui, aussi silencieusement qu'elle le put.

— Je vous ai apporté de quoi vous vêtir, dit-il.

Il lui offrit le paquet qu'il tenait à la main gauche avec toute la componction que l'on attend d'un homme du monde en visite, lorsqu'il offre à une dame un bibelot ou une œuvre d'art. Quand Pilar l'eut pris, Sébastien Sinclair alla poser son bougeoir sur une petite table, à la tête du lit.

En le suivant des yeux, Pilar fut une fois de plus frappée d'admiration. Taillée sur mesure, sa jaquette d'uniforme épousait son impressionnante carrure avec assez d'élégance pour alléger sa silhouette. Au-dessus des bottes à rabat qui atteignaient le genou, la culotte moulante épousait les muscles longs qu'elle avait remarqués en d'autres circonstances, lors de la réception du roi, par exemple, le jour où cette aventure avait commencé.

En fait, elle avait commencé des mois auparavant, lorsque Pilar s'était emparée de l'épée du capitaine pour en placer la pointe sur sa gorge. L'espace d'un instant, elle revit le spectacle étonnant qu'il offrait ce jour-là, presque nu, simplement vêtu d'un caleçon trempé qui lui collait aux hanches et aux cuisses comme une seconde peau.

— Vous portez votre uniforme de sortie, n'est-ce pas ?

Pilar avait lancé cette remarque à l'étourdie. Le capitaine lui fit face, le regard un peu étonné. N'était sa cicatrice, il était le même qu'un an plus tôt. Ironique et vaillant sous la menace, ni la peur ni la colère ne l'avaient ému, ce jour-là, alors que la très jeune fille qu'elle était ne dissimulait rien de ses intentions, et voulait lui dérober un bien précieux. Il avait simplement dardé sur elle son regard, comme tout à l'heure devant la porte ouverte. Comme il le faisait encore en cet instant.

— Je ne vous conseille pas d'en porter de semblable, vous vous feriez inutilement remarquer, dit-il pour plaisanter. Les atours que je vous apporte sont plus discrets.

Elle baissa les yeux et entreprit d'inventorier le paquet, dépliant à mesure les éléments de son contenu.

— Il me semble, reprit Sébastien, n'avoir jamais eu l'occasion de vous demander quel usage vous comptiez faire de mon uniforme de rechange, après l'avoir volé.

Elle lui lança un rapide coup d'œil et s'aperçut qu'il souriait avec une sorte d'attendrissement, cette fois. Au bord de la rivière, son sourire était plus insouciant, plus hardi, sans doute parce qu'il n'avait pas encore subi ses épreuves les plus terribles, l'humiliation de la balafre et la mort de son plus cher ami.

— J'avais l'intention de me faire passer pour un soldat anglais, dit-elle.

— Un soldat qui flotte dans un uniforme de capitaine, cela se remarque, fit-il observer.

— Je ne pouvais pas m'adresser à votre tailleur, qui sans nul doute fait autorité dans les quartiers les plus élégants de Londres, répliqua-t-elle.

— C'est son cas, vous avez raison. Je lui ferai part de votre compliment qui me semble sincère.

— Il l'est en effet.

Elle reprit l'examen des vêtements qu'il venait de lui fournir. Ils rappelaient à bien des égards le déguisement de fille du peuple dont elle s'était affublée un an plus tôt.

— Je vous dois des excuses, dit-il tout à trac.

Pilar leva les yeux et s'étonna de voir, cette fois, ses traits tendus, son visage grave, comme le jour où elle lui avait fait le récit de la disparition de son père. Sébastien Sinclair semblait aussi triste qu'après la mort du vicomte.

— Des excuses, capitaine Sinclair ? Pour quelle raison, je vous prie ?

Avant qu'il ne réponde, elle établit un rapide bilan. En fait, le capitaine s'était en effet rendu coupable d'un certain nombre de comportements inadmissibles chez un officier bien élevé : baiser volé dans l'obscurité d'un parc, visite nocturne par effraction, agression assez brutale pour déterminer une chute et un évanouissement, et, pour couronner le tout, enlèvement et séquestration. Elle n'avait pas prévu ce dont il s'accusa.

— Je crois… Je crois avoir fait erreur en estimant que vous n'étiez plus la jeune fille que j'ai rencontrée ce jour-là, au bord de la rivière.

— Vous avez fait erreur ? s'étonna-t-elle.

— Je pense à présent que cette fière jeune fille est toujours là, bien présente. Les épreuves et les contraintes l'ont affligée, sans atténuer sa vaillance et son courage. Je lui dois des excuses pour l'avoir ouvertement soupçonnée de lâcheté.

Fallait-il incriminer une sensibilité excessive, une absence de retenue ? Quelle qu'en fût la cause, Pilar sentit ses paupières se gonfler de larmes. A force de volonté elle parvint à les contenir.

— Je crois me souvenir, capitaine Sinclair, vous avoir entendu un jour vous targuer de posséder du charme et de l'entrain, vertus nécessaires à un officier d'état-major.

— Il ne s'agissait que d'une pose, d'une puérile infatuation !

— Vraiment ? Quand je pense que j'allais précisément vous féliciter de n'avoir dit que la pure et simple vérité !

— Alors je retire le mot « pose », et je revendique mes qualités ! Je ne pense pas que vous ayez l'intention de me pardonner mon…

— Votre charme ? Mais je vous le pardonne, bien sûr, si vous le désirez !

— Ce que je désire…

Sans raison apparente, il se tut brusquement. Pilar le laissa prendre son temps, curieuse d'entendre la suite. « Ce que je désire… » Ce préambule pouvait précéder des propositions si diverses !

— Capitaine Sinclair ?

Comme le silence se prolongeait, Pilar n'avait pas cru mauvais de le rompre en rappelant à l'ordre son interlocuteur.

— Je désire que vous m'appeliez Sébastien, dit-il en souriant nerveusement, comme ravi d'avoir enfin trouvé une échappatoire. Nos relations ont pris un caractère, disons, trop particulier pour qu'il soit question entre nous de grade et de circonlocutions.

Des « relations particulières ». L'expression, surprenante mais aussi un peu vague, semblait désigner des réalités bien diverses. Ils s'étaient embrassés. Il l'avait portée dans ses bras alors qu'elle se trouvait en costume de nuit, il s'était cru contraint de veiller sur son sommeil. Actions bien personnelles en effet, et revêtant un aspect indéniablement intime, et même compromettant.

— Puisque vous le désirez, je vous appellerai ainsi, dit-elle.

Il n'avait pas demandé l'autorisation d'utiliser son prénom. Bien que son père ait veillé à ce qu'elle reçoive une parfaite éducation, étendant ses connaissances aux langues et aux mœurs étrangères, Pilar nourrissait quelques doutes à l'égard des raffinements de la politesse anglaise. Un gentleman s'en tenait peut-être à n'interpeller les filles célibataires qu'en utilisant un vague « mademoiselle », vocable générique et reposant, parce qu'il dispensait de tout effort de mémoire.

L'inanité de ces vaines considérations lui apparut dans toute son absurdité. Elle recevait Sébastien dans sa chambre, vêtue en tout et pour tout d'une couverture, près du lit où il l'avait lui-même bordée, et la sensation grisante née de la pression d'un torse viril sur ses seins restait encore présente non seulement à sa mémoire, mais au plus profond de son corps.

— Je me nomme Pilar, dit-elle.

— Doña Pilar, répéta-t-il après elle, à mi-voix.

Le titre était d'usage, en effet. Et cependant…

— Pilar, tout simplement, reprit-elle. Nos relations sont récentes, sans doute, mais comme vous l'avez dit, très… personnelles.

Des lèvres et des yeux, il esquissa un rire, aussitôt refréné.

— Vous moquez-vous de moi, Sébastien ?

— Pardonnez-moi. Il me semble n'avoir pas ri depuis des siècles.

— Et c'est de moi que vous riez ?

— Vous ne manquez ni de charme ni de dynamisme, répondit-il après un instant de réflexion. Vous auriez fait, je crois, un excellent officier d'état-major, pour peu que vous ayez eu la chance de connaître l'adresse de mon tailleur, bien sûr.

Elle s'aperçut non sans surprise que Sébastien se livrait avec elle au marivaudage, comme il l'avait fait pendant les premières minutes de leur entrevue nocturne, alors qu'elle ignorait encore son identité et les raisons de sa présence.

Il lui avait tendu un piège, ce soir-là. Mais à présent ? Sans doute fallait-il s'en prendre à son caractère. Il lui était apparemment aussi naturel de marivauder que de respirer.

Du charme et de l'entrain. Comme elle l'avait fait quelques jours plus tôt, Pilar se surprenait à donner la réplique au galant capitaine, sur le même ton léger. Sans arrière-pensée et sans crainte d'un péril imminent, cette fois.

Peut-être cette sensation d'euphorie et de liberté naissait-elle de l'absence de celui qui aurait voulu la contraindre à l'épouser. La résidence officielle de la délégation anglaise ne lui offrait-elle pas un refuge idéal ? Et puis elle se trouvait en compagnie d'un homme qui s'était solennellement engagé à lui accorder sa protection, d'un homme auquel, pour des raisons qu'elle ne parvenait pas à définir, elle faisait confiance. Il devait réussir.

— Vous êtes prête ?

Pilar acquiesça de la tête, en espérant que Sébastien ne remarquerait pas la pâleur de son visage, qu'elle venait d'entrevoir dans un miroir.

Wellington et son escorte devaient quitter Madrid à l'aube. Mais il importait de faire sortir la jeune Espagnole de la résidence, assez tôt pour qu'elle puisse se mêler à la foule de femmes et d'enfants qui souhaitaient prendre le chemin de l'exil afin de suivre un compagnon, un époux, un père.

Après avoir combattu dans la péninsule Ibérique, une grande partie des troupes anglaises était passée depuis plusieurs mois en France, aux hasards de la guerre. Le duc de Wellington se disposait à réunir l'ensemble de ses effectifs à Bordeaux, en vue d'un rapatriement collectif.

Les femmes, qui pour avoir lié des rapports de complicité ou d'affection avec des Anglais se savaient indésirables en Espagne, étaient heureusement nombreuses. En leur absence, le capitaine Sinclair n'aurait pu faire sortir de Madrid la pupille de Delgado. Comme il y en avait pléthore, Pilar devait sans difficulté se fondre parmi elles, comme elle le ferait ensuite sur l'un des navires transporteurs de troupes.

Sans doute aurait-elle à souffrir d'une désagréable promiscuité avec des gens du peuple. Sébastien déplorait cette nécessité, d'autant que pendant l'interminable déplacement il ne pourrait s'en approcher qu'en de rares occasions. Vêtue comme les autres femmes mais si différente par son langage, sa jeunesse et sa fraîcheur, elle allait s'exposer à d'inévitables difficultés.

— Malford s'éloignera de vous le moins possible. Je ferai de même, bien sûr. Mais en certaines occasions…

— Je serai seule, je le sais.

De ce problème, ils avaient vingt fois débattu. Sébastien s'ingéniait à imaginer les situations les plus extraordinaires et à trouver à chacune un remède, jusqu'à échafauder les plus invraisemblables hypothèses.

Sur un signe, Malford dégagea la barre de fermeture et ouvrit la porte de service. Plongée dans l'obscurité, la ruelle qui longeait l'arrière de la résidence semblait déserte. Silencieux comme des fantômes, ils quittèrent tous trois les lieux, en tirant simplement la porte. Sébastien devait rentrer avant l'aube de manière à reprendre à temps son service. Le duc tiendrait à s'entourer de l'ensemble de son escorte rapprochée avant de donner le signal du départ.

Avec un peu de chance, l'absence de l'ordonnance du défunt vicomte passerait inaperçue. Un peu plus tard, la jonction avec le gros de la troupe, qui campait aux abords de la ville, donnerait à Malford l'occasion de réapparaître d'autant plus discrètement que personne ne se souciait de solliciter son assistance.

Sébastien ouvrait la marche, en s'appliquant à rester dans l'ombre. Le bruit étouffé de leurs pas lui semblait assourdissant. Lorsqu'ils parvinrent au bout de la ruelle, il s'aperçut que sa main restait crispée sur la poignée de son épée.

A en juger par la tranquillité ambiante, il n'aurait sans doute pas à utiliser son arme. Aucun frisson prémonitoire ne lui chatouillait la nuque. Il ne ressentait aucune de ces crispations particulières qui dans le passé lui avaient évité de tomber dans des embuscades.

Jusqu'aux écuries, il suffisait de franchir les croisements de quelques venelles. Malford allait monter le cheval de Sébastien, qui, sur un animal moins nerveux, prendrait Pilar avec lui.

Dans l'après-midi, Malford s'était rendu au campement des candidates à l'exil, que l'on avait réunies à l'écart de la ville sous la protection d'un détachement de sécurité. Sur les chariots qui allaient transporter les cantinières, les filles à soldats, leur marmaille et leurs pittoresques bagages, les places étaient chères. Pourvu par Sébastien d'une bourse bien garnie, Malford était parvenu à retenir pour Pilar un espace décent dans un fourgon militaire désaffecté mais encore pourvu de sa capote, qui portait en français l'inscription : « Service du maréchal Murat ».

Le plan si soigneusement élaboré se déroulait jusqu'à présent comme prévu, sous les meilleurs auspices.

Après avoir rapidement scruté les parages, Sébastien s'élança aussi silencieusement qu'il le put en direction du premier croisement. A leurs pas, il sut que ses compagnons le suivaient.

Le croisement franchi, il attendit que Pilar, un peu essoufflée, l'ait rejoint. Malford fermait la marche, avec une seconde ou deux de retard.

Sébastien allait s'élancer de nouveau lorsqu'il perçut le chuintement caractéristique d'une épée que l'on tire du fourreau. Ce sifflement sourd, il l'avait si souvent entendu qu'il ne pouvait s'y tromper.

Du regard, il tenta de percer les ténèbres, sans rien voir. Mais de même que le bruit de leurs pas les avait sans doute trahis, il entendait à présent ceux de leurs poursuivants.

D'un large geste du bras, il plaça la jeune fille derrière lui pour la protéger, et dans le même mouvement il tira son épée. Près de lui, Malford imitait son exemple.

En retenant leur souffle, ils se tinrent à l'écoute. Leurs assaillants se hâtaient. Bien qu'il sût que Delgado faisait route vers Paris, Sébastien ne pouvait s'empêcher d'espérer sa présence. Il aurait voulu le voir sortir de la nuit.

Pilar entre eux deux, Sébastien et Malford se tournaient le dos, l'épée à la main, prêts à accueillir l'ennemi, de quelque côté qu'il vînt. Cette disposition, ils l'avaient l'un et l'autre adoptée à maintes reprises, dans le cas surtout où sur le champ de bataille il importait de protéger un blessé ou de donner à un camarade désarmé le temps de ramasser un sabre ou un fusil. En l'occasion présente, un mur leur assurait son appui, et limitait le champ des opérations.

Lorsque l'attaque se produisit, des deux directions à la fois, Sébastien s'étonna du nombre des agresseurs, plus nombreux qu'il ne l'avait supposé en entendant leur approche. Etaient-ils cinq, ou six, ou sept ? Préoccupé surtout de protéger Pilar, il lui fallait retenir sa fougue et ne pas s'élancer à la rencontre des assaillants, comme il l'aurait fait dans des circonstances ordinaires.

En un éclair, il vit sortir de l'ombre une silhouette impétueuse, dont le bras replié dardait vers lui la pointe d'une épée. Dans un geste réflexe, Sébastien se fendit, et reçut durement le poids du corps qui venait de s'embrocher sur son arme, en émettant un râle d'étonnement.

Il s'en dégagea en hâte, pendant que derrière lui Malford ferraillait. L'ordonnance ne manquait pas de courage. Etait-il un redoutable bretteur ? Sébastien l'ignorait. Aussi bien, songea-t-il en soutenant un nouvel assaut, la suite des événements le dirait bientôt.

Les attaquants n'avaient pas bénéficié de l'effet de surprise qu'ils escomptaient sans doute, et le combat se prolongeait. Malford avait eu la chance de mettre hors de combat un adversaire, car il semblait ne plus combattre que deux hommes, comme le faisait Sébastien lui-même. Dans l'impossibilité de jeter un coup d'œil en arrière, il se trouvait contraint de repousser les attaques que lui portaient ses assaillants, qui se gênaient mutuellement mais renchérissaient de violence en multipliant les charges successives.

La fatigue semblait gagner l'ensemble des acteurs de cette scène. Le souffle court, Sébastien entendait la respiration rauque des Espagnols qui s'acharnaient à sa perte. Pour oublier la douleur qui menaçait de lui ankyloser l'épaule, il lui fallait penser très fort à Pilar, si vulnérable et si proche.

Au-dessus du froissement des armes, des halètements et des piétinements, un épouvantable juron retentit. Comme il était britannique, Sébastien comprit que Malford se trouvait en fâcheuse position. Dans l'instant qui suivit, l'ordonnance rompit en titubant, vint le bousculer, cassant ainsi le rythme des échanges en cours.

D'un coup d'épaule, Sébastien le repoussa, dans l'espoir de lui rendre l'équilibre. Si Malford s'écroulait, tout était perdu. Seul contre quatre, il ne pouvait couvrir de son corps celle qu'il protégeait.

Tout en s'inquiétant, il parait maintenant les bottes presque simultanées qui le menaçaient. A bout de souffle, il ne pouvait parler, crier des ordres ou des encouragements. Il n'y avait plus rien au monde que cette fille derrière lui, et les étincelles que faisaient jaillir dans la nuit le choc et le froissement des armes.

Un frisson d'épouvante le parcourut soudain. Il ne sentait plus près de lui la présence de Pilar. Malford s'était redressé sans doute, puisqu'il n'encombrait plus le pavé. La jeune fille tentait-elle de lui venir en aide, contre toute prudence ? Une épée tomba sur le sol en tintant. A qui appartenait-elle ?

Tout proche, un appel se fit entendre. Il venait du coin de la ruelle qu'ils venaient d'emprunter, au sortir de la résidence. Le vacarme du combat avait-il alerté les gens de Wellington ? S'ils survenaient, quel soulagement, mais aussi quel embarras !

Dans un sursaut, Sébastien hurla et chargea avec une telle impétuosité que ses deux adversaires directs rompirent ensemble, assez loin pour qu'il puisse jeter en amont de la rue un rapide regard.

Le cuisinier accourait en gesticulant, un objet à la main. Tout près, devant Malford hors de combat dont elle avait pris l'arme, Pilar, vive et prompte comme une diablesse, attaquait à son tour les agresseurs et les tenait en respect.

Sans doute, pensa Sébastien, se souciaient-ils de ne pas la blesser, pour la restituer sans dommage à leur maître. Mais le moment viendrait bientôt où l'un d'eux songerait à passer derrière elle pour la maîtriser.

Dans l'urgence, Sébastien décida de recourir à une feinte jadis enseignée par son frère Alexandre en salle d'armes, et qu'il n'avait jamais mise en œuvre. Titubant, il baissa soudain sa garde et recula, jusqu'à s'adosser au mur, comme épuisé. Enhardi et sans doute assoiffé de gloire, le plus entreprenant de ses antagonistes bondit, prêt à lui porter le coup fatal.

« Ils visent toujours le cœur, avait dit Alexandre de Darewood. Efface et passe dessous. »

Revigoré en une fraction de seconde, Sébastien fit un écart et plongea en se fendant. Tout contre son visage, il entendit le jaillissement du sang et le sifflement du poumon traversé. Il se redressa aussitôt en dégageant son épée, au moment même où le cuisinier, suant et soufflant, abattait sans ralentir l'allure sa hache à découper sur le crâne du seul adversaire qui restait encore à Pilar.

Désormais en présence d'un unique adversaire, Sébastien trouva dans cet épisode de quoi soulager son angoisse et encourager ses efforts. Habitué sans doute à ne combattre qu'en bande et désespéré par sa solitude, l'Espagnol rompit en fouettant sauvagement l'air, jusqu'au déséquilibre. L'épée de Sébastien étouffa dans sa gorge son dernier cri.

Le combat était terminé. La bouche fermée, Sébastien prit de profondes inspirations, afin de ralentir son rythme respiratoire. Assis contre le mur, Malford recevait les soins de Pilar et du cuisinier. L'ordonnance du vicomte serait-il en état d'assurer la suite de sa mission ?

— C'est rien, capitaine Sinclair, s'excusa Malford. C'est la faute aux pavés. J'ai perdu mon épée en me tordant le pied, et ce sagouin d'Espagnol m'a renversé. Heureusement que la dame était à la relève !

Pilar, qui était accroupie près de lui, se redressa modestement. Sébastien aurait préféré que le mot « dame » ne fût pas prononcé en présence du cuisinier. Mais pouvait-on s'inquiéter qu'il en sache trop, alors qu'il venait de participer directement à l'affaire ?

— Celui-ci, je le reconnais, dit Pilar en examinant l'un des corps.

— C'est un homme de Delgado ? demanda inutilement Sinclair.

— En effet. Mais ce n'est pas un de ceux qui combattaient avec mon père.

Sébastien en conclut que sans doute les serviteurs qui restaient fidèles à la famille de Pilar ne s'étaient pas souciés de la ramener à la maison.

— Les autres se sont peut-être enfuis, suggéra-t-il.

— Je le souhaite pour eux. Comment ceux-ci ont-ils su que nous allions emprunter cette rue ?

— Certains d'entre eux ont sans doute assisté à l'assassinat d'Harry. Il leur a suffi de surveiller la résidence.

— Qu'allons-nous faire, à présent ?

— Tout dépend de Malford.

— Soyez tranquille là-dessus, capitaine, déclara l'intéressé en s'aidant du bras de Rodrigo pour se relever. Petite nature, d'accord, mais toujours fidèle au poste. Ma foutue cheville... si demain elle est enflée, je demanderai la permission de me faire voiturer tranquillement avec les femmes.

Sébastien et Pilar échangèrent un regard d'intelligence. Cette circonstance pouvait en effet concourir à la sécurité du voyage. Après l'échec et la mort de leurs camarades, d'autres complices de Delgado ne risquaient-ils pas de tenter une manœuvre désespérée ?

— Espérons donc, dit Sébastien, que demain on te déclarera invalide. Mais à Bordeaux, changement de programme !

— Il lui faudra le pied marin, risqua le cuisinier.

Comme les regards convergeaient vers lui, il baissa timidement la tête et les yeux, en cachant derrière son dos la hache qu'il venait d'essuyer à la vareuse de sa victime.

— Vous m'avez sauvé la vie, dit Pilar.

Elle lui prit la main droite, qu'il tenait fermée, et déplia un à un ses doigts épais, pour y déposer un large anneau.

— C'était la bague de mon père, dit-elle.

Comme il semblait s'effrayer et refuser le don, elle lui referma d'autorité la main, et fit taire ses protestations.

— Mon père vous l'aurait donnée pour avoir sauvé la vie de sa fille, dit-elle. Sans votre intervention…

Dans le fond de son cœur, Sébastien Sinclair remercia la Providence. Il remit son épée au fourreau et offrit son épaule à Malford, pour qu'il s'y appuie.

— Ne perdons pas de temps, dit-il. Je rentrerai avant l'aube, ajouta-t-il à l'adresse de Rodrigo.

Ce dernier s'inclina cérémonieusement devant Pilar.

— Que Dieu vous accompagne, señora..

Imposant comme un prélat, il semblait donner sa bénédiction. Sébastien songea que, même venue de cet être fruste, elle ne serait pas inutile.

7.

Bordeaux, mai 1814

— A Paris, monsieur le duc ?

— Pendant quelques jours seulement. Aussitôt après : cap sur l'Angleterre. Vos retrouvailles familiales n'en seront qu'à peine retardées, capitaine. Nous avions dit fin juin. Les délais seront respectés, il me semble.

Aller à Paris... C'était vivre un rêve, pour les officiers confrontés pendant des années aux rigueurs et aux violences d'un conflit qui leur avait semblé interminable. Tout récemment, dès l'abdication de Napoléon, Sébastien y avait fait la fête, en compagnie de son cher Harry, à l'occasion d'une mission similaire.

Le capitaine Sinclair aurait volontiers retrouvé les douceurs du Palais-Royal, le luxe des lieux de plaisir et les sortilèges des innombrables théâtres. Aussi bien, Delgado se trouvant précisément à Paris, le duc de Wellington n'offrait-il pas à celui qui sur le corps de son ami mourant s'était solennellement engagé à le venger l'occasion de s'approcher du criminel, de le défier peut-être, par fidélité à son serment ?

Mais, prodigue en promesses, il en avait fait une autre, qui elle aussi devait être tenue, à l'égard d'une vivante. Il lui fallait mettre Pilar hors d'atteinte de son cruel tuteur. Au sens de l'honneur, qui exigeait l'exécution de cet autre engagement, s'adjoignait un autre pouvoir, le sentiment confus et fragile d'une sorte d'attachement, de responsabilité prise à l'égard de celle qu'il avait si inconsidérément enlevée.

— Il ne m'échappe pas, poursuivit Wellington, que Delgado se trouve actuellement à Paris. Dans le cas où le désir de vengeance l'emporterait chez vous sur la raison…

Il laissa sa phrase en suspens, dans l'intention évidente d'entendre son subordonné renouveler ses vertueuses déclarations d'obéissance.

Sébastien ne pouvait emmener Pilar à Paris. Perdue dans la foule de Madrid à Bordeaux, elle ne saurait passer inaperçue dans l'escorte restreinte et uniquement masculine de Wellington. Aussi bien s'exposerait-elle à de trop grands périls en se rapprochant de son tuteur, jusqu'à résider dans la même ville que lui. Sinclair la laisserait-il partir en la seule compagnie de Malford ? Si dévoué qu'il fût, l'ordonnance ne disposait pas d'une autorité suffisante pour assurer la protection d'une jeune fille dans un port, où s'entassaient les personnages les moins recommandables, non plus que dans un navire bondé pendant plusieurs jours d'individus réduits à l'inaction et à l'attente, dans un état de promiscuité insoutenable aux plus aguerris.

En qualité de simple soldat, Malford ne disposerait surtout pas de l'autorité nécessaire pour se faire respecter d'autres éléments de l'armée britannique, dont le duc en personne ne cessait de se plaindre, n'y voyant pour sa part, selon sa propre expression, que « la lie du peuple ».

Sébastien Sinclair, qui au cours de ses années de service avait fréquenté de braves cœurs et formé des hommes dont il savait reconnaître les vertus, ne partageait pas ce préjugé. Mais les êtres frustes et violents ne manquaient pas, et laisser seule une femme, c'était l'exposer à leur concupiscence, d'autant que Pilar jouissait de toute évidence d'un tel charme et d'une telle beauté que pour ne pas se sentir attiré par elle il fallait se savoir exclusivement investi d'une mission très particulière.

Le silence se prolongeait. Sébastien se reprochait sa lenteur, et son inutile distraction. Il s'était engagé à protéger Pilar, il la protégerait envers et contre tous, contre Delgado et contre l'armée anglaise tout entière, s'il le fallait. Harry lui pardonnerait de faire attendre sa vengeance.

— A vrai dire, monsieur le duc...

Sans doute allait-il décevoir Wellington, qui n'avait pas manqué de relever ces derniers jours des manquements au service ou des retards qu'il avait tout naturellement mis sur le compte du deuil éprouvé par le capitaine. Refuser d'aller à Paris, c'était aggraver son cas. Mais comment agir autrement ?

— A vrai dire, reprit-il, je crois effectivement plus prudent de ne pas me mettre en situation de rencontrer Delgado. Je suis toujours convaincu de sa responsabilité dans l'assassinat de lord Wetherly. Loin de s'atténuer, ma conviction ne cesse de s'affermir...

Ennemi de toute contradiction et accoutumé à la docilité de ses collaborateurs, Wellington eut une moue des lèvres, signe habituel de mécontentement, et darda sur Sébastien un regard inquisiteur.

— Vraiment ? dit-il en l'interrompant. Vous ne m'avez pas habitué à tant de scrupules, capitaine Sinclair. Me faut-il comprendre que vous souhaitez vous voir déchargé des obligations de votre service ?

— De celle-ci seulement, monsieur le duc. Je ne me suis jamais dérobé à mes obligations, si lourdes soient-elles. Mais cette fois, je vous serais très reconnaissant de m'en exempter…

— Eh bien, faites à votre guise, et n'en parlons plus. Vous ne voulez pas me suivre à Paris ? Je n'y vois aucun inconvénient !

Il avait élevé le ton, et son intonation démentait ce dernier propos. Pour exprimer plus clairement encore son agacement, le duc affecta une attitude à laquelle il recourait volontiers en un tel cas : se désintéressant soudain de son interlocuteur, il se mit à compulser avec emportement les documents qui encombraient sa table de travail. Sébastien, à qui il restait une requête à formuler, augurait mal de son succès.

— Plaise à votre bonté, monsieur le duc…

— Quoi encore, capitaine ? s'exclama Wellington en relevant la tête pour darder sur Sébastien un regard courroucé.

— L'ordonnance d'Harry se trouve sans affectation, monsieur le duc. Je sollicite l'autorisation de le garder avec moi à Bordeaux. La mort de son maître…

— Vous voulez le prendre à votre service ?

— Avec votre permission, monsieur le duc.

— Je constate avec plaisir, capitaine, que, faute de vous soumettre à d'autres obligations, vous compatissez néanmoins au désœuvrement de ce brave garçon.

Sans doute assez content de cette épigramme teintée d'humour, Wellington se départait pour une fois de sa causticité coutumière. Sébastien souffrait cependant de le mécontenter le jour même où il s'éloignait de lui.

— Cela me contrarie profondément de vous déplaire. Je vous prie de me pardonner, monsieur le duc.

Il s'était exprimé si simplement, si sincèrement, que Wellington, apaisé, l'observa longuement, comme pour résoudre une énigme.

— Je vous tiens pour un excellent officier, Sébastien. Vos qualités n'ont jamais pâti de la témérité et des extravagances que l'on peut vous reprocher parfois. Le commandant Sinclair, ce modèle de pondération et de fermeté, ne vous a pas donné l'exemple.

— Je ne saurais que souffrir de la comparaison, monsieur le duc, puisque Ian incarne toute la sagesse de la famille. Mais du côté d'Alexandre...

Le général éclata d'un rire bruyant, dont l'indiscrétion étonnait dans les salons.

— Ce Darewood ! Lorsque vous apprendrez ses prouesses... A la réflexion, vous n'avez sans doute pas tort de pécher pour une fois par excès de prudence, et c'est moi qui ai tort de m'en formaliser. De quelles sottises ne seriez-vous pas capable à Paris ? Nous nous passerons de vous, sans avoir à craindre quelque algarade. Bon voyage, capitaine Sinclair. Et n'oubliez surtout pas de présenter mes félicitations à votre frère et à son épouse, lorsque vous les verrez à Londres ou dans le Lincolnshire.

Sébastien salua et sortit, le cœur rasséréné.

*
* *

— Je suis certain de mon affaire, dit Malford, dont le regard allait alternativement sur Pilar et sur Sébastien. On n'a pas encore vu embarquer les femmes des hommes de troupe, pas une seule !

Modestement assise à l'arrière d'un chariot et vêtue comme la plupart de ses compagnes d'exil, Pilar ne passait pas pour autant inaperçue. La noblesse de sa physionomie et son éclatante beauté avaient quelque chose d'exceptionnel dans cette foule de femmes apeurées et comme perdues. Au cours du pénible voyage, Malford s'était trouvé contraint de ne jamais s'éloigner d'elle, afin de la mettre à l'abri de mésaventures aisément prévisibles.

Le port de Bordeaux n'avait rien d'un havre de paix. Des foules s'agglutinaient à proximité immédiate des quais, dans le plus grand désordre. Certains attendaient depuis plusieurs semaines l'arrivée des voiliers qui venaient précisément de jeter l'ancre en rade ou de s'amarrer.

L'armée britannique en provenance d'Espagne se trouvait dispersée. Les vétérans blanchis sous le harnois allaient rentrer en Angleterre ou en Irlande. D'autres allaient poursuivre leurs activités guerrières en Amérique.

Désœuvrés, les hommes de troupe s'impatientaient et, privés d'encadrement, vivaient bruyamment dans le désordre. Plus impatientes et plus bruyantes encore, les femmes d'Espagne ou du Portugal, qui pendant de longues années avaient accompagné ces hommes de campement en campement, menaient un effroyable tapage. Pour se faire entendre de Malford, Sébastien fut contraint d'élever la voix, jusqu'à crier.

— On fait trop attendre ces femmes !

— Ordre de l'intendant général des armées, capitaine ! hurla Malford afin de se faire entendre, lui aussi. Pas de femmes d'hommes de troupe à bord ! Même celles qui se sont mariées devant le curé ou devant l'alcade, avec des papiers, l'intendant n'en veut pas.

— Wellington n'a jamais donné d'ordre en ce sens, protesta Sébastien. Ces femmes ne parlent pas la langue du pays, elles n'ont aucune ressource, on n'en voudra plus chez elles…

Il n'alla pas plus loin, parce que Malford le comprenait à demi-mot et qu'il voulait éviter de choquer Pilar. Comme cela se faisait dans toutes les armées, au cours des affrontements prolongés des guerres napoléoniennes, des femmes accompagnaient les divisions en mouvement et les suivaient au hasard des combats. Lavandières, cantinières, infirmières, elles se rendaient indispensables. Compagnes naturelles des soldats les plus entreprenants, il leur arrivait souvent de s'attacher à un autre protecteur lorsque le précédent venait à disparaître. Peu nombreuses parmi tant d'hommes, elles animaient et adoucissaient leur existence, et retrouvaient en quelques heures un compagnon pour remplacer celui qu'elles avaient perdu. Il leur suffisait de transporter dans une tente voisine leur bagage. Abandonner ces femmes en France après leur avoir permis de suivre l'armée anglaise, c'était leur réserver un sort indigne.

Sensible à leur détresse, Sébastien ne pouvait y remédier. Seul un cas très particulier, et très personnel, requérait toute son attention. Pour s'exprimer avec une relative discrétion, Malford se déplaça pour lui parler à l'oreille.

— J'ai fait ce que vous aviez dit, capitaine, j'ai prétendu que la dame était mariée avec moi, mais rien à faire, ils n'ont pas voulu m'écouter.

— Eh bien, moi, ils vont m'entendre, déclara Sébastien. Je témoignerai en ta faveur, s'il le faut.

— C'est interdit aux hommes de troupe, capitaine. Regardez le comptoir d'inscription là-bas, devant le Nelson !

Séparés par une longue table sur tréteaux chargée de registres, deux groupes s'opposaient. L'un, constitué de quelques soldats escortés de femmes et d'enfants, multipliait, à en juger par les mimiques de ses membres, revendications, protestations et supplications. De l'autre côté de la table, deux sergents se tenaient immobiles, l'air buté, tandis qu'un enseigne de vaisseau aussi muet que ses acolytes secouait presque mécaniquement la tête, répétant sans désemparer un geste de dénégation.

— Ils ont des actes de mariage, précisa Malford, mais on ne fait pas d'exception. J'ai essayé de m'arranger avec un quartier-maître, il m'a dit que, si on prenait toutes les femmes des soldats, les cales et les entreponts seraient si bondés que les navires s'échoueraient dans le port et la rade. « Les femmes, on n'en prend qu'avec les officiers qui ont droit à une cabine, qu'il m'a dit, moins on les voit, mieux on se porte. » Faites excuse, madame.

— Il y a donc des femmes à bord, conclut avec emportement Sébastien.

— Des femmes d'officiers, capitaine, des femmes d'officiers ! Des officiers mariés, on n'en trouve guère. Mais vous pensez bien que personne à l'Amirauté voudrait se faire taper sur le tricorne parce qu'un sergent a pris la femme d'un officier, une femme de la haute, quoi, pour une cantinière ou une ancienne…

Il jeta un coup d'œil à Pilar et se tut, à court de vocabulaire, ou plutôt d'euphémisme.

Sébastien, comme frappé d'une subite illumination, se trouva soudain partagé entre deux évidences contradictoires : en même temps que la solution du problème, il découvrait l'impossibilité de la mettre en pratique. En qualité d'Espagnole de grande famille, Pilar se réclamait nécessairement de la religion catholique. Après l'avoir convaincue de le suivre en Angleterre pour se mettre sous la protection de ses frères et de tout le clan des Sinclair, du prince-régent même, pouvait-il exiger d'elle que par surcroît de docilité elle accepte d'abjurer sa religion pour l'épouser ? Assurément pas.

Comment d'ailleurs organiser une cérémonie convenable pour une personne de son caractère et de son rang à cette heure, en ce lieu ? Il suffisait d'envelopper d'un regard le panorama pittoresque de la foule tumultueuse pour se rendre à l'évidence : le faste et le recueillement n'y avaient pas leur place.

Napoléon venait d'abdiquer et ne régnait plus que sur l'île d'Elbe. Quelles lois gouvernaient à présent la France ? Sébastien n'en savait rien. Sans doute y avait-il des prêtres à Bordeaux. Mais s'en trouverait-il un seul pour célébrer un mariage entre deux étrangers de passage, dont un hérétique déclaré, puisque les Sinclair se flattaient d'appartenir à l'Eglise anglicane depuis le règne d'Henry VIII et d'avoir donné des chanoines à la cathédrale de Lincoln.

Un Sinclair ne pouvait renier sa famille, pas plus qu'un prêtre sa religion.

Pilar, qui sur ces entrefaites s'était un peu écartée, revenait en tenant par le bras une Espagnole. Bien que vêtues l'une et l'autre de la même façon, elles faisaient toutes deux un contraste saisissant. L'allure naturelle de

Pilar proclamait son appartenance à l'élite de la société, et elle apparaissait à l'évidence pour ce qu'elle était, une aristocrate déguisée en femme du peuple. Il ne fallait surtout pas qu'elle s'écarte du petit groupe qui s'était habitué à sa présence.

— Cette femme prétend que les réfugiées ne sont pas admises à voyager avec l'armée, dit-elle.

Moins jeune et beaucoup moins svelte que Pilar, la femme qui l'accompagnait frémissait d'angoisse. Elle tenait contre elle un bébé de quelques mois, soigneusement emmailloté malgré la chaleur. Elle fixait le capitaine d'un regard chargé d'espérance. Sans doute l'uniforme symbolisait-il pour elle un pouvoir qu'il ne détenait malheureusement pas.

— Elle ne se trompe pas, en effet, répondit Sébastien. Il semble que des ordres aient été donnés dans ce sens.

La jeune fille haussa les sourcils, mais sans exprimer autrement sa surprise et sans laisser cours au moindre commentaire, elle se contenta de traduire ce qu'elle venait d'entendre. Une discussion courte mais animée entre les deux femmes s'ensuivit.

— Elle me demande ce qu'elle doit faire, expliqua Pilar quand elles se furent tues. Les Anglais ne peuvent abandonner toutes ces femmes à Bordeaux. Elles vont mourir de faim.

— Ou pire encore, soupira Malford. Sans vous offenser, ajouta-t-il.

— Voilà qui est scandaleux, s'indigna Pilar.

— Je suis persuadé que le duc de Wellington n'est pour rien dans cette décision, déclara Sébastien. Personne ne l'a consulté sur ce point.

— Ces hommes n'accepteront jamais de se trouver séparés de leur famille, dit Pilar.

Malford haussa les épaules.

— Ils n'ont pas le choix, madame. S'ils refusent d'embarquer… Personne ne souhaite s'entendre déclaré déserteur. C'est ainsi.

— Quelle honte !

Pilar n'éprouvait visiblement que du dégoût à l'égard des décisions prises par l'Amirauté. Sébastien Sinclair condamnait pour sa part l'irresponsable fonctionnaire qui avait pris cette décision inique. Mais, dans l'urgence, il lui fallait trouver une solution à son propre problème.

— Il nous faut un curé, décida-t-il.

— Un curé ? s'écrièrent ensemble Pilar et Malford.

— Cette femme est déjà mariée, ajouta Pilar en prenant la maman espagnole par le bras, pour la rapprocher d'elle. Elle possède un acte de mariage. Montre-lui !

De son corsage, la femme, qui continuait à couver le capitaine des yeux comme pour mettre en lui tous ses espoirs, tira un document soigneusement plié.

— Voyez, poursuivit-elle avec véhémence. Magdalena Sistallo et John Ridgely, unis par les liens sacrés du mariage, le 4 mars 1814.

— Si je réclame la présence d'un curé, ce n'est pas pour elle, dit Sébastien sans prendre le papier que Pilar lui présentait.

Elle leva sur lui un regard interrogateur. Comme il ne répondait pas, elle rompit bientôt le silence.

— Mais alors… Pour qui ?

— Les officiers peuvent faire embarquer leur femme, à condition de pouvoir produire un document analogue à celui que vous allez rendre à cette femme, dit-il en s'efforçant d'emprunter un ton assez désinvolte pour donner à sa suggestion le caractère d'une proposition naturelle et pour ainsi dire banale.

Il n'avait pas encore eu le temps de contrôler auprès d'une autorité officielle l'information donnée par Malford. Si la jeune fille réagissait positivement et acceptait d'entrer dans ses vues, alors il serait temps de procéder à une vérification.

— Les femmes des officiers sont donc admises à bord ? demanda-t-elle.

— A condition que leur mari puisse présenter aux autorités un acte de mariage.

— Dois-je comprendre que vous me proposez…

Elle n'en dit pas davantage, mais elle ne baissait pas les yeux et ne s'indignait pas.

— Nous n'avons pas le choix, dit Sébastien pour achever de la convaincre.

Dans les profondeurs mystérieuses de ses yeux noirs, il vit passer une lueur particulière. Avant qu'il ait eu le temps d'en comprendre le sens, elle baissa vivement les paupières. Lorsqu'elles se relevèrent, la lueur avait disparu.

— C'est donc ainsi que vont les choses, dit-elle sans s'engager autrement.

— Je ne connais pas les lois françaises sur le mariage, d'autant qu'à l'occasion du changement de régime on les a peut-être modifiées. Mais un prêtre fera certainement l'affaire. Il suffit qu'il se passe de publier les bans, et d'autres formalités…

— Appartenez-vous à l'Eglise catholique, capitaine Sinclair ?

DECOUVREZ VITE VOTRE TICKET !
1, 2, 3... Grattez!
1, 2, 3... Grattez!
Grattez le numero mystère
Je reçois un livre gratuit
Je reçois deux livres gratui
3 cœurs hourra ! je reçois deux livres gratuits et un pendentif en cadeau!
Album
En cadeau : des livres, un album photo
et peut-être un cadeau mystère !

*éditions*Harlequin

ECOPLI

20 g
Valable du
01/02/05
au 31/01/06

T

Service Lectrices **HARLEQUIN**
AUTORISATION 59031
59789 LILLE CEDEX 9

Sébastien observa un brusque changement de ton, comme d'appellation.

— Je suis membre de l'Eglise d'Angleterre, répondit Sébastien, mais sans fanatisme aucun. Dans les circonstances présentes...

— Si vous n'êtes pas catholique, reprit Pilar sans attacher le moindre intérêt à sa réponse, aucun prêtre espagnol ou français n'acceptera de célébrer en votre faveur une messe de mariage.

Sans doute avait-elle raison. Plus instruite qu'il ne l'était des mœurs sacerdotales en vigueur sur le continent, elle se trouvait mieux placée pour connaître la rigueur ou l'intolérance du clergé local.

Sébastien hocha la tête et se mit à réfléchir en silence, à la recherche désespérée d'une alternative favorable. Chaque instant comptait. Conscientes de la gravité du moment, les deux femmes présentes ne le quittaient pas des yeux, comme dans l'attente d'un oracle.

En toussant de la façon la plus artificielle, Malford attira sur lui l'attention générale.

— Je sais que je n'ai rien à dire, mais il faut voir, articula-t-il énigmatiquement.

— Si tu as une idée, ne la garde pas pour toi ! s'exclama le capitaine avec une véhémence qu'il regretta aussitôt.

Comme il avait affaire à un personnage singulièrement aguerri, Malford ne se laissa pas démonter par cet éclat.

— M'est avis, avança-t-il, que ce brave John Ridgely n'est pas plus catholique que le doyen de Westminster.

Un instant de réflexion suffit à Sébastien pour comprendre l'implication de cette évidence. La maman espagnole était officiellement l'épouse de l'Anglais Ridgely. Par l'effet de quelle dérogation ?

— Demandez-lui, dit-il à Pilar.

Elle s'attarda à le fixer du regard avant de lui obéir. La femme lui donna une réponse circonstanciée, dont Sébastien parvint à saisir le sens avant qu'elle ne fût traduite.

— Elle me dit, rapporta Pilar, que leur mariage a été célébré sous leur tente par un… un hérétique.

— Pas exactement, dit Sébastien. Nous les appelons des dissidents. Ce sont des prêcheurs ambulants, en quelque sorte.

— J'en ai vu quelques-uns dans les campements, dit Malford. Ils s'acharnent à sauver notre âme immortelle en nous menaçant de griller dans les flammes de l'enfer.

Certains officiers s'étaient en effet inquiétés de la présence dans l'armée de prédicateurs évangélistes. Wellington avait refusé de les exclure, et leur présence s'était avérée à l'usage plutôt bénéfique, puisqu'ils apportaient un réconfort spirituel et des conseils moraux à des hommes qui se trouvaient aussi dépourvus de moralité que d'élévation d'esprit.

— Encore faut-il savoir si nous pouvons en trouver à Bordeaux.

— Comme toute l'armée s'y trouve, ils sont là, conclut logiquement Malford. Le problème, capitaine, c'est d'en dénicher un dans ce fou… dans ce fouillis.

L'ordonnance ne songeait pas à un autre problème, celui de l'agrément donné par l'un de ces prêcheurs. A quelles conditions acceptaient-ils de célébrer un mariage ? Sébastien savait que leurs cérémonies, rondement menées, consistaient en un simple échange de promesses. Quelle valeur légale attribuer à ces unions menées tambour battant ? Il serait toujours temps d'y penser, dans le meilleur des cas.

— Qui appelez-vous dissident ? demanda Pilar.

Sébastien lança un regard à Malford, comme un appel de détresse, mais en vain. D'un haussement d'épaules, celui qu'il sollicitait tira argument de son ignorance pour le priver de son soutien. Il lui fallut donc recourir à ses seules informations.

— On appelle dissidents ceux qui refusent...

Il n'alla pas plus loin. A quoi bon réciter le catalogue approximatif des griefs réunis par des originaux à l'encontre de l'orthodoxie anglicane ? Pilar en serait-elle plus disposée à recourir à leurs services ? A supposer bien sûr qu'il s'en trouvât un qui ne refusât pas les siens.

— En fait, reprit-il, ils élèvent certaines objections à l'égard de certains rites en usage dans l'Eglise d'Angleterre.

Pour être incomplète et inexacte, sa réponse avait le mérite d'être brève.

— On critique l'Eglise ? s'étonna Pilar. Cela se fait, dans votre pays ?

— Dans des limites raisonnables, dit prudemment Sébastien.

— Et vous pensez qu'un prêcheur de cette sorte accepterait de nous...

Comme elle n'osait prononcer le mot, il fallut que le capitaine Sinclair lui vienne en aide.

— Vous voulez dire, de nous marier ? Pour le savoir, il va nous falloir en trouver un !

Une fois vérifiée l'information recueillie par Malford, information selon laquelle les officiers, et eux seuls, étaient autorisés à emmener avec eux leurs épouses, il n'avait pas été difficile de mettre la main sur un prédicateur inspiré. Au cours d'une simple promenade sur les quais, l'un d'eux s'était de lui-même signalé à l'attention de Sébastien et de Pilar. Il haranguait la foule d'une voix assez forte pour couvrir le brouhaha ambiant, et réunissait autour de lui un cercle de militaires désœuvrés, en quête de distraction plutôt que d'édification spirituelle.

Leur ennui s'expliquait aisément. Habitués à remplir des missions, à espérer des victoires, et même à redouter les aléas d'un destin dangereux, ils se trouvaient inutiles, oisifs, victorieux sans panache et sans espoir de rétribution particulière. Ils erraient depuis des jours, plusieurs semaines parfois, dans une ville naguère ennemie qui les recevait en intrus. Partageant en cela le pessimisme de Wellington, qui déplorait la veulerie de ses propres troupes, le capitaine Sinclair ne doutait pas que la plupart de ces hommes avaient déjà dépensé en boissons et au jeu la totalité de leur solde. Ecouter un sermon, c'était pour eux bénéficier d'un spectacle gratuit, qui de surcroît leur permettait de s'apitoyer sur eux-mêmes.

Car le prédicateur décrivait avec complaisance les horribles tortures que subiraient dans l'autre monde les soldats britanniques, chaque offense à la morale entraînant un châtiment particulier.

Ces offenses à la morale, Sébastien Sinclair les avait toutes commises à des degrés divers, un jour ou l'autre, il ne pouvait le nier. Plus attendri par leur souvenir que véritablement repentant, il songeait en écoutant cet imprécateur à la douceur aimable du chapelain de

Sinclair House, qui ignorait certainement jusqu'au nom des perversions dont le vaticinateur militaire faisait de complaisantes descriptions.

— C'est à lui que vous allez demander de nous marier ? s'inquiéta Pilar en parlant assez fort pour que des témoins voisins tournent la tête.

— J'espère bien qu'il acceptera, dit Sébastien.

Il s'exprimait à voix basse, de manière à donner l'exemple de la discrétion à celle dont il n'avait pas demandé la main, mais qui ne refusait pas pour autant de l'épouser.

— Pourquoi n'accepterait-il pas ? Nous sommes des personnes honorables !

A en juger par son intonation et par son attitude, elle déniait cette qualité à l'orateur.

— Il n'est pas plus honorable que le public auquel il s'adresse, reconnut Sébastien. Ce qui m'importe en lui, c'est son degré de tolérance.

— Il ne peut célébrer la messe, puisqu'il n'est pas prêtre.

En homme qui ne s'arrête pas à ces détails, Sébastien esquissa de la main un geste désinvolte.

— C'est une sorte de pasteur, ou de ministre du culte, comme on dit. Ce sera un mariage... sans messe, voilà tout.

Pilar semblait vouloir s'entêter.

— Alors ce ne sera pas un véritable mariage, dit-elle avec une sorte de dépit, comme si on la frustrait d'une satisfaction attendue.

Sans doute s'en tenait-elle aux mœurs de son pays, et ne voyait-elle en cette affaire qu'une éventuelle mascarade. Sébastien lui-même ne lui avait pas caché son ignorance des implications possibles d'une telle démarche. Il se devait toutefois de la prévenir.

— Il se peut, dit-il, qu'une cour de justice en atteste la validité.

— En France ou en Angleterre ? Pourquoi la justice serait-elle saisie ?

— On ne sait jamais, répondit-il évasivement.

— Vous voulez parler de Julian, sans doute ? Vous pensez qu'il pourrait engager une procédure pour attaquer ce mariage ?

Sébastien avait eu d'autres pensées en tête, mais celle-ci n'était pas à négliger.

— Votre tuteur pourrait prendre cette initiative, en effet, mais d'autres objections peuvent venir d'ailleurs. Je sais que vous n'accordez aucune valeur véritable à un acte de mariage délivré par ce sermonneur, mais je tiens à attirer votre attention sur le fait que d'autres personnes sont susceptibles de le prendre fort au sérieux.

— Et vous, capitaine ? Vous sentez-vous disposé à le prendre au sérieux ? Quelle importance lui accordez-vous ?

Pris de court, Sébastien Sinclair fit appel à toutes ses ressources en fait de logique et d'objectivité. Se sentirait-il engagé pour la vie ? « Jusqu'à ce que la mort vous sépare », quelle terrible formule !

La question était d'importance. Si par exemple, en mettant le pied sur le sol de l'Angleterre, Pilar décidait de ne voir dans l'acte de mariage qu'un chiffon de papier et revendiquait son indépendance, Sébastien Sinclair, benjamin d'une illustre famille, s'estimerait-il pour sa part célibataire ou tenu par les liens du mariage ?

Question plus importante encore : si Pilar estimait n'avoir pris aucun engagement véritable, Sébastien aurait-il assez d'empire sur lui-même pour lui rendre sa liberté ? Aurait-il le courage de la voir redresser fièrement le menton, comme elle le faisait quelquefois, avant de céder aux charmes décadents de quelque blondin, qui mettrait en valeur sa propre mollesse en exhibant ce pur joyau de beauté brune et vigoureuse ? A Londres, les émules de Brummel ne manquaient pas, et nulle cicatrice n'altérait la régularité de leurs traits. Il y avait aussi ce Delgado, bien sûr, qui pouvait tirer avantage de sa récente promotion pour faire valoir des droits usurpés. Mais, en Angleterre, les Sinclair se trouvaient assez influents pour s'opposer à toute manœuvre d'intimidation.

Pour sanctionner son hésitation, qui se prolongeait, Pilar cessa d'interroger Sébastien du regard et détourna la tête, bien qu'il n'ait pas cessé de la contempler. Avant de lui répondre, il la saisit sans façon par les épaules et l'obligea à lui faire face.

— Si peu fréquentable qu'il soit, ce personnage détient le pouvoir de vous permettre de quitter la France, et de vous mettre à l'abri d'un tuteur auquel vous désirez échapper. Lorsque nous serons arrivés en Angleterre, si tout se passe bien, alors nous pourrons analyser à loisir les divers problèmes que soulèveront sans doute les démarches que pour l'instant la nécessité nous impose.

Pilar resta un moment silencieuse. Sans doute réfléchissait-elle aux termes de cette réponse, à vrai dire un peu alambiquée.

— Dans ce cas, peut-être serait-il préférable que vous me fassiez escorter jusqu'à Paris, capitaine Sinclair.

— Vous voulez retrouver Delgado ?

— Au moins n'ai-je aucun doute sur ses intentions.

— Ses intentions ? s'écria Sébastien, dépité de voir ses efforts méprisés. L'intention de voler le titre de votre père, après lui avoir pris la vie ?

— Je parle de ses intentions matrimoniales, capitaine. Il désire ouvertement m'épouser.

— Dans les deux cas, son ambition demeure la même, s'indigna Sébastien. Moi je vous offre d'échapper à son empire, et au sort des pauvres gens que vous voyez autour de vous. Si vous préférez retomber sous la coupe de ce criminel ou errer dans ce port jusqu'à la fin des siècles, alors je renonce à ce mariage.

Le cœur serré, elle détourna de lui son regard, pour qu'il ne voie pas briller des larmes dans ses yeux. Autour d'eux, elle ne voyait que de pauvres femmes et des soldats à l'uniforme élimé, aussi frustes et aussi sales que des mendiants.

Lorsqu'elle eut le courage de le regarder de nouveau en face, il se fit plus véhément encore.

— Si vous le désirez, je peux demander à un autre officier britannique de vous épouser et de vous emmener en Angleterre. Cela n'empêcherait pas mon frère de vous assurer la protection que je vous ai promise, je vous le garantis.

— Vos propos sont odieux, capitaine Sinclair. Sachez qu'ils m'offensent.

— Mes propos s'adaptent aux options que vous suggérez, doña Pilar. A vous le choix !

Il l'avait un jour accusée de lâcheté. En la circonstance présente, ce terme ne convenait pas. S'il incriminait aujourd'hui son obstination, accepterait-elle une accusation amplement méritée ? Rien n'était moins sûr.

Elle prit pour soulager son impatience une inspiration si prolongée et si puissante que les rondeurs jumelles de sa ravissante poitrine soulevèrent le tissu d'un corsage beaucoup trop décolleté au goût de Sébastien, qui se hâta de chasser de son esprit une préoccupation aussi vaine et aussi dérangeante.

Elle n'avait pas sa place en cet instant, au moment même où il tentait de la convaincre de la nécessité d'un mariage de convenance étrangement nommé, puisqu'il laissait augurer bien des inconvénients, et n'aurait de mariage que le nom. A quelles contorsions de langage comme de raisonnement la nécessité ne nous conduit-elle pas !

— Cet homme n'est pas un prêtre, répéta Pilar qui semblait prendre un malin plaisir à s'obstiner.

— Qu'il le soit ou qu'il ne le soit pas, s'il accepte tout simplement de nous fournir un acte de mariage, échangerez-vous avec moi les promesses traditionnelles ? Me ferez-vous l'honneur de croire que dès notre arrivée en Angleterre, lorsque vous serez sous la protection de mon frère, je consacrerai toute mon énergie à mettre de l'ordre dans tout ce chaos et à clarifier la situation ?

Cette situation, assurément peu claire en effet, quelle était-elle ? Sébastien Sinclair n'aurait pu le dire.

— Une papiste ?

Le révérend Dargood Reynolds écarquillait les yeux, et considérait la noble et ravissante Pilar avec une sorte d'ahurissement.

— Ma fiancée est en effet catholique, reconnut Sébastien.

— Et elle souhaite se joindre avec nous à l'Alliance de la Vraie Foi ?

Pour obtenir la signature de cet hurluberlu au bas d'un acte de mariage, Sébastien se trouvait disposé à toutes les concessions. Lorsque la nécessité l'ordonne, le mensonge cesse d'être coupable. Il voulut cependant n'en pas prendre le risque.

— Elle veut devenir ma femme, dit-il, et je veux devenir son mari.

— C'est pour sauver l'âme immortelle de cette malheureuse que vous désirez l'épouser ?

Sébastien songeait surtout à sauver le corps de Pilar, mais l'heure n'était pas à ce genre de distinction.

— Pour la sauver, en effet.

En prononçant ces mots, il crut sentir l'odeur du soufre que le révérend promettait aux menteurs, dans son récent sermon.

— Croit-elle en Jésus notre sauveur ?

— Bien sûr ! s'exclama Pilar avec fougue.

Sébastien lui avait recommandé de garder le silence, mais c'était sans doute trop lui demander. Si l'interrogatoire se poursuivait sur ce ton, elle risquait de s'y soustraire et de s'enfuir, au risque d'encourir l'un des châtiments dont Sébastien l'avait menacée : rejoindre Delgado à Paris, ou partager le triste sort des femmes abandonnées. Il fallait hâter les choses.

— Vous voulez bien nous marier ? demanda-t-il abruptement.

— Vous me semblez bien pressé, fit observer le révérend Reynolds.

— Pour le cas où vous ne l'auriez pas remarqué, s'enflamma Sébastien, que gagnait l'exaspération, ces navires sont en partance. En qualité d'officier, il me faut présenter un acte de mariage pour emmener avec moi cette femme. Si vous refusez de m'aider à sauver son âme immortelle, dites-le sans attendre. J'aurai alors recours à l'un de vos confrères plus soucieux de la propagation de la vraie foi, et moins avare des prérogatives qui découlent de son autorité.

— Mon autorité, je la tiens de Dieu seul, capitaine, et je vous dénie le droit de la mettre en doute !

— Je ne la mets aucunement en doute. Je vous demande simplement de me marier à cette papiste afin qu'en qualité d'époux légalement reconnu j'aie le pouvoir de lui faire abjurer ses erreurs et de la ramener dans le droit chemin.

Le bras sur les épaules de Pilar, il la serrait si fort qu'il la sentit broncher. Cette pression n'avait d'autre but que de rappeler à la rebelle la nécessité de garder le silence.

Si invraisemblable que ce fût, elle se soumettait en effet. Sous les yeux de Reynolds et de son prétendant, elle releva crânement le menton et jeta à Sébastien un regard qui en disait long. Mais sa bouche restait fermée, et elle pinçait les lèvres avec une résolution si farouche que l'homme de Dieu s'en inquiéta.

— Dites-moi, mon fils, vous croyez-vous capable d'accomplir une telle mission ?

Il mettait de toute évidence en doute les qualités pédagogiques du capitaine, ou son endurance.

— Si je ne m'attelle pas à la tâche, personne ne le fera, ici ou ailleurs. Elle risque la damnation. Si vous la laissez perdre son âme, vous aurez son enfer sur la conscience. Si vous m'aidez, vous n'aurez rien à regretter, spirituellement comme matériellement, puisque j'assume les frais, bien sûr.

Il sentit le mouvement de révolte que Pilar aurait voulu esquisser, mais il la contint fermement, et elle sut derechef garder le silence.

— Vous vous engagez donc à l'instruire dans la vraie voie ?

— Je vous promets de faire tout mon possible, dit Sébastien.

Les deux mains écartées en un geste bénisseur, le révérend donna d'un sourire son accord. Le capitaine Sinclair respira plus librement et, sous son bras qui ne pressait plus avec la même vigueur sa future épouse, il sentit qu'elle aussi inspirait avec force pour pousser un soupir de soulagement.

— Cette cabine est vraiment... minuscule, dit Pilar en touchant des deux mains les deux cloisons opposées de l'étroit local.

— Au moins nous évite-t-elle une insupportable promiscuité, répondit Sébastien.

En accédant à ce qui serait pendant les jours de traversée son domicile, Pilar avait pu constater l'effarant entassement d'hommes à tous les niveaux du bâtiment. Beaucoup d'entre eux se disposaient, d'après Sébastien, à s'allonger pour la nuit sur le pont, côte à côte, à la belle étoile, si le temps le permettait.

— Est-ce que vous supportez bien les voyages en mer ? demanda-t-il quelques instants plus tard.

Pilar, qui observait avec perplexité l'orifice d'aération percé au ras du plafond de bois, se retourna dans l'intention de lui répondre, mais garda un moment les paupières baissées. Dès le moment où le révérend Reynolds les avait déclarés unis par les liens du mariage, Pilar avait paradoxalement éprouvé une sorte de gêne en présence du capitaine. D'ordinaire si franche et directe dans ses rapports avec lui, elle hésitait maintenant à croiser son regard.

Sans doute ne manquait-elle pas d'arguments pour dénier toute valeur effective à une cérémonie de mariage réduite à quelques phrases prononcées en plein air, sur un quai, devant un prétendu homme de Dieu, avec pour seul témoin et garçon d'honneur un soldat qui s'était surtout chargé d'écarter les badauds. Mais elle ne pouvait s'empêcher de se répéter les promesses échangées, et de leur accorder une respectueuse considération. Le révérend Reynolds, pour un moment oublieux de sa faconde populaire et de ses outrances, avait prononcé les formules traditionnelles avec tant de simplicité et de dignité que Pilar, à sa propre surprise, s'était laissé surprendre par une sincère émotion. Et Sébastien, en répétant la promesse sacramentelle, avait mis dans sa voix profonde et forte une intonation d'une extraordinaire solennité.

— Vous voulez parler du mal de mer ? Je n'en sais rien, puisque je n'ai jamais voyagé à bord d'un bateau.

— On dit : « un navire », rectifia-t-il. Par temps clément, il n'y a rien à redouter.

Il souriait le plus agréablement du monde. Soucieuse de ne pas se griser d'illusions, Pilar se défendit d'imputer cette bonne humeur au plaisir de se trouver en sa compagnie. Sans doute se félicitait-il, après avoir surmonté tous les obstacles, de se sentir enfin l'esprit libre de toute préoccupation immédiate.

— Je suis certain que tout se passera le mieux du monde, ajouta Sébastien.

La certitude qu'il affirmait relevait de la politesse ou de l'encouragement plutôt que de la science. Le navire, d'abord remorqué par des canots dans la rade, fit voile avec la marée. Pilar sut bientôt à quoi s'en tenir sur ses qualités de navigatrice. Le léger roulis du voilier, alors qu'il n'avait pas encore dépassé la Pointe de Grave, s'associant aux odeurs fortes qui s'exhalaient de ses flancs, relents de goudron, de poisson, d'hommes débraillés et sales confinés dans un espace insuffisant, Pilar ne tarda pas à ressentir les atteintes d'une douloureuse nausée.

— Par expérience, murmura-t-elle, il me faut reconnaître que je supporte mal les voyages en mer.

Dans l'obscurité, elle entendit Sébastien se déplacer. Il alluma l'unique lampe, qui pendait à un crochet au milieu de la cabine. Il s'agenouilla à côté de l'étroite couchette sur laquelle elle reposait et se pencha sur son visage, comme il l'avait fait à la résidence anglaise de Madrid, après l'avoir enlevée.

La lampe oscillait au gré des mouvements du navire. Alternativement éclairés et perdus dans l'ombre, les traits de Sébastien Sinclair n'exprimaient que la compassion et la sollicitude. Malgré sa faiblesse, Pilar se contraignit à ne pas fermer les yeux, car elle voulait s'assurer que nulle trace de mécontentement ou de dégoût n'apparaissait dans le regard du témoin de son malaise. Il semblait le constater avec bonne humeur, et même s'en amuser un peu.

— Un peu d'air frais vous fera du bien, proposa-t-il en lui prenant le bras pour l'inviter à se redresser.

Elle aurait voulu rester immobile, mais l'air chargé des odeurs les plus nauséabondes lui semblait vraiment irrespirable. L'espérance d'un peu de fraîcheur et d'air pur la rendit docile à sa sollicitation. Elle se leva et fit les trois pas qui la séparaient de la porte.

Sébastien décrocha d'une patère sa vareuse et l'en enveloppa. Et puis, comme il l'avait fait tout à l'heure sur le quai, pendant ses négociations avec le révérend Reynolds, il lui posa le bras sur les épaules et la guida avec sûreté à travers les coursives, parmi des hommes de troupe endormis.

Il fallut gravir à deux reprises des escaliers raides et étroits. Dès qu'ils eurent atteint le pont, le premier souffle d'air marin dissipa comme par miracle le malaise dont souffrait Pilar. Un brouillard d'embruns donnait à l'atmosphère une saveur, une légèreté vivifiantes.

— Vous allez mieux ? s'enquit Sébastien.

Elle acquiesça d'un signe de tête avant de lever les yeux vers les voiles qu'enflait le vent venu de la terre. Dans une masse de nuages arrondis s'était ouverte une large brèche, qui laissait voir un peu du ciel étoilé.

— Vous n'avez donc pas le mal de mer, constata-t-il. Il s'agirait plutôt du mal de l'humanité entassée. Tous ces corps serrés les uns contre les autres…

« Serrés les uns contre les autres. » Sans doute pensait-il aux centaines d'hommes transportés comme du bétail dans ce navire. Chez Pilar, ces mots éveillaient une autre image, un beau souvenir. Dans un jardin sombre, un torse large et solide contre lequel se pressaient ses seins. Quelle délicieuse contrainte ! L'espace d'un instant, elle se souvint de sa respiration profonde, ainsi que de l'harmonie de leurs corps emportés par le rythme de la danse.

Cette réminiscence d'un balancement régulier naissait sans doute, se dit-elle raisonnablement, de la simple oscillation du voilier. Mais la voix un peu assourdie de sa conscience lui rappelait aussi qu'elle se trouvait pour l'heure en compagnie de son mari, et que cette nuit était en principe celle de ses noces. L'Eglise ne reconnaîtrait pas la validité de leur union, mais ils se trouvaient bel et bien mari et femme. Quant à savoir si des mesures légales permettraient un jour d'annuler ce mariage, c'était une autre affaire.

— Parlez-moi de votre famille, dit-elle tout à trac.

L'avenir immédiat l'angoissait à présent. Quel accueil l'attendait en Angleterre ?

— Ma mère et mon père sont tous deux décédés, dit Sébastien d'une voix un peu lointaine, à un an d'intervalle. Mon père le premier, ma mère ensuite. Aussi étrange que cela puisse paraître, je crois que ma mère a choisi de suivre son mari aussitôt qu'elle l'a pu.

— Elle ne s'est pas... suicidée ?

Le rire de Sébastien dissipa le trouble qu'avait provoqué chez Pilar sa façon de s'exprimer.

— Elle ne s'est pas suicidée, rassurez-vous. Mais elle est morte de chagrin, de solitude. Ils étaient tout l'un pour l'autre.

Le cœur serré, Pilar songea à ses propres parents. Se faire l'un à l'autre un monde toujours beau, telle aurait pu être leur devise. De cet idéal, elle avait si souvent rêvé...

Elle reprit avec vigueur le contrôle de ses esprits. A quoi bon cultiver la nostalgie des rêves de jeunesse ? Sa nuit de noces, qu'elle s'était si souvent efforcée d'imaginer, avec ses découvertes et ses merveilles, elle la vivait à présent, debout dans la nuit avec son mari.

— Votre mère, reprit-elle pour distraire sa pensée, ne tenait-elle pas à l'affection de ses enfants ?

— Nous étions alors tous les trois adultes, du moins le pensions-nous, dit-il avec humour. Comme moi-même, mes frères se faisaient des illusions.

Sébastien Sinclair se tut. Il regardait au large. Pilar respecta son silence, les yeux fixés sur son noble profil.

— Alexandre a hérité des domaines et du titre, reprit Sébastien. Il est comte de Darewood, et aristocrate jusqu'au bout des ongles. D'un seul regard, il est capable de vous paralyser sur place. Quelle personnalité !

— Malford m'a appris qu'il était un ami du régent, dit Pilar.

— Il fait partie de la petite coterie des intimes de ce cher Prinny, c'est un peu différent, voyez-vous. Quand vous aurez appris à le connaître, vous vous ferez votre propre opinion, cela me semble préférable. Ensuite, il y a Ian, mon autre frère.

Comme le visage de Sébastien restait dans l'ombre, c'était dans son intonation que Pilar percevait le jeu des sentiments. Il parlait de son frère Ian avec plus de chaleur, avec moins de tension.

— Ian s'est récemment marié, je l'ai appris par une lettre que m'a remise le duc en personne.

— Et le comte, demanda-t-elle, il est marié, lui aussi ?

— Depuis presque un an. Je n'ai encore jamais vu la comtesse, mais, d'après Ian, elle est tout à fait… remarquable.

De toute évidence, Sébastien Sinclair nourrissait à l'égard de l'épouse de son frère aîné une admiration sans bornes. Puisqu'il ne l'avait jamais rencontrée, il avait bien fallu qu'on lui en chante les louanges.

— Ian m'a vanté son courage, sa beauté et son savoir, ajouta-t-il, répondant ainsi à la question qu'elle n'avait pas posée.

Il estimait sans doute qu'une épouse accomplie devait réunir ces trois qualités. Pilar les possédait-elle ? En toute modestie, elle en doutait.

Bien qu'elle connût plusieurs langues, elle ne se flattait pas d'être savante. Sébastien l'avait déjà taxée de lâcheté. Et il n'avait eu qu'une seule fois l'occasion de la voir vêtue à son avantage, au palais du roi.

— Voilà toute ma famille, concluait Sébastien. Deux frères, très différents l'un de l'autre, et deux belles-sœurs que je n'ai jamais rencontrées.

— Que vont-ils penser de notre… de notre situation ? s'inquiéta Pilar.

Elle avait censuré le mot « mariage », puisqu'elle refusait de s'en réclamer. L'échange de vœux n'avait-il pas eu lieu à la seule initiative du capitaine, qui voyait dans ce stratagème le seul moyen de lui faire quitter le territoire français ?

— Ils m'approuveront, j'en ai la certitude. Nous n'avions pas le choix.

Jamais il n'avait tenté de la duper, et ses intentions étaient claires et parfaitement désintéressées. Et cependant…

Une voile siffla, faseya et produisit un claquement sec en prenant le vent. En levant les yeux, Pilar la vit s'enfler. Elle emmenait le navire vers l'Angleterre, elle éloignait Pilar du monde qu'elle avait toujours connu. Pilar ne vit plus qu'à travers une sorte de brouillard les étoiles du ciel, la pâleur des voiles. Elle dut cligner des paupières pour chasser les larmes de ses yeux. Les mots qui venaient d'être prononcés retentissaient dans sa tête, comme une sorte de tocsin ou de glas.

« Ils m'approuveront, j'en ai la certitude. Nous n'avions pas le choix. »

8.

Londres, juin 1814

— A mon grand regret, je ne saurais pour l'instant déranger monsieur le comte. Il sera averti de votre présence dès que le dîner sera achevé. Puis-je me permettre de vous demander à qui j'ai l'honneur de m'adresser ?

— Je me nomme Sébastien. Allez dire au comte que nous n'avons pas dîné. J'espère que Ian et lui nous auront laissé quelques restes.

Pour achever de confondre le majordome abasourdi, Sébastien Sinclair releva très haut le sourcil droit, imitant jusqu'à la caricature une expression dont son frère était familier. La consternation de l'imposant serviteur lui fit plaisir à voir.

— Sébastien ? répéta le majordome. Vous seriez donc…

— Le capitaine Sébastien Sinclair, au service du royaume. La guerre est finie. Vous ne le savez pas, à Londres ?

— Mais si, bien sûr, capitaine Sinclair. Quelle épouvantable mésaventure, en vérité ! A mon grand dam, me voici pris au dépourvu. Personne ne nous a fait part de votre arrivée, voyez-vous.

— Pour la bonne raison que nous arrivons à l'improviste. La navigation maritime est fertile en incertitudes. Nous-mêmes ne pouvions savoir que notre voyage se terminerait ce soir, et au cœur même de Londres.

Sébastien, se surprenant en flagrant délit de bavardage, se hâta de se taire, afin de se reprendre. Sans doute avait-il, au cours de ses années de service, perdu l'habitude des usages. Si en arrivant à Dare Hall il devait donner des explications, c'était d'abord à son frère, plutôt qu'à un domestique, fût-il le plus important de toute la maisonnée.

— Allez leur dire que nous sommes arrivés, voulez-vous...

— Wilkinson, capitaine.

— Vous remplacez Watson ?

— Il est à Sinclair House, et Williams me remplace au château, capitaine. Je n'avais pas l'honneur de vous connaître, capitaine, ce qui explique ma méprise, sans pour autant l'excuser, bien sûr.

— Eh bien, Wilkinson, allez avertir le comte de notre présence.

Le majordome s'inclina comme il se doit, et lorsqu'il se redressa, son regard effleura Pilar et plus superficiellement encore Malford, qui se tenait modestement en arrière-garde. Ces coups d'œil n'étaient pas assez appuyés pour justifier une réprimande, mais l'imposant personnage était déconcerté et se trouvait visiblement sous le choc.

Sébastien ne lui en tint pas rigueur. Dans le décor élégant et luxueux de Dare Hall, l'hôtel particulier du comte de Darewood, le spectacle étrange qu'offrait leur trio avait de quoi surprendre en effet. Depuis le départ de Bordeaux, une semaine auparavant, Sébastien n'avait guère eu l'occasion de faire sa toilette et de se changer. Ses cheveux noirs ébouriffés autour de sa tête, Pilar, toujours vêtue de son déguisement de femme du peuple, faisait figure de farouche bohémienne. L'ordonnance du défunt vicomte, qui n'avait pas bénéficié du confort pourtant relatif d'une cabine minuscule pendant la traversée, aurait pu passer inaperçu dans les quartiers les plus infâmes de Londres.

Le majordome se garda bien d'exprimer les impressions que de toute évidence il ressentait, et se contenta de faire demi-tour pour accomplir sa mission, en pressant peut-être le pas un peu plus qu'il n'est d'usage.

— On ne dirait pas que ce domestique est au service d'un comte, fit aigrement remarquer Pilar. Je l'aurais cru plus stylé.

Irrité par cette critique, Sébastien ne put retenir une riposte qui manquait de panache.

— Vous voulez dire sans doute que les domestiques de votre père avaient coutume d'accueillir n'importe qui à n'importe quelle heure, suggéra-t-il.

— Aucun d'entre eux n'aurait osé s'ébaubir devant un visiteur, quel qu'il soit, si pauvrement vêtu qu'il soit. Mais ils étaient parfaitement stylés, cela va sans dire.

— Je vous prie d'excuser l'impéritie du personnel qu'emploie mon frère. J'aurais eu scrupule à reprocher à ce Wilkinson son étonnement. Nous offrons un spectacle un peu déconcertant, avouez-le. Je suis pour ma part trop content d'être arrivé à destination pour m'arrêter à ces peccadilles.

Pilar avait supporté les rigueurs du voyage de Madrid à Bordeaux, puis celles de la longue traversée, sans émettre la moindre récrimination ni manifester le moindre accès de mauvaise humeur. Sans doute fallait-il imputer son agressivité présente à l'épuisement physique, plus insupportable encore à une femme. Sébastien, pour sa part, n'en pouvait plus.

C'est pour cela sans doute qu'emporté par une excessive exaspération il avait répliqué avec une sécheresse dont il entendait bien s'excuser. Comme il allait le faire, il s'aperçut que Pilar avait subitement pâli. Elle fermait de la main le haut de son corsage, pour en diminuer l'échancrure. Sébastien vit que cette main tremblait.

Tremblait-elle de fatigue, ou d'inquiétude ? La perspective d'une rencontre imminente avec des inconnus, alors qu'elle se trouvait elle-même en position de dépendance, dans un état de dénuement extrême, avait de quoi susciter tout naturellement l'angoisse.

On entendit une porte s'ouvrir avec bruit dans la galerie qui menait aux pièces d'apparat. La gorge nouée par l'émotion, Sébastien Sinclair vit s'avancer vers lui ses frères.

Avec son autorité coutumière, Alexandre de Darewood marchait en tête, à grands pas. Ian Sinclair le suivait en boitant un peu, mais avec une assurance qui confirmait que, après une longue convalescence, il se trouvait enfin rétabli.

— Si tu m'avais averti de ton arrivée, mon cuisinier aurait peut-être accepté de t'accorder une demi-heure de répit, mais pas davantage !

Sébastien ne se laissa pas prendre à l'humour agressif du comte ni à son parti pris de légèreté, si caractéristiques des intimes du prince. Il savait que sous ce masque il éprouvait une profonde tendresse.

— Bonsoir, Alexandre, dit-il. Ne me raconte pas d'histoires. Ton chef a sur toi trop d'empire pour que tu oses le contrarier.

— Tu as raison, je ne le contrarierai pas. Je ne l'empêcherai pas de fêter ton retour aussi fastueusement qu'il l'entendra.

Après une brève mais vigoureuse accolade, le comte laissa un moment sa main gauche sur l'épaule droite de Sébastien. Les yeux dans les yeux, ils éprouvaient la même impression, le même sentiment de fraternité profonde, que semblait symboliser la nuance de leurs iris, d'un identique bleu intense.

— A mon avis, dit Ian en s'avançant à son tour, notre benjamin sait très bien ce qu'il fait en survenant à l'improviste. Il veut nous contraindre à tuer le veau gras, afin de fêter le retour du frère prodigue.

— Du veau à l'anglaise, dit plaisamment Sébastien, j'en ai rêvé bien souvent...

Il entendait entretenir la bonne humeur générale en rivalisant d'humour avec ses frères et s'apprêtait à citer complaisamment un jeu de mots de Wellington en personne. Il n'avait pas prévu que sa gorge complètement nouée pour cette fois allait lui refuser tout service, et le condamner au silence.

Dans le regard des yeux noisette de Ian, le plus calme et le plus attentif des trois frères, il vit passer une lueur de compréhension et n'en éprouva aucune surprise puisque Ian, véritable conscience de la famille, sans toujours approuver, comprenait tout.

— Les nostalgies de l'estomac sont les plus profondes, dit l'ancien chef d'escadron en serrant dans ses bras son cadet, avec une énergie qui témoignait de sa parfaite guérison.

Avant que Sébastien ait eu le temps de s'attendrir davantage et de succomber à l'émotion, Ian s'écarta pour le contempler, les mains sur ses épaules et les deux bras tendus.

— Cette balafre te va bien, dit-il. Elle te confère l'indiscutable charme des assassins patentés. Tu étais trop joli pour un Sinclair. Avec ce genre de beauté, te voilà vraiment des nôtres !

Le cœur de Sébastien se serra. Dans l'émotion des retrouvailles, il avait oublié sa cicatrice. Ses frères ne l'avaient jamais vue, et jamais dans ses lettres il n'en avait fait mention. Pas plus que de la jeune fille au bord de la rivière, bien sûr.

Il recula, sans que son frère tente de le retenir, dans l'intention de faire participer Pilar à la chaleur de cet accueil et de la présenter à ses frères.

Il la vit plus pâle encore qu'à leur arrivée, ses cheveux et ses yeux noirs contrastant violemment avec son teint. Ravissante dans son accoutrement populaire, et vulnérable, elle serrait ses mains l'une contre l'autre, visiblement inquiète de ce qui allait suivre.

De la façon la plus surprenante, les retrouvailles qu'il vivait libéraient Sébastien de ses appréhensions et de ses inhibitions. Il n'éprouverait aucune difficulté à faire les révélations qui s'imposaient. Réinstallé au sein de sa famille, il saurait lui faire accepter son étrange mariage, comme il saurait lui faire accepter Pilar.

Sans doute convenait-il de ne pas brusquer les choses. Pour ménager la sensibilité de la jeune fille, il donnerait les explications nécessaires en son absence, après qu'ils se seraient reposés et restaurés.

— Voici Pilar, dit-il, que pour l'instant je ne nommerai pas autrement. Pour des raisons que je vous expliquerai plus tard, j'ai promis à Pilar sur ma parole d'honneur qu'elle ne bénéficiera pas seulement de l'accueil de ma famille, mais aussi de sa protection.

Les deux frères aînés de Sébastien scrutèrent avec étonnement Pilar, avant que les yeux bleus de l'un et les yeux noisette de l'autre ne reviennent poser sur leur benjamin le même regard interrogateur. Tous deux semblaient circonspects.

— De notre protection ? demanda le comte.

— Je ne souhaite pas entrer dans les détails pour l'instant, dit Sébastien. Nous verrons cela après le dîner.

Il obtenait ainsi un sursis sans que ses frères puissent soupçonner qu'il leur dissimulait un secret. Sans attendre leur réponse, il alla poser la main sur l'épaule de Malford pour le faire avancer.

— Et voici Malford, mon… mon ordonnance, dit-il pour abréger. De nous trois, il était le plus mal loti sur le navire où nous nous trouvions encore il y a une heure. Wilkinson peut-il veiller à son hébergement ? Nous avons voyagé longtemps, et dans d'exécrables conditions.

— Wilkinson va faire le nécessaire, dit le comte, sans abaisser son sourcil droit.

Son regard, dardé sur le visage de son frère, était plein d'interrogations, mais au moins ne posait-il pas encore verbalement les questions essentielles que Sébastien ne pourrait éternellement éluder. Bien qu'il ait eu le temps de préparer ses explications, il n'avait pas arrêté la teneur exacte des réponses qu'il allait donner. Comment décrire son étrange aventure et justifier la totalité de ses initiatives ?

Très ferme mais extrêmement féminine, une voix attira l'attention générale vers l'entrée de la galerie.

— Il me semble que des présentations s'imposent.

Deux femmes venaient d'apparaître. Celle qui venait de parler était grande, et l'ampleur du châle de soie brodée qui lui couvrait les épaules et se croisait assez lâchement au-dessous de sa taille ne pouvait dissimuler sa grossesse. Sa chevelure d'un blond doré cascadait en boucles savamment agencées et dégageaient son cou élégant, qui lui donnait un port de reine. Ses yeux étaient du même bleu profond que ceux d'Alexandre et de Sébastien.

Moins altière et très juvénile, l'autre femme semblait plus sensible et plus spontanée. Le regard chaleureux de ses yeux verts se posait non pas sur les hommes, mais sur la jeune fille qui se tenait près de Sébastien. Blonde elle aussi, elle souriait.

— J'allais précisément procéder à ces présentations, dit le comte.

— Mais c'est à nous autres, pauvres femmes, que je pensais, objecta la comtesse. A moins bien sûr que vous nous estimiez absolument indignes de cet honneur.

— Indigne, je le suis par excellence, déclara Sébastien en s'avançant. Mes hommages, madame la comtesse. Dans l'état lamentable où vous me voyez, je ne suis pas présentable, en effet. Et notre arrivée interrompt votre dîner. Veuillez pardonner cette impertinence et cette incorrection.

Il se trouvait maintenant assez près des deux femmes. Faute d'expérience, il ignorait les exigences du protocole en semblable occasion. Lorsqu'on rencontre une belle-sœur, lui baise-t-on la joue, la main ? Consciente de son hésitation, et s'en amusant avec indulgence, Elisabeth de Darewood le tira d'embarras en lui offrant sa main. Patricienne, blanche et impeccablement soignée, cette main faisait un saisissant contraste avec la paume calleuse et les doigts tannés par le soleil qui la recevaient. Sans s'arrêter à cette incongruité, Sébastien se comporta comme il l'aurait fait dans un salon, rasé de près, cravaté de dentelle et aussi luxueusement vêtu que l'étaient ses frères. Lorsqu'il se redressa, Elisabeth lui souriait.

— Vous voilà de retour, Sébastien Sinclair. Les trois frères se trouvent enfin réunis.

Sébastien sentit sa gorge se nouer de nouveau. Incapable de prononcer les quelques mots aimables qui sans doute auraient convenu en pareille circonstance, il se contenta de sourire à la plus jeune et la moins grande des deux femmes.

— Je suis Anne Sinclair, dit-elle avec simplicité.

— L'épouse de Ian.

Sébastien prit la main qu'elle lui offrait mais n'eut pas le loisir de la baiser. La jeune femme posa en effet sa main gauche sur la sienne et l'y maintint.

— L'épouse de Ian, en effet. Soyez le très bienvenu, cher Sébastien. Nous sommes tous si heureux de vous voir.

Anne incarnait le charme même. Sa voix comme son regard avaient quelque chose d'éminemment séduisant. Sans doute Anne ne possédait-elle pas l'autorité de la comtesse, qui spontanément en imposait. C'était par sa gentillesse, par la chaleur de son accueil qu'elle exerçait sur autrui un indéniable pouvoir.

— Mais qui donc vous accompagne ? poursuivit-elle. Elisabeth et moi avons à nous plaindre puisque les présentations ont sans doute été faites avant notre arrivée.

Elle lâcha la main de Sébastien et traversa la pièce pour s'approcher de Pilar et de Malford, qui attendaient à l'écart que les retrouvailles et l'accueil de Sébastien se terminent.

— Je suis Anne Sinclair, dit la plus jeune des deux belles-sœurs dont Sébastien venait de faire la connaissance. Quelle épreuve que celle de ce long voyage ! Pardonnez-nous notre impolitesse, ou du moins acceptez toutes nos excuses. Le retour de Sébastien est un tel événement !

D'un geste naturel et charmant, elle enveloppa de son bras les épaules de Pilar, qui l'accueillit avec une raideur inquiétante. Sébastien craignit un instant que la jeune Espagnole n'évite nerveusement cette étreinte, ou n'en commente en termes cinglants l'excessive familiarité. Il se félicita de la voir prendre assez d'empire sur elle-même pour se détendre un peu.

— Je vous remercie, répondit simplement Pilar, sans prendre la peine de se nommer.

La dignité de son sourire contrastait étrangement avec la rusticité de son accoutrement. Dans les pires circonstances, elle ne se départait pas de son allure aristocratique.

— Dès que vous aurez dîné, reprit Anne, il vous faudra un bain et une bonne nuit de sommeil. Elisabeth vous prêtera l'une de ses chemises de nuit. Rien de tel qu'un bain bien chaud et du satin bien frais pour vous sentir à l'aise au milieu des tourbillons et des tempêtes.

Naturellement, ces messieurs ne pensent jamais à des détails si simples !

Pilar adressa à Sébastien un bref coup d'œil avant de répondre à l'épouse de Ian.

— Je n'ai pas très faim, mais il me serait si agréable de prendre un bain !

— Alors nous allons en faire préparer un dans l'instant même ! Et nous allons emprunter l'une des chemises de nuit que collectionne Elisabeth. Elles sont tellement plus élégantes que les miennes !

Le bras sur les épaules de Pilar, elle s'éloigna avec elle en direction du grand escalier, sans cesser de bavarder le plus agréablement du monde. On entendit sa voix jusqu'au moment où elles disparurent ensemble, au détour d'un palier.

Instinctivement, Sébastien les avait suivies des yeux jusqu'à ce moment. En les abaissant, il s'aperçut que tous les regards, y compris celui de Malford, convergeaient vers lui.

Sans doute espérait-on quelques explications. Le sourcil droit d'Alexandre de Darewood se trouvait en position haute, manifestation certaine d'une attente à satisfaire. Sébastien décida en son for intérieur que cette attente pouvait se prolonger jusqu'à leur prochain tête-à-tête.

— Tu devais demander à Wilkinson de prendre en charge mon ordonnance.

— Il s'en occupe à l'instant.

— Et il me semble avoir entendu parler de table et de plats.

— Je vais faire monter des cuisines un plat chaud, dit Elisabeth.

— Ne vous donnez pas cette peine, dit Sébastien en interrompant le geste qu'elle esquissait. En ce domaine, la rapidité du service m'importe aujourd'hui plus que la chaleur des mets. Ces années de service m'ont éloigné des préoccupations gastronomiques, voyez-vous.

La comtesse interrogea son mari du regard. Sans prononcer un mot, ils échangèrent un message complexe, à en juger par la conclusion qu'elle en tira.

— C'est entendu, dit-elle finalement. Je vais aller aider Anne, et choisir avec elle ce dont cette jeune fille aura besoin.

— A la salle à manger ! déclara emphatiquement Alexandre en désignant d'un geste un peu théâtral la porte ouverte au bout de la galerie.

Ce qui aurait dû être une simple invitation se muait subtilement en injonction. Le moment de rendre des comptes était venu. Sébastien, qui l'avait prévu, songea qu'il valait mieux en effet ne pas atermoyer, et expédier le plus tôt possible cette formalité. Aussi bien n'avait-il pas le choix, songea-t-il en subissant le regard impérieux de son frère.

— Alors... alors, je l'ai emmenée avec moi.

Sébastien ne trouvait pas d'autre mot, et n'avait ni l'intention ni la possibilité de déguiser la vérité à ses frères, qui allaient de surprise en surprise.

— Tu l'as donc enlevée, précisa Ian. Tu as enlevé de nuit une jeune fille, alors qu'elle se trouvait au domicile de son tuteur ?

— Je n'avais pas le choix !

Sébastien observa dans son for intérieur que cette formule ne cessait d'apparaître comme un leitmotiv dans son langage. Dans sa pensée, en était-il de même ? Non sans doute, car sa conscience lui rappelait parfois que son désir et son ambition étaient pour quelque chose dans la décision qu'il avait prise. Comme pour s'en défendre, il invoquait souvent les impératifs de la nécessité. Voulait-il ainsi se poser en victime du destin ? Pour l'instant, ses frères incriminaient surtout ses prétendus caprices.

— Aussi irresponsable que l'on soit, il y a des limites…

La leçon de morale que le comte envisageait de développer n'eut pas d'autre prolongement.

— Tu n'étais pas là ! s'écria impétueusement Sébastien. Et n'essaie pas de me faire croire qu'à ma place tu aurais agi autrement. Ce prétendu tuteur a tué le père de cette jeune fille pour s'accaparer ses titres et ses biens. Il m'a fait cette balafre par pure cruauté, le jour où je me suis trouvé mêlé par hasard à une tentative de fugue. En sachant pertinemment qu'il y avait erreur sur la personne, il a assassiné le vicomte Wetherly à ma place. Je n'allais pas abandonner cette jeune fille à une pareille brute. J'en savais trop sur lui pour laisser Pilar !

Personne ne lui donnant la réplique, Sébastien profita du silence qui s'était établi pour prendre encore une tranche de rôti. Il n'avait plus faim, mais il lui serait difficile de se réadapter aux habitudes de la vie civile. Les aléas de l'aventure militaire encourageaient toutes sortes d'excès. Dans les occasions fastes, les officiers eux-mêmes n'éprouvaient aucun scrupule à se goberger outre mesure.

— Je l'ai cachée dans la résidence de l'état-major où nous résidions tous, et je l'ai fait sortir clandestinement de Madrid parmi le convoi du personnel des camps.

Sébastien avait repris son récit pour mettre fin au silence réprobateur que le comte observait, dans le dessein évident de briser sa résistance. Une fois de plus, cette tactique avait prouvé son efficacité. De longue date, Alexandre était passé maître dans cet exercice. Mais son benjamin se laissait moins qu'autrefois intimider. Aguerri par trois ans de présence dans la péninsule et de fréquents combats, il n'était plus le petit garçon qui jadis défaillait au moindre froncement des sourcils de son aîné.

Fermement convaincu d'avoir adopté la seule attitude en accord avec ses principes dans ces circonstances très particulières, Sébastien s'apprêtait à rester ferme sur ses positions. Si Alexandre y trouvait à redire, alors il lui faudrait tenir compte d'une réalité nouvelle : désormais adulte, son benjamin prenait maintenant seul ses propres décisions.

— Le roi d'Espagne a conféré à Delgado les titres qui appartenaient au père de Pilar, juste avant de l'envoyer à Paris en qualité de représentant personnel ou d'ambassadeur. Lorsque Wellington m'a annoncé que nous allions nous aussi passer par Paris avant de rentrer à Londres, alors j'ai compris que je ne pouvais l'accompagner en emmenant avec moi Pilar, qui devait prendre de la distance avec son supposé tuteur et n'avait pas sa place dans l'escorte du duc. Voilà pourquoi je suis rentré prématurément à Londres. Voilà aussi pourquoi mon retour n'a pu vous être annoncé.

— Les titres de son père, quels sont-ils ? demanda Ian.

— Le seul dont je me souvienne précisément est comte Condé del Castillo. Elle-même se nomme doña Maria del Pilar Mendoza y Aranjuez. A propos, Alex, Pilar estime que ton majordome laisse à désirer, et que les domestiques qu'employait son père étaient plus stylés. Pour rien au monde je ne voudrais te laisser dans l'ignorance de cette information.

Riant sous cape, il se hâta de prendre une autre tranche de rôti, pendant que ses aînés, désemparés, échangeaient un regard perplexe. Pour cette fois, Ian lui-même haussait considérablement le sourcil droit. Il semblait atterré.

— Si je t'ai bien entendu, dit-il lentement, sans élever le ton, tu essaies de nous faire comprendre que tu as enlevé nuitamment la fille d'un grand d'Espagne et que tu l'as entraînée par monts et par vaux en Espagne et en France, en l'absence de tout chaperon, dans l'intention de l'amener ici, à Dare Hall ?

De la façon la plus paradoxale et la plus surprenante, Sébastien commençait à se divertir. L'occasion de heurter aussi brutalement la sensibilité et les principes de ses frères ne se présentait que bien rarement, il fallait le reconnaître.

— Elle n'était pas seule, protesta-t-il hypocritement, puisque Malford se tenait en permanence près d'elle. Sauf la nuit, bien sûr, qu'elle passait en compagnie des cantinières et autres dames de troupiers. Et comme je disposais d'une modeste cabine sur le navire du retour, je n'allais pas lui en interdire l'accès. En tout bien tout honneur, naturellement.

Il se fit un nouveau silence, pendant lequel chacun resta perdu dans ses pensées.

— Tu ne peux sauver cette jeune fille du déshonneur qu'en l'épousant sans délai, reprit Ian. Ta conscience doit te dicter ton devoir, Sébastien.

En adoptant une intonation solennelle, Ian le sage d'entre les sages semblait se substituer à la conscience qu'il invoquait si noblement. Sans doute entendait-il ainsi dicter son devoir à son jeune frère, supposé sourd aux injonctions de la morale.

— Eh bien, voyez-vous…

Il s'interrompit et scruta successivement le visage de ses deux frères. Convaincu de les surprendre plus vivement encore qu'il ne venait de le faire, il s'interrogeait cependant sur leurs réactions.

— Lorsque toutes ces femmes et leurs jeunes enfants sont arrivés à Bordeaux, l'intendant général des armées a refusé de les laisser embarquer, quelle que fût la destination du navire. Nous avions prévu de faire passer Pilar pour la femme de Malford, mais il n'est que simple soldat. Seules les femmes d'officiers étaient admises à accompagner leur mari.

— Alors tu l'as épousée ! conclut le comte.

Il semblait à la fois ravi d'avoir anticipé la suite du récit, et soulagé de lui trouver une issue conforme à ses vœux.

— En quelque sorte. Il s'agit en effet d'un mariage. Mais je ne suis pas certain que Pilar soit convaincue de sa validité.

— Et pourquoi n'en serait-elle pas convaincue ?

— Comme toutes les Espagnoles, elle est catholique, ce qui constitue un sérieux obstacle. Aucun prêtre français n'aurait accepté de nous marier, à l'improviste surtout. Pour obtenir un certificat de mariage, nous avons donc eu recours aux services d'un dissident comme il y en a des dizaines dans l'armée. Ils n'appartiennent à aucune Eglise, mais se réclament de telle ou telle secte protestante. Je n'ai même pas eu la curiosité de m'enquérir avec précision du nom de celle dont se réclame le nommé Reynolds. Je ne suis pas certain que les vœux traditionnels prononcés ce jour-là nous engagent véritablement, comme je doute de la légalité du document.

— Quel que soit le ministre du culte, le respect des engagements pris en sa présence s'impose aux contractants, déclara Ian en guise d'exorde.

Sébastien préféra ne pas entendre cet exposé, aussi lui coupa-t-il la parole.

— Il est inutile d'épiloguer là-dessus, puisqu'en France règne un tel désordre que personne ne semble savoir quelles lois restent en vigueur. Leur roi n'a pas encore affermi son pouvoir. Peut-être trouvera-t-il commode de conserver quelques réformes instaurées par la Révolution et l'Empire ?

Le silence qui s'établit alors se prolongea jusqu'à devenir intolérable. Alexandre de Darewood mettait en œuvre sa tactique habituelle, et voulait contraindre Sébastien à dévoiler ses batteries en prenant la parole le premier. Mais pour cette fois, le benjamin de la famille ne tomberait pas dans le piège. Animé d'une farouche résolution, il resterait muet jusqu'à ce que l'un de ses frères expose une solution plus élégante que celle qu'il avait choisie, ou qui s'était imposée à lui.

Aussi bien le mérite d'Alexandre et de Ian serait-il bien mince, à supposer qu'ils définissent une stratégie différente. Ils avaient le temps de réfléchir, et nul ne menaçait leur vie.

Mais lorsque le chef de la famille reprit enfin la parole, ce ne fut pas pour critiquer le passé.

— Il faut refaire ce mariage dans notre pays, déclara-t-il, et ce dans les délais les plus brefs.

— Nous pourrions demander une autorisation spéciale, suggéra Ian.

Alexandre, qui ne quittait pas des yeux Sébastien, perçut ses hésitations.

— Qu'est-ce que tu as encore ?

— Je ne suis pas certain d'obtenir l'accord de Pilar. Il n'avait jamais été question de mariage auparavant, mais à Bordeaux il était impossible qu'elle se trouve abandonnée parmi ces pauvres femmes. Et d'ailleurs elle redoutait, aussi bien que moi-même, que les sbires de Delgado ne nous rattrapent et engagent de nouveau le combat.

— De nouveau ? répéta Ian.

— Nous sommes tombés dans une embuscade le soir où Pilar a quitté l'immeuble de la délégation anglaise afin de rejoindre le camp des femmes. Ils étaient six contre Malford et moi. Pilar s'est battue, elle aussi, à l'épée. Si le cuisinier n'était intervenu pour fendre un crâne d'un coup de hache, nous aurions pu succomber sous le nombre. Je crois que cette attaque et la crainte de la voir se reproduire ont beaucoup fait pour convaincre Pilar d'accepter ce mariage. Lorsque je le lui ai proposé, à la dernière minute, elle n'a guère soulevé d'objections. Il fallait absolument qu'elle embarque sur ce voilier, comprenez-vous. Elle m'a épousé par peur, c'était la seule façon d'échapper à cette brute.

— Bon Dieu, dit laconiquement Ian.

— Tu trouves toujours le mot juste, ironisa Sébastien.

— Mais, bon sang, c'est qu'il s'amuserait, ce drôle ! s'indigna le comte, qui pour la première fois manifestait un vif mécontentement. A quoi joues-tu ? Que cherches-tu à démontrer ? Ton inconscience juvénile, ton audace primesautière ?

Cette sortie eut le don d'effacer du visage de Sébastien toute esquisse de sourire. D'un coup, la colère et la révolte convulsèrent ses traits.

— Le sadique auquel je l'ai soustraite m'a fait avec ma propre épée cette balafre, regardez-la bien ! Il avait déjà tué son père, alors. Il a assassiné mon meilleur ami, un officier qui m'a plusieurs fois sauvé la vie. Il fouette les femmes de chambre en présence de Pilar, pour passer sa mauvaise humeur. Il a volé ce qu'elle avait de plus précieux, et jusqu'à son nom. Que vous faut-il de plus ?

Ni Ian ni Alexandre ne commentèrent cette tirade accusatrice. Ils restèrent silencieux, mais il sembla à Sébastien que cette fois ils l'avaient compris.

— Je l'ai enlevée chez lui, reprit-il, je l'ai fait sortir clandestinement d'Espagne malgré les efforts des complices de Delgado et je l'ai persuadée d'accepter un mariage dont elle ne voulait pas pour lui éviter de subir le sort des malheureuses abandonnées et lui faire quitter la France. Et je me suis engagé à la mettre sous la protection des Sinclair. Crois-moi, Alex, dans toute cette affaire je n'ai pas voulu faire mes preuves. J'ai seulement pris mes responsabilités.

Ian se fit conciliant.

— Nous devons nous préoccuper d'abord des intérêts de cette jeune fille, avança-t-il.

— Je n'ai rien fait d'autre, depuis que j'ai été instruit de sa véritable situation. Ni Alex ni toi n'avez à imaginer après coup d'autres conduites possibles. Toutes mes décisions sont le fruit de la réflexion. Je les ai prises de propos délibéré.

Dans son for intérieur, Sébastien ressentait moins d'assurance et de certitude que ne le laissait penser cette fière déclaration. C'est en portant dans ses bras le corps inanimé de cette jeune beauté qu'il avait pris conscience des responsabilités particulières qui incombent à un cœur vraiment noble. Pénétré d'émotions inconnues, il s'était laissé guider par elles lorsque, sur les quais, la nécessité d'un mariage lui était apparue. Tout avait commencé avec les sensations grisantes du retour à la résidence.

— Mais actuellement, quelles sont ses intentions, ses projets ? demanda le comte.

A cette question, Sébastien ne pouvait répondre. Au cours de leurs conversations, jamais il n'avait été question de ce qu'elle voulait faire dans l'avenir. Les préoccupations immédiates importaient seules.

— Je ne sais qu'une chose, c'est qu'elle n'a aucunement l'intention de retourner auprès d'un tuteur criminel.

— Peut-on penser qu'il tente de l'y contraindre ?

— C'est possible. Encore faudrait-il qu'il sache où la trouver. Pilar, qui le connaît bien, pense qu'il ne s'intéressera plus à elle, dès lors qu'il lui a dérobé le nom et les titres de noblesse de son père, ainsi que ses biens. Rien d'autre en elle ne l'intéresse.

— Et toi, qu'en penses-tu ? demanda Ian.

Sans doute avait-il deviné à son intonation que Sébastien ne partageait pas nécessairement l'opinion de Pilar.

— Je ne crois pas qu'il abandonne la partie de gaieté de cœur. Il considère Pilar comme son bien propre. Je ne le crois pas homme à se voir frustré de ce qui lui appartient sans révolte et sans combat.

La porte de la chambre s'ouvrit sans bruit, et le joli visage d'Anne Sinclair apparut dans l'entrebâillement. En voyant que Pilar était encore éveillée, elle lui sourit.

— Je ne vous dérange pas ?

Désireuse de ne pas se montrer plus longtemps désagréable, Pilar n'hésita qu'une seconde avant d'acquiescer.

— Entrez donc, je vous prie.

— Je vous ai apporté du lait chaud, pour vous faciliter le sommeil.

Anne s'approcha, portant sur un plateau un grand verre. Arrivée près du lit, elle fit halte et sourit, visiblement heureuse de trouver Pilar sinon métamorphosée, du moins rendue à elle-même.

Quelques minutes après qu'on l'avait conduite dans cette jolie chambre, laquais et femmes de chambre avaient disposé devant le feu une baignoire aussitôt remplie d'eau bien chaude et de sels odorants. Une femme de chambre était restée près d'elle, s'extasiant après le bain sur la beauté de sa chevelure, qui n'avait pas été soignée et brossée depuis bien longtemps. Et pour achever le tableau, on lui avait apporté une chemise de nuit qui, par son élégance et son raffinement, ne le cédait en rien à celles qu'elle portait chez son père, avant la guerre.

A aucun moment le personnel ne s'était rendu coupable de la moindre indélicatesse, de la moindre condescendance. On l'avait traitée en invitée de marque, tout simplement. Sans doute s'étonnait-on de sa présence, mais elle n'avait eu à souffrir d'aucune indiscrétion. Après tant d'émotions violentes et d'inconfort, l'élégance de cet accueil la rassérénait.

— Après un tel voyage, je pense trouver le sommeil sans difficulté, dit Pilar en prenant soin de sourire pour atténuer la relative rudesse de sa réaction.

— Je ne vous dérangerai pas longtemps, répondit Anne en lui rendant son sourire.

Elle posa le plateau sur un guéridon proche.

— Je ne voulais pas me plaindre…

— Eh bien, vous le devriez. Je vais vous laisser dormir. Mais je voulais vous dire que, si au cours de la nuit vous désirez quelque chose, n'importe quoi, il vous suffit de sonner. Si vous avez besoin d'une présence, on viendra me chercher. A moins que vous ne préfériez voir Elisabeth, bien sûr. Elle est aussi disponible que moi.

Bien décidée à ne faire appel à personne, Pilar savait cependant à laquelle des deux belles-sœurs elle aurait recours, en cas de nécessité.

— Sous des dehors un peu… altiers, Elisabeth est la bonté même, dit Anne, qui sans doute avait le don de lire dans les pensées. Et ne vous laissez pas intimider par les mauvaises manières du comte. Je ne suis entrée dans la famille que depuis peu de temps, mais je puis vous assurer qu'Alexandre porte un masque et ne cesse d'interpréter un rôle lorsque ses frères se trouvent concernés. Il les adore et les protège… avec passion, avec emportement !

— Votre mariage est donc récent ? demanda Pilar.

— Si récent que je le trouve encore, comment dire… magique !

— Magique ? répéta Pilar.

Le terme, surprenant en matière de mariage, l'intriguait. Mais elle songea aussitôt qu'il caractérisait fort heureusement l'entente qui avait régné entre son père et sa mère. Jamais elle n'avait associé la notion de magie à l'amour conjugal qui unissait ses parents, mais leur affection semblait résulter en effet d'un enchantement réciproque, d'une mystérieuse alchimie. Dans ses rêves, elle avait espéré vivre elle-même une telle fascination, rencontrer celui que la providence lui destinait peut-être…

Le rire de la récente mariée vint interrompre cette méditation nostalgique. Anne Sinclair lui prit sa main, qui reposait sur le satin de la courtepointe, et la serra affectueusement entre les siennes.

Ce geste lui sembla trop familier, comme l'avait été tout à l'heure ce bras posé sur ses épaules. Mais Pilar se garda de s'en offusquer. L'épouse de Ian Sinclair rayonnait d'une bonté si naturelle qu'il était impossible d'en refuser les chaleureuses manifestations.

— Comme je suis sotte ! s'écriait Anne. Un mariage magique ! Quel terme étrange ! A vrai dire, je pensais d'abord qu'il ne s'appliquait qu'à notre seul mariage, à Ian et à moi. Mais je me suis rendu compte qu'on peut en dire autant de celui d'Elisabeth et d'Alexandre. J'ai cru alors que tous les mariages des Sinclair avaient quelque chose de magique. Mais ce serait trop restrictif, n'est-ce pas ? Les Sinclair ne sont pas les seuls à bénéficier de tels mariages. Je suis dorénavant convaincue que l'on peut qualifier de « magiques » tous les mariages d'amour. J'ai entrepris cette découverte en me fondant d'abord sur ma propre expérience. Ce sont des relations si particulières, n'est-ce pas…

« Particulières. » C'était ainsi qu'à Madrid Sébastien Sinclair avait qualifié leurs propres relations. Entre eux, plus de formules de politesse ni de circonlocutions, plus d'obstacle. Mais après ces belles paroles, que de désillusions ! Malgré l'épisode de Bordeaux, malgré l'intimité de l'étroite cabine, en quoi ces relations avaient-elles changé ?

Si les Sinclair avaient vocation à mettre de la magie dans leurs mariages, le benjamin restait sourd à l'appel du destin familial. L'amour et sa magie lui semblaient étrangers.

Préoccupé mais lointain, Sébastien ne se comportait pas autrement que le faisait Malford. Et à quelque chose près, on aurait pu croire que le capitaine traitait son ordonnance avec autant d'égards que sa femme. Réflexion bien cruelle, en vérité !

— Que se passe-t-il ? s'inquiéta Anne. Vous semblez si triste ! Vous aurais-je contrariée ?

Une telle question méritait bien un mensonge.

— Non, bien sûr, dit Pilar.

— Je vais donc vous laisser vous reposer. Je voulais m'assurer qu'il ne vous manque rien. Faites de beaux rêves !

Elle sourit encore, reposa sur la courtepointe la main qu'elle tenait toujours, regagna la porte et la referma derrière elle.

Restée seule, Pilar prit une profonde inspiration. En si peu de temps, que de bouleversements étaient intervenus dans son existence ! Quel avenir l'attendait ? Elle aurait voulu ne pas y penser ce soir. Et pourtant…

Elle se trouvait en tout cas délivrée de la présence du tyran qu'elle haïssait. Elle se trouvait en Angleterre, sous la protection d'une famille influente. Et elle était mariée, non pas à son méprisable tuteur, mais à un homme qui…

A un homme qui ne l'avait épousée que sous la contrainte des événements. « Nous n'avons pas le choix. » Il avait parlé clair, sans équivoque, avec une remarquable précision.

Sébastien n'avait jamais tenté de la leurrer sur ses intentions. Il l'avait épousée pour lui éviter un malheur extrême. Pour la protéger. Pour l'éloigner de Julian.

Il l'avait épousée, mais jamais il n'avait manifesté le désir de devenir son mari. Si Anne pensait sincèrement que les mariages des Sinclair relevaient tous d'une mystérieuse magie, elle allait se trouver contrainte de revoir son jugement, pour peu qu'on l'instruise des raisons du dernier en date.

Anne éprouverait alors de la désillusion, sans plus. Pilar, elle, se préparait à souffrir bien cruellement, parce qu'aucune illusion ne viendrait bercer son sommeil.

9.

— Voilà bien l'émigrée la plus ravissante que l'on ait vue à Londres depuis bien longtemps !

Anne Sinclair, assise sans façon au milieu de son lit parmi ses volants et ses jupons, s'extasiait au spectacle qu'offrait Pilar. Celle-ci se tenait immobile, en pleine lumière, afin de se prêter aux dernières retouches qu'apportait à ses atours une femme de chambre attentive.

— Le terme « réfugiée » conviendrait mieux, il me semble, dit Pilar en examinant dans le miroir la robe qui venait de lui être offerte.

D'elle-même, elle n'aurait pas choisi ce vert assez soutenu. Mais il lui fallait reconnaître que cette nuance s'harmonisait avec son teint que la vie en plein air avait hâlé. Sans doute ce hâle aurait-il fait le désespoir d'une élégante Londonienne. Mais Pilar ne se souciait pas de se conformer à la mode, et tenait à cultiver son originalité. A la réflexion, cette robe lui allait à merveille. Elle lui allait si bien qu'elle ne put s'empêcher d'effectuer d'un pas léger une volte devant le miroir, afin de s'admirer plus complètement.

Anne ne semblait pas troublée outre mesure par l'impropriété de son vocabulaire, et réfléchissait sérieusement.

— Vous avez raison, conclut-elle. On ne saurait vous qualifier d'émigrée puisque vous n'êtes pas française.

— Merci, dit Pilar à la femme de chambre. Vous ne pouvez faire mieux, je pense, puisque cette jolie robe semble avoir été dessinée pour moi.

La jeune fille, assez fière en effet de son travail, fit en rougissant une courte révérence et se retira, pendant que Pilar poursuivait un instant sa contemplation. La robe, hâtivement transformée, n'avait pas été conçue pour elle mais lui seyait à ravir. Elle s'émerveilla des métamorphoses que pouvaient accomplir un bain chaud, une bonne nuit de sommeil et des atours conformes à ses goûts. La veille, elle avait offert aux Sinclair, aristocrates raffinés, le spectacle surprenant dans le cadre de leur demeure d'une vagabonde de grand chemin. Grâce à la générosité dont faisait preuve l'épouse de Ian, elle pouvait se présenter au monde dans l'appareil convenable à une personne de son rang et de sa condition.

Elle détacha ses yeux du miroir pour faire face à sa bienfaitrice. Jamais elle n'avait rencontré femme aussi peu sophistiquée et aussi généreuse.

— Je vous suis infiniment reconnaissante, dit-elle très simplement, mais avec une profonde sincérité.

Du regard et du geste Pilar embrassait les robes et les parures qui par dizaines se trouvaient dispersées sur les sièges et les meubles, jusqu'à transformer la chambre en salon d'exposition. La plupart d'entre elles ne pouvaient être aisément transformées, mais il s'en était trouvé plusieurs qui, après quelques retouches, conviendraient parfaitement à leur objet.

Celle qu'elle venait de revêtir lui seyait tant quelle ne put se priver du plaisir de contempler encore une fois l'image de l'élégante aux cheveux noirs que lui renvoyait la glace.

— Cela n'est rien, dit Anne. N'allez pas croire qu'en vous proposant tout cet attirail je fasse un douloureux sacrifice. L'année prochaine, ma garde-robe sera nécessairement démodée. En fait, mon mariage vient de mettre fin à ma saison, voyez-vous. A l'occasion de mon entrée dans le monde, Ian a dépensé des sommes folles.

— Vous étiez débutante, et il a financé votre trousseau ?

— Avant de devenir mon mari, Ian a été mon tuteur pendant quelques mois. Depuis décembre dernier, en fait. Oh ! mon Dieu, voilà que je vous fais des confidences... indiscrètes, n'est-ce pas ? Ian a épousé sa pupille, en effet. J'espère que cela ne vous choque pas trop ?

— Faites-moi confiance, je ne suis pas prude à ce point. Et d'ailleurs je ne connais rien des convenances en usage dans la société anglaise.

— Eh bien, sachez qu'en principe la bonne société condamne le mariage entre un tuteur et sa pupille. Et qu'elle le proscrit lorsque la pupille en question se trouve en possession d'un important héritage.

— Vous étiez dans ce cas ?

— Hélas, oui, dit Anne. En homme d'honneur, Ian y voyait un obstacle insurmontable, mais...

— Mais vous avez su vaincre ses réticences !

— Qui vous dit qu'il n'a pas dû vaincre les miennes ? suggéra plaisamment Anne.

— Parce qu'il y a chez votre mari une certaine rigueur, une...

Elle ne trouvait pas les mots qui auraient convenu. Comment dire que, de tous les Sinclair, Ian semblait le plus soucieux du respect des lois. Ou plutôt, l'expression semblait plus pertinente, des impératifs de l'honneur.

Sébastien, pour sa part, était de toute évidence gouverné par ses émotions. Toutes les initiatives qu'il avait prises résultaient de ses réactions spontanées aux événements. En tout, il agissait d'instinct, sans réfléchir. En tout, à la notable exception de son mariage.

Elle ne pouvait encore discerner avec certitude les principes sur lesquels le comte de Darewood fondait son existence. Tout comme son benjamin, il affichait une désinvolture trop ostensible pour qu'on puisse le soupçonner de conformisme. La très haute opinion qu'il avait de lui-même le dispensait sans doute de rechercher l'approbation publique.

— Vous avez raison, bien sûr, dit Anne en reprenant son sérieux. Ian est un homme très droit. Lorsque nous nous connaîtrons mieux, je vous raconterai en quelles circonstances il s'est laissé convaincre de surmonter tous ces interdits pour... pour demander ma main.

« Lorsque nous nous connaîtrons mieux... » Pilar n'était pas certaine de demeurer assez longtemps dans l'intimité des Sinclair pour faire véritablement connaissance avec Anne. Elle voulut cependant entrer dans le jeu.

— Vous me raconterez aussi pourquoi vous la lui avez accordée, dit-elle en plaisantant.

— Mais vous l'avez déjà rencontré ! s'exclama Anne. Il suffit de voir Ian pour comprendre mon empressement à l'épouser !

De toute évidence, la jeune femme n'imaginait pas que l'on puisse apercevoir son mari sans défaillir d'admiration. Elle voyait sans doute en lui l'incarnation même de la séduction. Au spectacle d'une telle naïveté, qui avait de quoi faire sourire, Pilar ne put s'empêcher de ressentir une pointe de jalousie.

— Lorsqu'un couple se marie sans amour, pensez-vous que…

Incertaine de ce qu'elle voulait dire et contrariée de sa propre maladresse, Pilar hésita à poursuivre. Anne ne lui laissa pas le temps de se reprendre.

— Si on ne fait pas un mariage d'amour, alors à quoi bon se marier ?

— Dans certaines circonstances, on peut ne pas avoir le choix et se marier… par nécessité, en quelque sorte.

Sensible à la maladresse de sa réflexion, Pilar se reprochait le tour ridicule que prenait par sa faute un entretien aussi aimablement commencé. Anne, qui ne semblait pas partager son embarras, prenait au contraire le sujet fort au sérieux.

— Le choix est toujours possible ! s'écria-t-elle avec pétulance. L'amour…

Un coup frappé à la porte priva Pilar d'une démonstration qui l'aurait intéressée. Sans doute Anne Sinclair manquait-elle d'expérience dans certains domaines. Ignorante des sentiments que ressent une jeune fille lorsque l'homme dont elle est amoureuse ne l'épouse que par nécessité, parce que, selon ses dires, « il n'a pas le choix », la belle-sœur de Sébastien se trouvait-elle en situation de consoler la victime d'un tel désagrément ? Pilar ne le saurait jamais.

Anne cria d'entrer, sans se lever du lit où elle se tenait commodément installée, les jambes pliées sous elle. Wilkinson, le sourcilleux majordome de Dare Hall, fit dignement son entrée et s'inclina devant Anne avant de se tourner vers Pilar.

— Monsieur le comte vous serait reconnaissant de bien vouloir descendre à son cabinet de travail, madame.

— A l'instant ?

— J'ai cru comprendre qu'il vous y attend. Si toutefois vous le désirez, je puis l'informer…

— Ne vous donnez pas cette peine, je descends, dit Pilar.

Rien n'était plus naturel, à la réflexion, que cette invitation lancée par le comte, qui était son hôte sans l'avoir voulu, et ne la connaissait pas. Bien reposée, vêtue avec grâce, Pilar se trouvait en mesure de satisfaire sans tarder sa curiosité, autant qu'il lui serait possible. Aussi bien se disposait-elle à lui poser quelques questions, elle aussi.

— Si vous voulez bien me suivre…

— Je le veux bien, répondit sagement Pilar.

Comme Wilkinson se mettait en mouvement, elle adressa derrière son dos une grimace à Anne.

— N'oubliez pas ce que je vous ai dit, rappela l'épouse de Ian.

Elle parlait du comte, bien sûr, dont elle avait dit qu'il portait un masque et interprétait un rôle. Anne voulait parler de sa morgue, sans doute, ou du halo d'autorité que lui valait son titre. Il se souciait éminemment de sa famille, selon sa jeune belle-sœur. Comme Pilar n'en faisait pas partie, elle n'aurait pas à se soucier de cette contingence, et éviterait ainsi toute atteinte à son esprit d'indépendance.

— Vous m'avez fait appeler. Me voici, monsieur le comte.

Alexandre de Darewood, qui venait de se lever, esquissa un geste de surprise et de protestation.

— Loin de moi la pensée d'adresser une convocation à l'une de mes invitées. Je n'ai pas de ces indélicatesses, croyez-le bien.

Debout, il restait immobile, escomptant sans doute que Pilar allait venir jusqu'à lui. Elle n'en fit rien. Si on lui avait demandé les raisons de cette réticence, elle n'aurait pu les préciser.

— Je me suis contenté de formuler un souhait, insista le comte, visiblement soucieux d'avoir le dernier mot et d'accommoder les choses à son avantage. Si mon messager s'est exprimé en d'autres termes, je vous prie d'excuser son incompétence.

— Votre majordome s'est fait le fidèle interprète de vos injonctions, monsieur le comte.

Les lèvres finement dessinées de Darewood esquissèrent l'amorce d'un sourire. Il s'abstint de relever le sarcasme et, d'un geste large, invita Pilar à prendre place sur le siège qui se trouvait en face du sien, de l'autre côté de la table, sans plus s'attarder à ergoter sur des tournures de phrases.

Comme il était tôt, Pilar n'avait pas encore rencontré Sébastien. Elle ne pouvait donc savoir en quels termes le benjamin des Sinclair avait rendu compte à ses frères de ses récentes aventures en Espagne et surtout en France, sur les quais de Bordeaux.

Pour le chef d'une noble lignée, ce dernier épisode revêtait nécessairement une importance particulière. Si Sébastien avait fait mention du mariage, la personnalité de l'épousée, partenaire ou complice, intriguait tout naturellement son frère aîné.

— Puis-je vous offrir du café ?

Pilar en aurait volontiers pris, mais l'absence de tout plateau dans les environs impliquait l'appel d'un domestique, une attente, un cérémonial, et par conséquent la prolongation d'un entretien que Pilar tenait à écourter.

— Non merci, dit-elle. J'ai pris le thé dans ma chambre.

Elle s'abstint de préciser qu'avec ce thé lui avait été servi un copieux repas auquel elle s'était empressée de faire honneur, afin de compenser le jeûne qu'elle s'était imposée la veille, à l'heure du dîner.

Pendant le bref silence qui suivit, Pilar songea que le comte allait en venir sans tarder à l'essentiel. Sans doute entendait-il régler au plus vite, comme elle-même, un certain nombre de questions embarrassantes.

— Sébastien, déclara le comte avec une certaine solennité, m'a dit hier soir qu'il s'était personnellement engagé à vous garantir la protection de notre famille. Je tiens à confirmer aujourd'hui que, en qualité de chef de cette famille, je reprends cet engagement à mon compte, et je vous assure que, autant qu'il est en mon pouvoir, il sera tenu.

Il se tut, les yeux dans les siens. Sans doute attendait-il une réponse ou un commentaire.

— Je vous remercie, dit-elle en soutenant son regard.

— Il m'a dit aussi que dans la mesure où votre tuteur a obtenu du roi d'Espagne les domaines et les titres de noblesse qu'il convoitait, vous vous estimez dorénavant débarrassée de sa tutelle et en quelque sorte émancipée de son pouvoir.

Il fallait que Sébastien Sinclair ait fait à son frère un compte rendu bien détaillé, pour parvenir à de telles précisions. Avant de subir cet interrogatoire, Pilar aurait aimé se concerter avec lui.

— Julian Delgado n'a plus aucune raison de s'intéresser à moi puisqu'il a obtenu tout ce qu'il convoitait.

Il esquissa de nouveau l'amorce d'un sourire.

— Permettez-moi de vous faire part de mon scepticisme à ce propos.

— Soyez sceptique si cela vous chante, monsieur le comte. Je ne fais pas la coquette, et je ne sais pas mentir.

— Vous ne pouvez ignorer que votre exceptionnelle beauté fait de vous une femme très séduisante, doña Pilar. En qualité de fille d'un grand d'Espagne…

Il laissa la phrase en suspens. Pilar songea que jamais Sébastien ne lui avait adressé sur son apparence physique un compliment aussi appuyé et aussi désinvolte que celui que venait de formuler le comte. Sans doute s'estimait-il assez dégagé des conventions pour se permettre une telle liberté. Ou peut-être la traitait-il en petite fille ?

— Mon père est décédé, dit-elle. En permettant à un simple roturier d'usurper ses titres, le roi d'Espagne les dépouille de leur valeur. Moi-même, je ne me réclame plus d'aucune dignité particulière. Et je ne possède rien, pas même la robe que je porte.

Elle était parvenue à exposer sans émotion, de la façon la plus objective, le dénuement qui la mettait à l'abri de la concupiscence de Julian, comme de tout autre individu.

— Vous la portez très bien, cette robe. Elle vous sied à ravir.

Comme son jeune frère, le comte avait sous des dehors sérieux l'art de s'amuser d'autrui en exprimant des banalités. Pilar aurait juré qu'il se moquait d'elle en secret.

— Je vous remercie du compliment, dit-elle sans rien laisser percer de ses soupçons. Elle appartient à votre belle-sœur.

— Voilà qui ne m'étonne pas. Anne brille par sa générosité autant que par son courage.

La générosité d'Anne Sinclair ne faisait aucun doute. Quant à manifester du courage, comment le soupçonner chez cette très jeune femme amicale et insouciante qui avait pris si gentiment Pilar sous son aile ? Aussi bien ne souhaitait-elle se réfugier sous l'aile de personne, songea Pilar. Il était temps de préciser ce point.

— Je ne crois pas que le nouvel ambassadeur d'Espagne en France se soucie de venir me chercher en Angleterre, à supposer qu'il sache où me trouver. Je voudrais en conséquence, sans abuser de votre temps, vous demander conseil, monsieur le comte.

— Votre confiance m'honore et m'enchante. En quoi puis-je vous être utile ?

— Je me trouve contrainte, je pense, de rechercher un emploi.

Visiblement déconcerté, le comte haussa vivement les sourcils mais se reprit aussitôt.

— Je puis vous assurer, doña Pilar, qu'aussi longtemps que vous vivrez sous ma protection vous n'aurez pas à vous inquiéter de…

— Mais je ne désire pas vivre sous votre protection, monsieur le comte ! Ce serait inutile puisque je pense ne courir aucun danger, je vous ai dit pourquoi !

— Vous ne craignez pas que votre tuteur s'acharne à vous poursuivre, je l'ai parfaitement compris. Mais en quoi cela vous engage-t-il à rechercher un emploi ? Je ne vois pas quel lien on pourrait établir entre cette conviction et cette préoccupation !

— Il n'en existe aucun. Il se trouve tout simplement que, faute d'avoir rapporté d'Espagne des valeurs ou des bijoux, il faut que je subvienne par mon travail à mes besoins.

Le comte sembla s'étonner.

— L'usage veut que dans un couple le mari y pourvoie, rappela-t-il.

Sébastien n'avait donc rien caché à son frère. Pas même le mariage improvisé, sur les quais de Bordeaux.

— Le mari ?

Pilar n'était pas mécontente d'elle-même, car dans ce mot si simple et si bref son intonation avait introduit tout le scepticisme, toute la dérision du monde.

— Je veux parler de Sébastien. N'est-il pas votre mari ?

— Personne ne semblait savoir quelles lois régissaient la France ce jour-là. De toute façon, le personnage qui a présidé cette étrange cérémonie n'était pas un prêtre.

— Vous contestez donc la validité de ce mariage ?

— Je n'ai aucune idée de sa valeur légale. Mais aucune messe n'a été célébrée, c'est indéniable.

Pilar se félicitait d'avoir su s'en tenir aux faits, en évitant de préciser les sentiments complexes qu'avait fait naître en elle l'échange des promesses traditionnelles. Mais le frère de Sébastien, sans se décourager, avait l'art de la pousser dans ses retranchements.

— Et c'est pour cette raison que, pour votre part, vous estimez que ce mariage doit être tenu pour nul et non avenu ?

— Pour ma part, répondit-elle en pesant bien ses mots, votre frère ne se trouve tenu à aucune obligation d'ordre matrimonial à mon égard. C'est pour cette raison que j'envisage de chercher un emploi.

Le comte attachait de toute évidence une importance extrême à cette information. Il hocha longuement la tête, le visage fermé et le regard un peu voilé.

— Puis-je savoir la nature des activités auxquelles vous entendez vous consacrer, doña Pilar ? reprit-il enfin, les yeux soudain pétillant de vivacité, un sourire avenant aux lèvres.

Il changeait de sujet. Il ne tentait pas même de lui apporter la contradiction.

Doña Pilar... A quoi bon la parer de cette noble appellation, puisqu'il se moquait d'elle ? Non, jamais le hautain personnage ne saurait rien de l'amère déception qu'il lui infligeait en acceptant sans la discuter une opinion extrême, qu'elle n'avait avancée que par courtoisie, en quelque sorte. Sans doute le comte était-il satisfait d'avoir reçu les réponses qu'il souhaitait entendre, parce qu'elles comblaient ses vœux. Son soulagement était visible. Une fois son frère délivré de toute obligation, il pouvait à loisir entreprendre une autre conversation, anodine celle-là..

— J'ai pensé, dit-elle sans rien montrer de son désarroi, que vous auriez peut-être la bonté de recommander ma candidature à ceux de vos amis qui seraient en quête d'une gouvernante pour leurs enfants. J'ai reçu une excellente éducation, si l'on s'en tient aux critères en usage pour l'éducation des filles dans mon pays. Mon père n'a pas eu de fils, voyez-vous.

— Je vois en effet, dit Alexandre de Darewood le plus sérieusement du monde. Il a en conséquence reporté sur vous ses ambitions, et vous a donné l'éducation virile que l'on réserve aux garçons. Sébastien m'a fait part de vos qualités de bretteur.

Sébastien n'avait donc omis aucun détail des événements récents. Pilar regretta derechef de ne pas s'être concertée auparavant avec lui.

— Mon père m'avait initiée au maniement des armes, dit-elle sur un ton purement narratif, sans manifester le moindre agacement. Il a perfectionné mon entraînement au début de la guerre. Lorsqu'il a organisé la lutte contre les Français dans notre région, il s'est trouvé dans l'obligation de quitter souvent le domaine, et pour longtemps parfois. Je n'y demeurais pas seule, et ses gens veillaient sur moi, mais je devais savoir me battre en cas de nécessité. Je brille davantage au pistolet qu'à l'épée.

— Sans vouloir vous offenser, je crains que ces qualités ne nuisent à la candidature que vous envisagez. Rares sont ceux de mes amis qui souhaitent faire de leur fillette un foudre de guerre !

Il se moquait encore, mais Pilar se résolut à ne pas lui donner la satisfaction de réagir vertement, ou de se troubler.

— Outre ma langue maternelle et l'anglais, je parle le français, poursuivit-elle. Je chante médiocrement, mais à la guitare on me reconnaît un réel talent. J'ai appris le dessin et l'aquarelle assez longtemps pour pouvoir les enseigner correctement. A l'aiguille, mes travaux laissent à désirer sans doute, mais je ne désespère pas…

Elle se tut, parce que la moquerie qu'elle avait pressentie dans l'intonation du comte brillait maintenant dans ses yeux. Il se mit à rire de bon cœur, sans discrétion. Elle s'en trouva aussitôt désarçonnée.

— Vous me trouvez ridicule, n'est-ce pas ?

— Je vous trouve admirable, doña Pilar. Enseigner l'aquarelle et l'escrime à quelque fillette boudeuse, est-ce là votre vocation ?

— Je supporterai l'épreuve. Il en est de plus pénibles, il me semble.

Comme frappé d'une pensée soudaine, le comte reprit d'un coup son sérieux. Les lèvres serrées, les sourcils froncés, il dardait sur Pilar le regard de ses yeux bleus, si semblables à ceux de son plus jeune frère qu'elle en éprouva un pincement au cœur.

— Puisque vous semblez décidée à vous occuper des enfants d'autrui, puis-je vous proposer d'exercer d'abord vos talents sur les miens ?

— Les vôtres ? Vous n'en avez… Pensez-vous déjà à celui que la comtesse…

Elle se tut, car il ne sied pas dans le monde de faire allusion à l'intimité des gens.

— J'avoue que l'éducation de mon premier-né me tient particulièrement à cœur, dit Alexandre de Darewood en se rengorgeant de satisfaction anticipée. Ce peut tout aussi bien être une fille, ajouta-t-il, pour éviter sans doute de s'entendre reprocher une préférence au demeurant traditionnelle chez ceux qui portent un nom et le transmettent.

— A Londres ?

— Ici, à Dare Hall, ainsi qu'à Sinclair House, dans le Lincolnshire. Nous possédons plusieurs domaines, naturellement, mais la famille se réunit le plus souvent dans l'une ou l'autre de ces deux résidences.

Il y avait quelque chose d'étonnant pour Pilar dans cet attachement à l'esprit de famille. La fréquentation permanente de ses membres impliquait bien sûr de nombreuses rencontres. Employée par le comte, Pilar risquait de se trouver trop souvent en présence de ses frères, et surtout du plus jeune.

— A mon avis, dit-elle, il vaudrait mieux pour tout le monde que je trouve un emploi dans une autre famille que la vôtre.

Visiblement surpris, un peu mortifié peut-être, le comte releva à la fois les deux sourcils, comme il le faisait très souvent depuis le début de l'entretien.

— Vraiment ? s'étonna-t-il. Eprouveriez-vous quelque crainte, quelque réticence à mon égard ? De toutes les personnes de ma connaissance, je suis bien le seul à considérer le tir au pistolet comme l'un des beaux-arts dont un honnête homme est en droit d'exiger la pratique chez la préceptrice de son fils !

Sous l'effet conjugué de l'irritation et de la honte, Pilar sentit ses joues s'échauffer.

— Ne vous moquez pas de moi ! protesta-t-elle.

— Je ne me moque aucunement. Je vous propose d'exercer chez moi l'emploi que vous recherchez. Il est des familles moins recommandables que la mienne, sachez-le bien. Pourquoi refuser une proposition qui devrait vous agréer ?

Pour répondre à cette question, Pilar tenait la réponse, toute prête : « Pour éviter la présence de votre frère que j'aime d'amour, et qui ne m'a épousée, de son propre aveu, que par nécessité, parce qu'il n'avait pas le choix. » Réponse sincère et véritable sans doute, mais impossible à formuler.

— Pardonnez-moi, monsieur le comte, mais c'est dans une autre famille que je souhaite vraiment trouver un emploi, dit-elle sans espoir de le convaincre. Elle ne se trompait pas.

— Mais dites-moi pour quelle raison, je vous prie ?

Pendant quelques instants Pilar resta muette, incapable d'articuler le moindre argument. Soudain, l'inspiration lui vint.

— Si mon tuteur s'avisait de me chercher, il penserait d'abord…

Elle se tut, pour donner à cette suggestion le maximum d'intensité dramatique.

— Il suivrait la piste de Sébastien, compléta Darewood.

Elle acquiesça, heureuse de l'entendre si aisément collaborer à cette fable. Son soulagement se trouva aussitôt anéanti.

— Dans cette éventualité, que vous refusiez tout à l'heure, vous n'en seriez pas pour autant importunée ou menacée, dit le comte avec une étonnante désinvolture. Mon frère est désormais assez adulte pour songer à s'établir et à fonder un foyer. Parmi les domaines familiaux, j'en connais plusieurs qui peuvent lui convenir. A mon avis, ce cher Sébastien ne va pas tarder à débarrasser le plancher, si j'ose dire, pour voler de ses propres ailes !

« S'établir et fonder un foyer. » Dépositaire des confidences de son jeune frère, Alexandre de Darewood n'ignorait donc pas que Sébastien envisageait de prendre bientôt femme. Grand bien lui fasse ! Il y avait pourtant en cela quelque chose de paradoxal et d'irritant, songea Pilar. N'était-il pas déjà marié ?

— C'est surtout pour lui que je crains, dit-elle tout à trac. Dans l'hypothèse où Julian tenterait de me retrouver…

— Bien sûr, approuva le comte. Une telle sollicitude à l'égard de mon frère vous honore, et me touche infiniment.

Il réunit ses lèvres parfaitement dessinées en une moue appréciative et hocha plusieurs fois la tête, pour affirmer la sincérité de son propos.

— Tout cela ne règle pas le problème de votre propre mariage, reprit-il tout à trac, si bien que Pilar se trouva prise au dépourvu.

— Je vous ai dit…

Darewood éleva les deux mains pour indiquer qu'il n'en avait pas fini.

— J'admets vos objections d'ordre religieux, doña Pilar. Mais un certain nombre d'incertitudes subsistent. Elles concernent, vous le comprendrez volontiers, les aspects légaux et moraux de ce qui s'est passé en France. Vous avez échangé des engagements réciproques en prononçant des formules sacrées qui sont les mêmes dans nos traditions respectives. Le prédicateur qui a signé l'acte de mariage n'est pas un prêtre, mais il a bien fallu qu'il reçoive d'une autorité supérieure, peu importe laquelle, l'autorisation d'exercer son ministère. Aussi bien Sébastien n'appartient-il pas à votre Eglise.

— Voulez-vous suggérer qu'il… que Sébastien considère notre mariage comme valide ?

— C'est à lui, il me semble, qu'il faut poser la question.

— Alors puis-je savoir pourquoi, monsieur le comte, vous et moi en débattons-nous ?

Il lui sourit avec un naturel charmant, avec une franchise qui n'avait rien d'emprunté. Tout à l'heure, il se moquait, il taquinait. Il était sincère, à présent.

— Je vous demande pardon, dit-il. J'ai le défaut de m'attacher plus qu'il n'est raisonnable au bonheur de mes frères, jusqu'à les importuner parfois. J'ai récemment provoqué la fureur et la révolte de Ian, qui est pourtant le meilleur et le plus patient des hommes. Peut-être suis-je une fois de plus coupable d'ingérence, en vertu d'un souci excessif de mes responsabilités.

Pilar ne fit aucun commentaire. Les yeux bleus du comte, si semblables à ceux de Sébastien, paraissaient transparents de loyauté. Avec peut-être une nuance d'humour, ou d'attendrissement.

— Je vous serais reconnaissant de m'instruire de la réponse que vous donnera Sébastien, reprit-il, dès qu'il aura eu l'occasion de le faire. Lorsque vos convictions se trouveront établies, nous verrons quelle procédure engager, et dans quel sens. Il peut se faire que vous n'accordiez l'un et l'autre aucune valeur à cette cérémonie hâtivement célébrée. Elle peut néanmoins soulever des difficultés d'ordre légal, qu'il nous faudra résoudre. Si vous le voulez bien, je me dispose à consulter quelques juristes spécialisés, qui mettront fin à nos incertitudes.

Pilar ne s'y trompait pas. Avec ou sans l'autorisation de la principale intéressée, Alexandre de Darewood allait rassembler les arguments juridiques qui lui permettraient d'étayer la thèse qu'il avait lui-même choisie, car il était sans nul doute de ceux qui jouissent de trop d'autorité et de puissance pour ne pas hésiter à dicter leur loi. Mais quel parti avait-il pris ?

Elle s'était imaginé que le comte ne songeait qu'à se débarrasser de sa présence le plus élégamment possible. En encourageant cette intention, elle lui facilitait la tâche. L'hypothèse selon laquelle Sébastien pourrait, pour sa part, prendre au sérieux les engagements reçus par le révérend Reynolds semblait cependant tout remettre en question. Sur quelles observations Darewood avait-il fondé cette hypothèse ? L'attitude de Sébastien l'avait-elle suggérée ?

— Lorsque ces problèmes juridiques auront été résolus à la satisfaction de tous, je l'espère, conclut le comte, alors nous aurons tout le temps de résoudre celui de votre... recherche d'emploi. Jusqu'à ce moment, je crains que vous n'ayez à vous armer de patience et à supporter avec courage les rigueurs de mon hospitalité.

— Monsieur le comte...

Soucieuse de répondre à cette ironique générosité, et de s'en défendre, Pilar aurait voulu protester. Dans l'impossibilité de proposer une autre solution, elle se tut.

— Pour ajouter à l'agrément de votre présence parmi nous, poursuivit plaisamment son hôte, je vais m'efforcer d'améliorer la formation de mon personnel, jusqu'à le porter à l'excellence que vous avez pu apprécier dans la demeure du comte votre père. A moins, bien sûr, que vous ne préfériez mettre à profit le temps que prendra mon enquête sur le droit matrimonial pour organiser vous-même ce travail de perfectionnement.

La veille, il se trouvait beaucoup trop loin pour entendre la remarque désagréable que Pilar, sous le coup de l'épuisement et du désarroi, avait prononcée à l'encontre de Wilkinson. De Malford et de Sébastien, seuls auditeurs de cette pique, lequel l'avait rapportée à Alexandre de Darewood ? Il n'était pas difficile de le deviner.

— Peut-être pourrais-je aussi chanter à votre table pour gagner mon dîner, suggéra-t-elle en prenant comme lui le parti de l'humour.

— Selon vos propres dires, vous ne chantez que médiocrement. Je ne voudrais pas dans cet échange de bons procédés me trouver en quelque façon lésé.

Désarmant d'ironie, il soulevait le sourcil droit, par une sorte de dérision personnelle.

— A mon avis, dit-elle en souriant, votre intérêt vous commande de m'éloigner au plus vite.

— Je ne vois pas pourquoi.

— Et moi, je ne vois pas pourquoi vous m'encourageriez à vous encombrer davantage.

— En qualité de chef héréditaire de ma famille, j'ai le devoir de veiller personnellement au bien-être de chacun de ses membres.

— Sébastien...

— Dans la mesure où, ne fût-ce que provisoirement, vous faites partie de cette famille, poursuivit-il sans se soucier des objections qu'elle aurait voulu formuler, mon devoir me commande de prendre soin de vous.

« Faire partie de la famille. » Pilar trouvait à cette expression un charme un peu coupable peut-être. Depuis la mort de son père, ne se trouvait-elle pas frustrée de tout lien familial ?

— Mon avis sur ce point ne vous importe guère, n'est-ce pas ?

— Mes frères me prient souvent de me départir de mon insupportable propension à me préoccuper de leur bonheur. Ils vous diront tous deux que mon obstination en ce domaine demeure inébranlable. Entendez-le comme vous voudrez.

Il lui sourit encore. Pilar ne sut que répondre. Devait-elle comprendre que, aux yeux du chef de la famille, le bonheur de Sébastien résidait dans le maintien de ce mariage, ou dans sa dissolution ?

— De toute façon, reprit-il, mon enquête ne me prendra que quelques jours. Sa brièveté vous rendra supportable l'épreuve de mon hospitalité. Et si en définitive votre désir de vous éloigner de nous demeure aussi fort, je vous promets non seulement de ne pas tenter de vous retenir, mais encore de faciliter et d'accélérer votre départ.

— M'en donnez-vous votre parole, monsieur le comte ?

— Vous l'exigez ?

— Oui, monsieur le comte, il me la faut.

— Eh bien, je vous la donne.

Il s'était levé. L'entretien se terminait. Pilar se leva, elle aussi, et cette fois lui présenta sa main. Il la baisa et en se redressant fixa son regard sur le sien.

— Sachez que les Sinclair ne prennent pas le mariage à la légère. Il ne s'agit pas pour nous d'une simple formalité. Une franche discussion entre vous et Sébastien me semble indispensable. Il faut qu'il précise clairement son opinion et ses intentions. A vous de lui dire les vôtres, naturellement.

Pilar ne voulut pas lui promettre de suivre son conseil, bien qu'elle eût l'intention d'en faire part au principal intéressé. Elle parlerait à Sébastien, bien sûr, mais elle ne voulait pas que le comte puisse se flatter de s'être fait obéir. Comme elle ne répondait pas, il rit un peu, le regard soudain adouci, comme l'était quelquefois celui de Sébastien.

— Il m'est jadis arrivé de mettre en doute le bon sens de mon benjamin, dit-il. Je l'ai même accusé d'impulsivité et de déraison. Il vous appartient, doña Pilar, de me prouver que mon jeune frère a changé, ou que j'ai commis une erreur de jugement.

Dans l'incertitude de la réponse attendue, Pilar préféra demeurer silencieuse. Elle inclina un peu la tête et tourna les talons. Quand après avoir parcouru toute la longueur du vaste tapis oriental elle referma derrière elle la porte, elle crut entendre comme l'écho d'un rire.

Pour ne pas demeurer en reste, elle sourit pour sa part, délibérément. Le comte détenait le pouvoir, sans doute, mais elle avait su l'affronter sans déshonneur. Soutenir un pareil combat, c'était déjà remporter une victoire.

— Votre frère souhaite que nous discutions franchement de notre mariage.

Depuis sa chambre, au second étage, Pilar avait aperçu Sébastien dans les jardins, au moment où il contournait une étrange représentation de dragon ailé dont la présence semblait incongrue en ce lieu. Bien qu'il eût le dos tourné, elle l'avait identifié au premier coup d'œil. Un tel port de tête, des épaules aussi larges n'appartenaient qu'à lui. Elle l'aurait reconnu entre mille.

Comme il se trouvait seul, circonstance exceptionnelle dans une famille aussi étroitement unie, l'occasion semblait belle d'avoir avec lui un entretien particulier. Elle s'était hâtée alors de dévaler les escaliers et de chercher son chemin vers les arrières de l'hôtel particulier. Ouvrant une porte-fenêtre dans ce qui semblait être un salon de musique, elle avait traversé la terrasse et, pour se déplacer plus vite, n'avait pas hésité à rassembler jupons et volants afin de rejoindre le promeneur solitaire, qui semblait méditer sous un chêne.

En l'entendant s'approcher, il lui avait fait face. Pour la première fois, Pilar le voyait habillé autrement qu'en tenue de soirée d'officier, comme au palais royal de Madrid, ou en uniforme fatigué de capitaine en campagne. Quel contraste entre l'aventurier qui deux mois plus tôt l'avait enlevée en la portant dans ses bras, et l'homme du monde raffiné qui s'étonnait de son étrange interpellation ! Elle avait peine à le reconnaître.

— Mon frère ? Mon frère émet des souhaits ?

— Votre frère le comte, précisa-t-elle. Il semble s'interroger sur la... sur la légalité de notre... de notre mariage.

Pilar aurait aimé trouver d'autres mots. Bien qu'en présence du comte elle les ait tout naturellement employés, elle éprouvait un certain embarras à les prononcer en s'adressant à Sébastien.

— Je ne pense pas que la légalité de ce mariage soit au centre de ses préoccupations, maugréa Sébastien.

— Il s'estime en droit de s'y intéresser, comme de tout ce qui touche à sa famille.

— Cela ne concerne en rien la famille.

« Cela ? » Pilar ne comprit qu'avec un temps de retard que ce démonstratif désignait en fait le mariage.

— Votre frère pense que vous avez l'intention de fonder bientôt votre propre foyer, et d'élever vos enfants.

Pourquoi parlait-elle des enfants de Sébastien ? Elle n'aurait su le dire. Le comte, pour sa part, s'était abstenu d'en faire mention. Il n'avait pensé qu'à son futur héritier, puisqu'il espérait la naissance d'un garçon.

— Je me demande pourquoi il s'est mis cette idée dans la tête.

— Sans doute parce qu'il s'agit d'une préoccupation naturelle pour un homme de votre âge et de votre condition.

Pour la première fois depuis le début de leur entretien, elle le vit sourire.

— Mais pourquoi éprouverais-je en ce moment un tel désir ? Pourquoi éprouverais-je l'urgence de le satisfaire ? Voilà la question.

— Vous en avez l'âge, en effet.

— Tout comme vous, me semble-t-il. Auriez-vous l'intention de prendre époux ?

— En aucune façon, vous pouvez le croire. Il nous faut d'abord régler l'épineux problème de notre propre mariage.

— Un problème ? En quels termes se pose-t-il, à supposer qu'il existe ?

— Je vous en prie, ne rendez pas les choses plus difficiles qu'elles ne le sont.

A l'instar de son frère, Sébastien Sinclair serra les lèvres, comme pour se concentrer sur sa réflexion, avant de s'exprimer.

— Je ne vois en cette affaire aucune difficulté particulière. Nous avons fait de notre mieux, en tenant compte des circonstances qui nous étaient imposées. Si vous concevez des inquiétudes à propos de la validité de ce mariage, je suis à votre entière disposition pour procéder à une nouvelle cérémonie, en présence d'un prêtre ou de qui vous voudrez. Si telle est votre volonté, naturellement.

— Ma volonté, à moi seule ?

Le visage fermé, il acquiesça.

— Je suis contraint, voyez-vous, de vous laisser seule responsable d'une telle décision. Pour ce qui me concerne, le fait que nous ayons dû nous faire passer pour mari et femme, afin de vous faire embarquer pour l'Angleterre à Bordeaux, ne risque pas de ternir ma réputation. Je n'ai rien à redouter de ce côté, même si finalement il s'avérait que la cérémonie ait été entachée d'irrégularité.

Les « irrégularités » avaient en effet foisonné dans ce mariage bâclé, sans publication de bans et sans certificats paroissiaux, en présence d'un unique témoin, complice de surcroît, par un célébrant autoproclamé, sans doute plus féru d'escroquerie que de mysticisme. Une femme qui voyage seule avec un homme, dans une minuscule cabine, s'expose à l'opprobre. L'homme au contraire bénéficie d'un préjugé favorable. On admire sa hardiesse, sa liberté d'esprit. On le félicite à l'occasion.

— Pour préserver votre réputation, poursuivit Sébastien, il est indispensable de prétendre que ce fut bel et bien un mariage conforme aux traditions, célébré dans les règles, et par conséquent aussi valable qu'il est possible de l'être.

— En êtes-vous bien convaincu ?

— Juridiquement…

— La légalité n'est pas le critère qui m'intéresse, dit-elle précipitamment, bien que votre frère y semble très attaché. Je vous demande si vous, en personne, vous estimez que la cérémonie à laquelle nous nous sommes prêtés constitue effectivement un mariage véritable, que vous considérez comme valable.

La réponse de Sébastien se fit attendre longtemps. Assez longtemps pour que l'espoir qu'elle n'avait pas même osé nourrir commence à s'étioler.

— Voulez-vous savoir si j'estime contraignants les engagements réciproques que nous avons pris ?

En posant la question, sans doute s'était-elle mal exprimée. Cette préoccupation n'y était pas étrangère, mais elle en éludait l'aspect affectif, le seul qui lui importât vraiment.

— Les estimez-vous contraignants ? reprit-elle.

— Bien sûr, répondit-il sans hésiter. A moins que vous n'ayez l'intention de fonder un foyer avec un autre et de mettre avec lui en chantier la ribambelle d'enfants dont mon frère semble si pressé de me voir m'encombrer, vous n'avez à vous inquiéter de rien. Aucun problème ne se pose, tant que les questions juridiques restent en suspens.

— Que pensez-vous des questions d'ordre religieux ?

— En ce domaine, je vous laisse libre d'en décider vous-même, Pilar. Mes propres convictions ne m'interdisent pas de reconnaître la compétence du ministre du culte qui nous a unis.

— Vous voulez dire par là que, pour vous, nous sommes bel et bien mariés.

— Telle est exactement mon opinion, répondit-il en souriant.

— Mais…

Elle dut reprendre sa respiration. Que de charmantes perspectives s'ouvraient devant elle !

— Je n'ai rien exigé de vous, poursuivit Sébastien, et je persisterai dans cette attitude. Rien ne doit changer entre nous. Au moins jusqu'au moment où l'enquête entreprise par Alexandre se trouvera achevée.

— Et s'il s'avère qu'aucun empêchement légal ne s'oppose à la validité des engagements que nous avons pris ?

— Je pense qu'une fois de plus la décision vous appartiendra, dit-il avec beaucoup de gentillesse. Rien n'est encore définitif. Nos Eglises ont prévu l'une et l'autre le remède à une telle situation.

— L'annulation.

— Elle vous laisse libre de contracter une autre union.

Libre, Sébastien le serait lui aussi, dans ce cas. Peut-être le comte avait-il tenté de suggérer une telle solution. Avoir recours à l'Eglise qui pourrait prononcer l'annulation.

Mais si l'Eglise déniait au révérend Reynolds, comme elle le faisait selon toute probabilité, le pouvoir de célébrer un mariage, comment pourrait-elle l'annuler ? Assez peu experte en théologie, Pilar s'en tenait aux raisonnements de bon sens.

— Puisque l'Eglise n'a pas béni notre union, peut-être suis-je à ses yeux d'ores et déjà libre de me marier à un autre, avança-t-elle.

— Aux yeux de l'Eglise, sans doute, répliqua-t-il. Mais aux vôtres, qu'en est-il ?

A tort, assurément, Pilar se trouva rebutée par la difficulté de la question. En interrogeant son cœur, elle dut reconnaître qu'elle partageait le sentiment de Sébastien, qui les estimait bel et bien mariés l'un à l'autre.

— Lorsqu'on a répété une fois ces formules sacramentelles, avoua-t-elle en hésitant comme l'aurait fait un aveugle cherchant à tâtons son chemin, elles restent gravées dans votre mémoire, quelles que soient les circonstances dans lesquelles elles ont été prononcées. Il en est de ces formules comme des promesses auxquelles on s'engage, officiellement ou personnellement. Il en est ainsi de tous les engagements, après tout. Ils sont faits pour être tenus.

— Vous considérez donc comme tels ceux que nous avons pris ?

C'était l'évidence même. Pilar demeura cependant silencieuse. Les mots ne venaient pas à ses lèvres. Ils refusaient de s'exprimer.

Elle ne voulait pas d'un mariage dicté par le sentiment de l'honneur ou par la nécessité. Pas même avec lui. Pas même pour toutes les bonnes raisons qui les avaient guidés.

Ni l'un ni l'autre n'avait posé les questions cruciales : voulez-vous m'épouser ? Si vous aviez été libre de votre choix, est-ce sur moi que votre choix aurait porté ? Et l'autre question, surtout, celle de tous les dangers : m'aimez-vous d'amour ?

Pilar avait la conscience tranquille. Elle avait suivi les conseils du comte de Darewood. Elle avait discuté franchement de son mariage avec son mari. Et à l'issue de cette discussion, bien que l'un et l'autre soient tombés d'accord sur les respects des engagements pris, elle savait pertinemment que rien d'essentiel ne se trouvait résolu.

10.

— A Sébastien ! s'écria, du haut bout de la table, le comte de Darewood qui levait son verre. Au dernier des Sinclair de grande errance qui après des années d'aventure a retrouvé le chemin du bercail !

— A Sébastien ! dit en écho son frère Ian.

Pour une fois, Pilar laissa son regard s'attarder sur le visage de l'homme qu'elle avait épousé. Dans l'enthousiasme général suscité par le toast, personne n'y prendrait garde, elle en était certaine. A ce moment même, les yeux bleus de son mari croisèrent quelques instants le regard qu'elle posait sur lui, avant qu'il ne salue l'assistance.

— A la douceur du bercail retrouvé ! dit-il.

— A notre chère Pilar ! lança Anne. La plus charmante des invitées !

Pilar vit les verres se lever de nouveau, dans sa direction cette fois. Elle savait bien qu'elle ne devait qu'à la gentillesse de l'épouse de Ian cet hommage inattendu, mais cette façon de l'associer à un toast de bienvenue lui donnait l'impression de participer à une sorte d'imposture. A l'exception du comte, personne n'était donc au courant de ses aventures et des circonstances de son voyage ?

— A la plus charmante des invitées ! reprit le comte. Une invitée qui à mon grand regret s'apprête à nous quitter, ajouta-t-il d'une voix dont la force et l'assurance traduisaient assez mal un quelconque déplaisir.

Tous les regards s'étaient détournés de Pilar pour se fixer sur Alexandre de Darewood, qui but posément son verre, les yeux dans le vague, avec le détachement qui convient à ceux qui ne profèrent que des banalités. Il semblait indifférent à la surprise et à la perplexité de ses auditeurs.

— A nous quitter ? Mais pourquoi donc ? s'étonna Anne.

Pilar avait pressenti que le comte allait jouer quelque tour de sa façon, mais la rapidité de l'offensive la prenait au dépourvu.

— Doña Pilar a décidé d'entrer dans la vie active et de se procurer des revenus par son travail, expliqua posément le comte.

S'il avait voulu donner à son intervention un caractère éminemment dramatique, le chef de la famille pouvait s'estimer satisfait. Le silence qui suivit cette déclaration bruissait des émotions les plus violentes et les plus diverses.

Anne et son mari semblaient sincèrement peinés. La comtesse gardait à son habitude un calme parfait. Le comte semblait s'amuser discrètement de l'effet produit. Quant à Sébastien…

— Je n'en vois pas la nécessité, dit-il d'une voix blanche.

— J'en suis pour ma part convaincue, répondit Pilar.

Pourquoi le comte se comportait-il ainsi ? Discute-t-on à table d'un sujet aussi confidentiel et même un peu choquant, dans une société où l'élite se caractérise précisément par son oisiveté ?

— D'où vous vient cette conviction ? insista Sébastien.

— De ce que je refuse de vivre de la charité de votre famille. Dès que certains problèmes se trouveront résolus...

Elle se tut, désignant du regard le comte.

— De quels problèmes s'agit-il ? demanda Anne. C'est à n'y rien comprendre !

— Nous ne sommes pas censées comprendre, nous autres faibles femmes, dit Elisabeth avec un calme qui en imposait. Ces messieurs ourdissent entre eux des complots, c'est là leur passe-temps favori. Mais comme pour cette fois une femme s'y trouve impliquée en la personne de Pilar, il me semble légitime de donner à ce débat des perspectives moins égoïstement masculines.

Les yeux fixés sur son mari, elle attendait visiblement des explications.

Pilar, en son for intérieur, souhaita qu'il s'y refuse. La veille, en faisant figure de réfugiée en quête de protection, elle s'était trouvée dans un cruel embarras. Révéler à présent que Sébastien s'était trouvé contraint de l'épouser, ce serait lui infliger une intolérable humiliation.

Avant que le comte ait pu accéder aux instances de sa femme, ce fut Sébastien qui prit la parole.

— Pour recevoir l'autorisation de la faire monter à bord du voilier transporteur de troupes, je me... doña Pilar s'est trouvée contrainte de m'épouser.

Il avait hésité et s'était repris en cours de phrase, ce qui sans doute n'avait échappé à personne. Il avait eu d'abord l'intention de dire qu'il s'était lui-même trouvé contraint de l'épouser, avant d'inverser les rôles.

— Vous êtes… mariés ? s'exclama Anne.

— Mais il n'y a pas eu de messe, comprenez-vous, expliqua complaisamment le comte en tenant Pilar sous le feu de son regard, un sourire ironique aux lèvres. Et comme personne ne sait très bien quelles sont les lois en vigueur en France pendant ces temps troublés, il est bien possible que ce mariage n'ait aucune valeur juridique.

Il se fit un nouveau silence. Pilar imaginait aisément quelles pensées traversaient les esprits, autour de la table. La veille, personne n'avait relevé la faute qu'elle avait commise en voyageant seule en compagnie de deux hommes qui n'étaient pas de sa famille.

On savait maintenant qu'elle avait épousé l'un d'eux, ce qui, selon le caractère de chacun et l'opinion qu'il avait d'elle, serait sans doute de nature à apaiser ou à exacerber le désarroi général. En suggérant que ce mariage n'avait l'aval ni des autorités religieuses ni des autorités civiles, Alexandre de Darewood n'arrangeait rien.

— S'il en est ainsi, s'étonna la comtesse, je ne vois pas l'utilité d'en faire à table un sujet de discussion générale.

Son mari lui sourit avant de lui répondre, comme pour la remercier sinon d'abonder dans son sens, du moins de lui donner l'occasion de se justifier.

— C'est que je compte sur votre aide, ma chère, et sur celle que nous apportera Anne, pour dissuader doña Pilar de nous quitter. Je souhaite personnellement qu'elle demeure parmi nous, au moins jusqu'au moment où ces questions juridiques auront trouvé leur solution.

Elisabeth soutint un moment le regard de son mari, avant de sourire à Pilar.

— Ne vous laissez pas bousculer par cet énergumène, ma chère, il a ses lubies, il faut savoir lui résister. Mais il est fort possible qu'en cette occurrence son avis soit le meilleur.

— Si vous nous quittiez, où iriez-vous ? s'inquiéta Anne. Vous avez des amis en Angleterre ?

— Je n'y ai pas d'amis, répondit-elle.

Elle n'avait ni famille, ni amis, ni relations. Darewood le savait bien. Elle avait sollicité son assistance, il la mettait dans l'embarras.

— Vous n'avez aucune raison de quitter cette maison, déclara fermement Sébastien en ne s'adressant qu'à Pilar.

Il s'était exprimé avec tant de force et d'autorité que l'attention générale, à laquelle il semblait indifférent, se concentrait sur lui.

— Dès l'arrivée de Wellington à Londres, poursuivit-il sans la quitter des yeux, je vais reprendre mon poste auprès de lui, à l'état-major. J'aurai ensuite à rendre visite aux parents de mon ami Harry, et à exécuter la promesse que je lui ai faite. Vous êtes donc libre de séjourner ici sans avoir à supporter le désagrément de ma présence. Anne et Elisabeth veilleront sur vous, je le sais. Et maintenant, excusez-moi tous !

Il repoussa son siège, prenant au dépourvu le laquais qui en cette circonstance aurait dû la reculer. Bien que ses traits fussent restés parfaitement impassibles, la vigueur avec laquelle il jeta sa serviette sur la table trahit la violence d'une indignation qu'il contenait à grand-peine.

De sa place, Pilar observa que, si son visage restait figé, ses mains tremblaient.

— Quelles que soient les intentions d'Alexandre, dit calmement Ian Sinclair, elles ne se trouvent pas dirigées contre toi et ne méritent pas une telle réaction. Wellington est toujours à Paris et n'en reviendra pas ce soir, ce qui te laisse le loisir de demeurer avec nous. C'est ton retour que nous célébrons, mon cher, ne l'oublie pas !

— Vraiment ? En fait de célébration, il s'agirait plutôt d'une commission d'enquête, comme hier soir.

— Personne ne critique les décisions que tu as prises, je t'assure, dit Ian pour le tranquilliser.

Sébastien s'adressa à celui qui trônait au haut bout de la table.

— C'est bien vrai, Alex ? Oui ou non, critiques-tu les décisions que j'ai prises ?

— Ce qui s'est passé en Francc est de ta compétence, répondit tranquillement le comte. Ce qui se passe ici relève de la mienne.

— Ici ? Chez toi ? Dans ta maison ? balbutia Sébastien, qui semblait décontenancé et se mit à rougir. Si tu veux insinuer…

Darewood lui coupa la parole.

— Je n'insinue rien. Je souhaite que doña Pilar demeure parmi nous, ne serait-ce que pour garantir sa sécurité. C'est pour cette raison que tu l'as conduite à Dare Hall, n'est-ce pas ? Pour la protéger ?

— Mais surtout pour présenter votre femme à l'ensemble de votre famille, cela va de soi ! lança Anne à l'étourdie.

Souriante et détendue, elle incarnait à son habitude la bienveillance heureuse. De toute évidence, l'importance de cette péripétie familiale lui échappait complètement, à moins qu'elle n'ait choisi de l'ignorer, délibérément.

— La cérémonie qui a eu lieu en France doit tout aux exigences de la nécessité, rappela Pilar, c'est un fait établi. Comme l'a dit Sébastien ce jour là, il ne pouvait vraiment pas se conduire autrement.

Ainsi mis en cause, Sébastien fronça les sourcils, serra les lèvres pour s'apprêter à intervenir, ouvrit la bouche mais ne put émettre aucun son, car le comte entendait bien conserver l'initiative.

— A propos de ces engagements pris, quels que soient vos sentiments à l'un et à l'autre...

— Quels que soient nos sentiments, ils ne te regardent pas ! s'indigna Sébastien, pas plus qu'aucun autre autour de cette table. J'admets qu'en qualité de chef de la famille tu te renseignes sur les problèmes juridiques que pose ce mariage, mais je n'admets pas que tu t'immisces dans ce qui ne te concerne pas. Nous n'avons que faire de tes conseils ou de ton opinion en ce domaine. Je vous fais confiance à Ian et à toi pour avoir mené avec beaucoup d'élégance vos démarches matrimoniales, pour avoir donné à la société la satisfaction d'assister au spectacle de grands mariages. Cela ne vous autorise pas à examiner le mien à la loupe pour y découvrir de quoi alimenter vos inutiles inquiétudes. Sur ce, bonsoir !

Comme on lance un appel, il jeta à Pilar un regard énigmatique, fit demi-tour et sortit avec raideur de la pièce.

Dans le silence, le claquement de la porte fit l'effet d'une détonation. Quel que fût le dessein du comte en provoquant cet incident, songea Pilar, il ne s'était sans doute pas attendu à obtenir un résultat aussi spectaculaire.

— Oh ! mon Dieu, murmura Anne, qui pour cette fois se départait de son apparente étourderie.

— Je vais le voir, dit Ian.

Il esquissait un mouvement, mais Pilar prévint son geste. Elle était déjà debout, fixant dans les yeux le comte qui ne souriait plus et semblait pour une fois assez déconfit, ce qui n'était pas pour déplaire à la jeune fille.

— Il a raison, dit-elle. Cela ne vous regarde pas. Cela ne regarde personne ici. Quoi que Sébastien vous ait dit de moi…

Elle se tut, assaillie par le souvenir de toutes les avanies endurées depuis la mort de son père. Ces gens tranquilles, heureux, à l'aise, ne pouvaient comprendre la férocité d'un Julian Delgado. Dans le luxe de cette demeure londonienne, la sauvagerie d'un tel personnage perdait de sa réalité, même dans son propre esprit qui en avait tant souffert. Au cours de leurs existences paisibles et protégées, ces gens du monde n'avaient sans doute jamais eu à affronter l'horreur.

— Quoi qu'il vous en ait dit, reprit-elle, il n'a pu tout vous dire. Le jugement que vous portez sur ses agissements, comme sur les miens, est faussé par votre ignorance. Vous ne pouvez savoir à quel adversaire nous nous sommes trouvés exposés.

Pilar se tut. Personne ne brisa le silence pour lui répondre. Personne ne manifesta la moindre contrition. Les accusations qu'elle venait de formuler ne semblaient atteindre aucun des convives.

Le confort de cette élite insouciante s'opposait aux tourments de la guerre et du meurtre dont Sébastien et elle avaient tant souffert, c'étaient deux mondes entièrement différents. Ce n'étaient pas des mots, si sincères et éloquents fussent-ils, qui pouvaient établir une communication entre deux univers incompatibles.

Ayant établi ce constat, Pilar releva orgueilleusement la tête, les mettant ainsi au défi de porter un jugement quelconque sur elle ou sur son mari.

Forte de mille ans de noblesse, Pilar rassembla d'une main les volants de sa robe et majestueusement marcha vers son destin, comme seules savent le faire les filles des grands d'Espagne.

— Je suppose, dit la comtesse de Darewood en brisant la première le silence qui s'était abattu dans la salle à manger après le départ de la jeune Espagnole, que vous pouvez être content de vous, mon cher. Vous avez conduit ces deux tourtereaux là où vous vouliez les mener.

— Je n'avais rien prévu d'aussi pittoresque, je l'avoue. Notre benjamin a trouvé à qui parler, voilà qui me semble indéniable !

Il souriait complaisamment. Ian, souriant lui aussi, partageait son amusement.

— Il me semble que personne ne risque de s'ennuyer, dans cette maison.

Anne semblait un peu embarrassée.

— Nous pourrions leur expliquer que pour nous aussi…

Elle n'alla pas plus loin, retenue par quelque scrupule.

— Un jour nous leur dirons, promit Ian. Ce soir, ce serait trop tôt.

— Surtout pas ce soir ! s'exclama Elisabeth. Ils auront droit à des explications après qu'ils auront eu l'occasion de se renforcer mutuellement dans leurs convictions. Rien de tel que les difficultés et les obstacles pour souder définitivement un couple. Ceux qui le composent s'unissent pour combattre un monde qui ne les comprend pas. C'est la loi du genre !

— Nous sommes bien faits pour nous comprendre, dit son mari, qui s'attendrissait. A propos, j'ai offert à doña Pilar le poste de préceptrice de notre fils, ou de notre fille. J'espère que vous approuverez mon choix.

— Permettez-moi de le contester, mon cher. Il me semble urgent de pacifier l'atmosphère de la nursery. En fait de nourrices, votre père n'employait sans doute que des Amazones, à en juger par la combativité des trois frères ?

— En engageant Pilar, nous ne ferions donc que perpétuer une tradition familiale !

Lorsqu'on se lance à la recherche d'un homme en rupture de compagnie, on peut explorer ses appartements, lieu privilégié de la bouderie, et éventuellement de la confection de bagages, dans la perspective d'un éloignement définitif. Guidée par un secret instinct, ce fut un autre théâtre que Pilar décida d'explorer.

Dès qu'elle eut pénétré dans le jardin sur lequel achevait de tomber le crépuscule, Pilar sut qu'elle ne s'était pas trompée. L'atmosphère tranquille portait, légère comme un souvenir, la trace du parfum, exotique en ce lieu, des cigares longs et sombres que l'on fume sur les bords du Guadalquivir ou dans les sierras de Castille. Cette réminiscence olfactive, appelant avec elle les échos de la séguedille dans le jardin royal de Madrid, lui fut comme un enchantement. Elle leva le visage vers le ciel et inspira longuement l'air du soir, comme pour s'enivrer de nostalgie et d'espoir.

Vers le fond du parc, non loin du mur d'enceinte où une porte s'ouvrait sur une allée de service, elle vit Sébastien debout sous l'arbre dont il semblait s'être fait un refuge, comme le matin même. L'incandescence du cigare au moment où il le portait à ses lèvres la guida. Elle traversa les pelouses dans sa direction, certaine que la pâleur de la robe qu'elle portait signalerait sa présence avant même qu'il ne puisse discerner ses traits.

— Je vous prie d'excuser la brutalité de mon frère, lui dit-il d'assez loin, sans s'étonner un instant qu'elle ait quitté la table. Il n'est que de dix ans mon aîné mais il aime jouer le rôle du patriarche chenu. Pour ma part, comme vous avez pu le remarquer, c'est celui du fils prodigue, irresponsable et coupable par définition, qui m'est dévolu.

— Je suppose qu'il en va de même dans toutes les familles, suggéra Pilar.

Faute d'expérience, elle ne pouvait en effet exprimer aucune certitude. Jamais elle n'avait eu de frères ni de sœurs. La récente amitié dont Anne l'entourait lui donnait cependant l'impression consolante de ne plus être tout à fait seule.

— Je dois avouer que j'ai dans le passé tout fait pour mériter mon exécrable réputation, reconnut Sébastien. Comme personne ne peut comprendre les aventures que nous avons vécues en Espagne, parce qu'elles sont véritablement incroyables, ces bons apôtres s'imaginent que je n'ai pas changé. Dans leur esprit, mes frasques le disputent à mes extravagances, comme jadis.

— Votre condition de benjamin vous destine à ce rôle, dit-elle en guise de consolation. Vous n'avez pas le choix.

A ce mot, qu'il répétait souvent, Sébastien émit une sorte de gloussement. Pensait-il que Pilar en le citant entendait se moquer ?

— Pas le choix ? reprit-il. Mais si, parbleu ! J'aurais dû vous laisser en France, avec les cantinières et autre personnel de l'armée.

Venu dans ce parc afin d'apaiser sa colère, voilà que son intonation se faisait moqueuse et qu'il plaisantait. Fallait-il croire…

Comme il l'avait fait en plusieurs circonstances, elle le surprenait en flagrant délit de marivaudage. Il badinait. A cette pensée, le cœur de Pilar battit plus vite.

— A la réflexion, capitaine, je me félicite que vous ne m'ayez pas abandonnée.

— Malgré la séance de ce soir ?

— Les choses se passent-elles toujours de cette façon ?

— De quelle façon ?

Afin d'éviter un impair, Pilar s'abstint de répondre.

— J'aimerais vraiment que vous me donniez vos impressions, poursuivit-il. Est-ce parce que mon absence a trop duré, est-ce parce que j'ai perdu l'habitude de n'être à tout moment que le petit frère de quelqu'un ? J'ai l'impression d'être un inconnu dans ma propre famille.

Pilar ne pouvait que reconnaître sa propre responsabilité dans cette embarrassante situation. Les Sinclair n'avaient sans doute pas apprécié un mariage bâclé et présenté comme un fait accompli.

— Le comte me semble un peu… autoritaire.

— Le mot est faible !

— Mais il me semble assez naturel qu'il regrette de ne pas avoir été consulté. Le choix d'une épouse n'est-il pas une affaire de famille ?

Malford lui avait confié que les Sinclair jouissaient d'une grande fortune, en même temps que d'une grande influence à la cour d'Angleterre. Mais les familles les plus riches et les plus puissantes se plaisent à ne s'allier qu'entre elles, de manière à asseoir plus solidement leur pouvoir. Les princes n'épousent les bergères que dans les contes de fées. Anne elle-même n'avait-elle pas fait mention de sa considérable fortune ?

Sans doute les Sinclair déploraient-ils que leur benjamin ait épousé une fille sans dot. L'enquête diligentée si rapidement par le comte n'était-elle pas provoquée par sa détermination à réparer semblable erreur ? Pilar n'avait pas encore envisagé cette hypothèse.

— Peut-être espéraient-ils que vous alliez épouser une personne qui… qui ajoute quelque chose au prestige de votre famille ?

Elle s'était reprise en cours de phrase, de manière à éviter une allusion directe, donc blessante, à des objectifs prosaïquement financiers. Ian et Alexandre étaient ses frères, après tout. Qu'il se plaise à les critiquer, c'était là son affaire. Toute remarque d'origine extérieure risquait d'être mal accueillie.

Sébastien prouva qu'il savait faire fi des périphrases.

— Vous pensez qu'ils déplorent l'inexistence de votre dot ? précisa-t-il en s'égayant.

— Je ne suis qu'une fille sans dot, sans titre de noblesse, sans rien de ce que l'on attend d'une jeune fille moderne, dans le monde où nous vivons.

— Vous vous trompez. Sans doute est-il naturel que vous ayez éprouvé cette impression, au spectacle de la comédie qu'Alexandre nous a jouée ce soir...

Il se tut soudain, comme frappé par la découverte d'une évidence imprévue.

— Que se passe-t-il ?

— Mon frère est un homme de réflexion, un calculateur qui jamais ne s'abandonne aux hasards de l'improvisation. Il n'entreprend une démarche qu'après en avoir évalué toutes les conséquences possibles. Il me croit l'esclave de mes impulsions, parce qu'en ce qui le concerne il n'en éprouve aucune. Il m'a étonné, tout à l'heure, en évoquant d'emblée votre départ, tout à fait hors de propos...

Il se tut pour réfléchir, les lèvres serrées.

— Plus j'y pense, conclut-il après un moment de silence, plus je crois qu'il nous a joué la comédie. Il arrive à Alexandre de se montrer odieux, mais il n'y a jamais rien d'involontaire dans son comportement. Il agit toujours de propos délibéré.

— Il le fait exprès ?

— Je suppose qu'en privé vous lui avez fait part de votre intention de quitter Dare Hall, pour des raisons qui vous concernent. L'indiscrétion qu'il a commise en dévoilant ce projet ne doit rien à la maladresse, soyez-en certaine.

— Je lui ai demandé de m'aider à trouver un emploi.

— Un emploi ? Quel emploi ?

Avant même de lui répondre, Pilar savait quelle serait la réaction de Sébastien.

— J'ai suggéré que l'un de ses amis pouvait se trouver dans la nécessité d'engager une préceptrice ou une gouvernante pour ses enfants.

Moins subtil en cela que son aîné, Sébastien se contenta d'éclater de rire, mais leur ironie reposait sur la même conviction : ni l'un ni l'autre ne l'imaginait dans l'exercice de cette fonction.

— Une préceptrice ! répéta Sébastien lorsqu'il eut cessé de rire. Quelle fut la réaction de ce cher Alexandre ?

— Elle n'a pas été différente de la vôtre pour l'essentiel, mais il m'a bel et bien proposé un tel poste auprès de ses propres enfants.

Pilar s'imaginait qu'une telle déclaration avait de quoi impressionner son interlocuteur. Un second éclat de rire la détrompa cruellement.

— Cela vaudrait certainement le spectacle ! s'exclama-t-il de surcroît..

— Vraiment ? répliqua-t-elle agressivement, les lèvres pincées.

De toute évidence, Sébastien ne l'imaginait pas s'occupant d'enfants. Elle n'en avait jamais eu l'occasion, effectivement. A l'exception toutefois du bébé de Magdalena Sistallo, se souvint-elle.

Lorsqu'elle avait pris entre ses bras le petit corps compact et tout emmitouflé, les lèvres roses de l'enfançon avaient émis des petits bruits de succion au contact de sa poitrine. Quel ravissant souvenir !

— Que se passe-t-il ? demanda Sébastien, dont la voix aussi bien que le regard s'étaient adoucis.

Embarrassée, elle fit un geste de dénégation pour indiquer son incapacité à répondre. Il est des réminiscences qui ne s'avouent pas.

— Vous pensiez à quelque chose ou à quelqu'un, à l'instant même, insista-t-il. Votre visage en semblait transfiguré.

— Cela n'est rien, dit-elle d'une voix étrangement voilée, en réitérant son geste. Vous n'avez pas tort bien sûr, je jouerais dans une chambre d'enfants un assez ridicule personnage. Je ne me suis jamais occupée d'enfants, mais on ne propose guère d'autre emploi aux femmes qui n'ont appris aucun métier, même en Angleterre.

En Espagne, une femme de sa condition se serait trouvée absolument exclue de tout emploi. Destinée à passer de l'état de fille à celui d'épouse, elle n'aurait pu imaginer d'alternative.

— Dans la société, les femmes n'ont pas à se soucier de leurs revenus, rappela Sébastien.

Le comte lui avait déjà fait cette remarque, se souvint-elle. Un époux devait pouvoir subvenir aux besoins de sa femme.

— Mais il y a bien des filles qui pour une raison ou pour une autre ne se marient pas, dit-elle. Que leur advient-il ?

Sans doute parce qu'il ne s'était jamais posé la question, Sébastien mit du temps à lui trouver une réponse.

— Elles vivent chez des parents, je suppose. Elles deviennent dames de compagnie, rémunérées ou bénévoles.

— Dames de compagnie ? Voilà une expression qui m'échappe, je l'avoue.

— Ce sont des personnes qui vivent en permanence dans l'intimité de dames généralement âgées. Elles leur font la lecture, vont chercher leur châle ou leur éventail selon le temps qu'il fait, s'épuisent à aller leur acheter du ruban, pour elles ou pour leur petit chien de manchon.

Pilar songea qu'il s'agissait là d'une autre façon de payer son écot en chantant la sérénade. Mais les payeurs ne l'emportent-ils pas sur les quémandeurs, en ce monde ?

— Si je me proposais de devenir dame de compagnie, me trouveriez-vous moins ridicule ? s'enquit-elle.

— Vous ne possédez, hélas, aucune des qualités requises à cet effet.

— Alors il ne me...

— Est-ce là votre idéal ? Voulez-vous courir les merceries au service d'une vieille mégère, peigner son bichon nain ?

— En Espagne, ma situation serait pire encore, dit-elle.

Elle ne craignait plus Julian, qui appartenait à un passé révolu. Mais depuis plus de dix jours elle goûtait l'ivresse exaltante de la liberté et, malgré les risques encourus, elle refuserait toujours de retrouver les contraintes et les sujétions de son existence antérieure. Pour vivre libre, pour décider de son destin, il fallait qu'elle demeure en Angleterre.

— Je connais une autre solution, suggéra Sébastien.

— Une solution qui m'éviterait de chercher du travail ou de rentrer en Espagne ? Voilà qui m'étonne. Quelle est-elle ? Après tout, je ne peux vivre éternellement aux frais de votre famille.

— En qualité d'épouse, cela ne soulèverait aucune difficulté.

— Le mariage...

— Le mariage, reprit Sébastien en élevant la voix pour l'interrompre, n'est rien d'autre que ce que nous voulons en faire.

— Je ne suis pas certaine de vous comprendre.

— Je respecte vos scrupules religieux. Mais vous n'avez pas nié pour autant le caractère solennel des engagements réciproques que nous avons pris. Mes frères ont sans doute prononcé les formules sacrées en présence d'un archevêque de l'Eglise anglicane. Le révérend Reynolds ne portait pas la mitre, mais les paroles que nous avons répétées après lui étaient bien les mêmes.

— Et si en définitive les autorités les déclarent nulles en droit, si respectables qu'elles soient ?

— Que nous importe, si nous estimons pour notre part que les engagements pris doivent être tenus ?

— Le comte semble assez pointilleux à cet égard, lui rappela-t-elle.

— Qu'il aille au diable ! Je quitterai Dare Hall, s'il m'insupporte encore.

Elle vit dans la pénombre et entendit dans son intonation que, loin de maudire véritablement son frère, Sébastien souriait à demi.

— Allons, lui dit-elle, trêve de fâcherie. La sollicitude de votre frère vous pèse, sans doute, mais elle est à la mesure de l'affection qu'il vous porte. Songez aux efforts qu'il doit faire pour apprendre à mieux vous connaître, alors que l'absence vous a tant changé !

— Il devra s'y faire, dit-il un peu distraitement.

Après avoir tiré de son cigare une dernière bouffée, il le jeta et l'éteignit du pied. De la façon la plus surprenante, Pilar retrouvait à Londres, dans le parc élégant d'une demeure aristocratique, la quiétude et la sérénité qui l'avaient baignée en pleine mer à la poupe du navire, après leur départ de Bordeaux. Sébastien venait d'évoquer en termes simples la pérennité d'un mariage qu'elle appelait de ses vœux, mais elle ne ressentait ni impatience ni fièvre. Aucune inquiétude, aucune contrainte ne lui troublait plus l'esprit.

Sébastien venait en quelque sorte de lui faire des avances, de formuler une proposition, peut-être. Ces attentions charmantes semblaient précéder la naissance de sensations grisantes, d'élans romanesques, de toutes ces douceurs dont s'était trouvé si cruellement dépouillé le mariage célébré à la hussarde sur un quai, entre des caisses de poissons séchés et des barriques malodorantes.

— Vous devez renoncer à partir à cause de moi, murmura-t-elle.

— Ce sont précisément les mots que je m'apprêtais à prononcer. Mais si nous persistons à vivre sous le même toit, sans doute serait-il indiqué de nous plier aux impératifs de la morale et de la société.

— Voulez-vous dire, vivre... comme mari et femme ?

— Je veux dire qu'en ce qui me concerne, nous sommes effectivement mari et femme.

La gorge serrée, Pilar dut combattre l'étouffement qui la menaçait sous la violence de son émotion. Il fallait qu'elle parle pour obtenir la réponse qui lui tenait tant à cœur.

— Je sais qu'alors vous n'aviez pas le choix...

— Vous l'avez dit tout à l'heure, à table. J'allais vous répondre, mais il a bien fallu qu'Alexandre m'en empêche en mettant son grain de sel dans la conversation.

— Que vouliez-vous me dire ?

— Qu'il fût possible ou non, je n'ai envisagé aucun choix. Disons que j'ai plutôt trouvé un prétexte commode.

Un prétexte ? Quel terme étrange...

— Voulez-vous dire que... vous désiriez m'épouser ?

— Ce désir me hantait. J'ai traîtreusement saisi l'occasion au vol, je l'avoue. Et puis le temps pressait, je n'avais pas le loisir de vous faire la cour, de vous convaincre...

— Si vous m'en aviez parlé, dit-elle d'une voix qui s'étranglait, peut-être vous seriez-vous aperçu de l'inanité de vos scrupules comme de vos hardiesses, parce que j'étais déjà convaincue.

La découverte l'émerveillait. Persuadée dès le début de n'avoir été épousée que par obligation ou par nécessité, voilà qu'elle apprenait la plus flatteuse et la plus gratifiante des vérités : le désir de l'épouser l'avait emporté sur toute autre considération.

— J'ai agi sur un coup de tête, reprit Sébastien. Mon entrevue avec Wellington aussi bien que le spectacle de ces pauvres femmes m'avaient mis dans un état de tension extrême. La possibilité de vous épouser... par surprise m'a fasciné. Je ne regrette aucunement cette mauvaise action parce qu'à la réflexion je me félicite de l'avoir accomplie.

Pilar pour sa part s'enchantait d'en avoir été victime. En lui volant un baiser dans les jardins du roi, en commettant un rapt suivi de séquestration, Sébastien Sinclair s'était assurément mal conduit avec elle. Mais quel être exquis que le responsable de ces irrégularités successives !

— Je ne vous demande pas de prendre votre décision dès ce soir, conclut-il. Entre le mariage avec un chenapan de ma sorte et les caprices d'une douairière, il vous est loisible de choisir. La décision vous appartient, à vous seule. Ne prenez pas au sérieux les railleries de mon frère. Si vous le souhaitez, il vous trouvera un emploi honorable. Pour ce qui me concerne, je respecte votre liberté, avec une seule restriction : si un jour il vous plaît de rentrer en Espagne, ce ne sera qu'avec mon autorisation, lorsque j'aurai accompli ma promesse.

Pilar ne caressait bien sûr aucun projet de ce genre. A la pensée de son pays, elle eut le cœur serré.

— Il a fallu que je quitte l'Espagne pour prendre vraiment conscience de la captivité coupable à laquelle Julian m'avait réduite, soupira-t-elle.

Elle vit les traits de Sébastien se durcir, et son regard briller d'un autre éclat.

— N'y pensez plus, dit-il. Pour vous, désormais, tout cela appartient au passé. Vous voici libre, libre de décider de votre avenir.

— Ou bien le mariage, ou bien chanter la sérénade pour gagner mon dîner, dit-elle en souriant.

— Chanter... de quoi parlez-vous ?

— D'une suggestion de votre frère.

— Alexandre le conquérant, toujours sûr de soi !

— Serait-ce la marque des Sinclair ?

Sébastien rit de bonne grâce.

— De ceux qui ont les yeux bleus, seulement. Le meilleur de nous trois est bien Ian, le plus équilibré et le cœur le plus sensible du monde !

Anne, sa femme, ne lui cédait en rien dans ce domaine, songea Pilar. A cette pensée, elle éprouva intensément l'aspiration à la vie de famille. Orpheline de mère, fille unique, prisonnière d'un criminel, jamais elle n'en avait connu la douceur. A elles seules, les délicates attentions dont l'avait entourée Anne Sinclair auraient suffi à la convaincre des agréments d'un mariage au sein de ce clan aux liens très forts.

Mais Sébastien méritait mieux que cela, bien sûr. Il n'était pas de ceux que l'on épouse pour le seul plaisir de trouver un refuge et de compenser une frustration.

— Je dois encore vous mettre en garde contre un risque certain, reprit-il.

— Lequel ?

— Si je parviens à vous convaincre de préférer le mariage au châle de la douairière et aux âneries d'une progéniture étrangère, alors...

Il se tut, comme paralysé. Soudain dépossédé de tout humour et de toute fantaisie, il cherchait en vain ses mots. Pilar se garda bien de lui venir en aide. A mesure que le silence se prolongeait, la tension ne cessa de croître.

— Il est un point qu'il me faut préciser, dit enfin Sébastien. Il n'est pas question dans mon esprit d'un mariage de convenance. Je n'ai cure de domaines, de titres et de dot. Mais j'attache une importance extrême... à l'essentiel.

— A l'essentiel ? demanda-t-elle.

Elle avait posé fort innocemment la question, pour le seul plaisir d'entendre une réponse qu'elle connaissait à l'avance.

— A vous-même, murmura-t-il.

Elle-même. Pilar n'avait rien d'autre à lui offrir, mais ce don, elle le faisait librement, totalement. Ce cœur qu'elle offrait, ne l'avait-elle pas donné de longue date à Sébastien ? Bien avant qu'elle en fût consciente, il appartenait déjà à l'Anglais qu'elle avait si impudemment agressé, dont elle avait même fait couler quelques gouttes de sang en appuyant à la base de son cou la pointe de sa propre épée.

Pilar observa rêveusement le cou de Sébastien, semblable à celui des statues de marbre. Sa cravate dissimulait pour le moment la cicatrice de cette mince coupure, à supposer qu'elle fût encore visible. Ce souvenir émouvant, elle le croyait capable à lui seul d'exorciser la malédiction de la balafre, infligée elle aussi ce jour-là.

Si elle acceptait sa proposition, elle aurait près d'elle, chaque nuit, le corps svelte et athlétique qu'elle n'avait pu s'empêcher d'admirer au bord du torrent. Entre eux, jusqu'à ce que la mort les sépare, comme avait dit Reynolds, il n'y aurait jamais d'intrigue, ni de mystère. Ils seraient sans cesse en confiance, ouverts l'un à l'autre, sans qu'aucun secret les divise.

— Vous ne craignez rien, n'est-ce pas ? murmura-t-il, comme s'il lisait en elle.

— Non, soupira-t-elle dans un souffle.

A l'égard de Julian, qui par bonheur ne l'avait jamais approchée, elle éprouvait une sorte de répulsion anticipée, instinctive. En présence de Sébastien, elle espérait, au contraire.

Lorsque du pouce il lui caressa la pommette, elle leva les yeux vers son visage. Il lui sourit et de l'index de la même main lui parcourut le cou, de haut en bas.

Il marqua un temps d'arrêt, comme pour lui permettre de protester ou de se dérober. Comme elle n'en faisait rien, il passa la main sous sa chevelure et la posa sur sa nuque, pour l'attirer vers lui. En voyant les lèvres de Sébastien s'entrouvrir, alors qu'il commençait à s'incliner vers elle, Pilar ouvrit les siennes tout naturellement, comme s'ils s'étaient déjà mille fois embrassés.

Lorsque la bouche de Sébastien se referma sur celle de Pilar, elle éprouva la sensation d'une évidence, d'une nécessité. L'ordre des choses enfin s'accomplissait.

Cet instant, Pilar sut qu'elle l'attendait depuis la fois où Sébastien l'avait embrassée sous un arbre, comme cette nuit, dans les jardins du roi. Au souvenir de leurs deux corps pressés l'un contre l'autre, elle fit un pas en avant pour reprendre d'elle-même ce contact intime. Sébastien referma ses bras sur elle et la serra, reprenant lui aussi les gestes qu'il n'avait pas oubliés.

Consciente de son inexpérience, Pilar s'abandonnait à cette initiation amoureuse, s'y appliquait avec attention. A la langue qui fouillait sa bouche, elle tentait d'opposer la sienne, son corps se soumettait à la pression des mains qui le palpaient, qui parcouraient ses hanches, qui en l'appuyant intimement contre lui lui rendaient sensibles la force et l'ardeur de son désir.

En qualité d'héritière de haras prestigieux, la fille du comte Condé del Castillo n'avait pas été tenue, comme la plupart des personnes de son âge et de sa condition, dans l'ignorance des choses de la vie.

Dans les jardins du roi, elle ne s'était pas trompée sur les raisons d'une turgescence indiscrète et agressive. Inquiète ce jour-là, elle ne ressentait plus en ce moment la même réticence. Elle n'avait plus à craindre, mais à espérer.

Lorsqu'elle l'avait vu au bord du torrent, uniquement paré d'un caleçon trempé qui ne laissait rien ignorer de son anatomie, sa virilité, bien qu'assagie par la fraîcheur de l'eau, lui était apparue par sa taille et sa vigueur assez impressionnante pour que, afin de se dégager l'esprit, elle ait tenté de mettre un peu d'humour dans son commentaire. « On le dirait en effet », lui avait-elle alors répondu, lorsqu'il s'était défendu de ne rien posséder qui pût l'intéresser.

L'humour n'était plus de mise, puisque Pilar n'avait plus à refréner ses élans. Ce soir, rien ne les séparait plus. Cet homme jeune et viril était son mari. Elle était sa femme. La simplicité de leurs épousailles n'ébranlait en rien leur certitude commune : ils se trouvaient bel et bien mariés.

Les lèvres de Sébastien se pressèrent soudain sur la gorge de Pilar, la parcourant avec avidité, jusqu'à parvenir aux limites de son décolleté. Elle frissonna, se prêta au baiser qui la dévorait, sentit ses seins palpiter et durcir pendant qu'en même temps, non plus sur sa gorge mais au plus profond de son corps, dans les régions les plus intimes, s'éveillait une chaleur sourde, un appel étrange, la douleur délicieuse d'un désir en attente d'accomplissement.

Elle gémit lorsque, en écartant son décolleté, Sébastien découvrit davantage ses seins pour les offrir à la convoitise de sa langue et de ses lèvres. Pilar, des deux mains, s'agrippa à ses épaules, à sa taille, comme pour éviter la chute.

Elle ne touchait plus le sol. Elle n'avait plus pour repères que les mains qui la palpaient fiévreusement, que la bouche qui se repaissait d'elle.

Sensible à cet émoi, Sébastien releva la tête en poussant un soupir, et Pilar sentit la fraîcheur sur sa peau, humectée par les lèvres de son mari. Elle frissonna encore, avec une sorte de violence qui incita Sébastien à la soutenir en la maintenant doucement contre son torse.

— Vous n'avez rien à craindre, rassurez-vous, murmura-t-il en lui baisant la tempe, tendrement.

— Vous ne pouvez me faire de mal, répondit-elle. De vous, je n'ai rien à craindre, pas plus que de... de tout cela.

Il la tint encore un moment embrassée, puis s'écarta d'elle, délibérément, les deux mains sur ses épaules, pour pouvoir plonger dans son regard. Dans les yeux de Sébastien, elle vit ce qu'elle attendait, le désir et la promesse du bonheur.

— Je ne voulais pas aller aussi loin, dit-il.

— Que vouliez-vous, alors ?

— Vous embrasser. Et vous persuader de bien réfléchir à ma suggestion.

— Vous n'avez rien fait d'autre.

Il lui sourit, avant d'acquiescer.

— Je ne pensais pas que vous alliez me répondre avec autant d'éloquence. J'aurais dû le prévoir, sans doute. Vous ne cessez de me surprendre, voyez-vous.

— Et si j'avais suffisamment réfléchi à votre suggestion ? insinua-t-elle avec une feinte naïveté.

Il hésita, en soupirant derechef. Sans qu'il fasse un mouvement, leurs corps ne se touchaient plus.

— Demain, dit-il.

— Demain ?

— Je veux que votre décision soit mûrement réfléchie. Peut-être aucune Eglise ne voudra-t-elle admettre la validité de notre mariage, ou nous autoriser à en célébrer un autre. C'est à vous et à vous seule de considérer l'importance que vous accorderiez à de telles interdictions dans les années à venir.

— Sébastien...

— Ce genre d'engagement ne se prend pas au clair de lune ou dans l'ivresse d'un baiser. Il ne doit en aucun cas trouver sa justification dans le vœu d'imposer notre volonté à mes frères. Il faut bien y réfléchir car je vous avertis, ma chérie, qu'une fois que vous aurez dit oui, je ne vous abandonnerai jamais. Sous aucun prétexte. Ne vous méprenez pas là-dessus !

Rien ne pouvait concourir plus efficacement à conforter Pilar dans sa résolution, ou à en confirmer l'excellence.

Mais Sébastien n'avait pas tort. Ils devaient attendre le lendemain, de manière à contrôler leurs émotions. N'auraient-ils pas aussi à éviter les pièges tendus par le comte, et à déjouer ses imprévisibles machinations ?

Comme Pilar évoquait en pensée Alexandre de Darewood, sa voix se fit entendre au loin.

— Sébastien ?

En l'entendant, tous deux se tournèrent, tels deux coupables, vers la terrasse de Dare Hall. Sur la clarté venue des salons se découpait la silhouette du comte, qui sans doute ne distinguait rien dans l'obscurité. Pilar songea furtivement à la silhouette de Julian, entrevue sur la terrasse du palais de Madrid, et ne put retenir un frisson.

— C'est Alexandre, dit Sébastien en la prenant par le bras pour s'enfoncer avec elle dans une ombre plus épaisse. S'il nous trouve ensemble à cette heure, il va nous passer sur le gril.

— Il sait sans doute où vous trouver, comme je l'ai fait moi-même tout à l'heure, en sentant l'odeur du cigare. Hâtez-vous de le rejoindre, avant qu'il ne descende.

Il chercha son regard et s'y tint, comme pour l'interroger.

— Demain, promit-elle en souriant.

Il acquiesça, lui posa sur le front un baiser qu'elle trouva extrêmement conjugal, et s'élança dans l'allée.

Consciente de la couleur de sa robe, dont la pâleur aurait pu la trahir dans l'obscurité, Pilar s'enfonça sous le couvert des arbres, plus près du mur de clôture, en observant de loin Sébastien. Elle le vit franchir en deux bonds les marches de la terrasse pour rejoindre son frère. Ils semblaient échanger des propos animés, inaudibles à cette distance.

Le comte entreprenait-il une manœuvre de réconciliation, allait-il au contraire jeter de l'huile sur le feu ? Après quelques instants d'attente, elle éprouva la satisfaction de voir l'aîné, reconnaissable à sa très haute taille, poser le bras sur les épaules de son benjamin.

Toujours conversant, ils se dirigèrent ensemble vers la seule porte-fenêtre qui fût restée ouverte. Pilar attendit pour se déplacer qu'ils l'aient franchie.

Elle se surprit à sourire. Toutes les difficultés qui s'étaient dressées devant elle et lui paraissaient insurmontables allaient sans doute s'aplanir dans les quelques heures à venir. Elle allait donner à Sébastien une réponse qui sans doute ne le surprendrait pas, et il ne resterait au comte qu'à donner au couple sa bénédiction.

Elle leva les yeux, dans l'espoir d'apercevoir dans le ciel les étoiles qui le piquetaient si harmonieusement lorsqu'elle l'avait contemplé depuis la poupe du grand voilier. Sébastien s'était complu à évoquer sa famille, ce soir-là. Dans ce jardin de Londres, les épaisses frondaisons arrêtaient le regard.

Elle fit quelques pas en arrière, dans l'espoir de trouver une trouée entre ces branches. Ce faisant, elle heurta de l'épaule, sans gravité, un obstacle.

Parfaitement sereine, Pilar ne s'affola qu'au moment où une main puissante la bâillonna implacablement, tandis qu'un bras paralysait les siens en les serrant contre son corps. Aucune tentative de révolte ou de gesticulation ne s'avéra efficace. On l'entraîna vers le fond du jardin où une porte s'ouvrait sur l'allée de service.

Malgré la main qui lui écrasait le visage et le nez, au risque de l'asphyxier, elle ne parvint à émettre qu'un gémissement sourd, inaudible depuis la lointaine demeure.

Au moment où son agresseur, la traînant et la portant, pénétrait dans une voiture en attente, elle eut le temps de penser que, aucun des résidents de Dare Hall n'ayant été témoin de son enlèvement, personne ne s'en soucierait de longtemps.

11.

— Vous conviendrez tous deux qu'il est temps que je je mette un terme à ma carrière militaire. J'espère que Wellington acceptera sans difficulté ma démission.

Ian balaya d'un geste cette préoccupation.

— Dès lors que Napoléon ne règne plus que sur l'île d'Elbe, les officiers d'état-major vont se trouver en surnombre. Le duc en personne trouvera-t-il encore matière à exercer ses talents ? J'en doute !

On frappa vivement à la porte du fumoir, et la porte s'ouvrit sans que le comte en ait donné l'autorisation.

— Que diable..., maugréa-t-il.

Mais il esquissa aussitôt, ainsi que ses deux frères, le geste de se lever. Anne Sinclair entrait en effet, visiblement inquiète.

— Restez assis, ne vous dérangez pas ! Je cherche Pilar, et ne la trouve pas. Je voulais absolument la mettre au courant de l'essentiel de nos propres aventures, car il me déplaît de passer pour une sorte de bourgeoise ignorante et bornée. Il me semblait nécessaire de l'instruire, comme vous l'avez sans doute fait à l'égard de Sébastien, des péripéties qui ont précédé nos mariages. Mais je ne la trouve nulle part.

— Vous êtes allée dans sa chambre, naturellement, dit Alexandre de Darewood.

Sébastien leva les yeux vers le cartel qui ornait la cheminée et s'étonna qu'une heure se fût écoulée depuis que son frère aîné l'avait appelé. Pilar ne s'était bien sûr pas attardée aussi longtemps dans le jardin.

— Sa femme de chambre ne l'a pas revue, précisa Anne.

— Elle se trouve peut-être en compagnie d'Elisabeth, suggéra Ian.

— Elisabeth n'a pas vu Pilar depuis qu'elle a quitté la table. Cette absence m'inquiète, je l'avoue. J'ai même demandé à Wilkinson et à quelques valets de fouiller la maison. Il me semble invraisemblable qu'elle soit partie sur un coup de tête pour chercher un emploi, à cette heure !

— Elle était il y a une heure dans le jardin, dit Sébastien, qui s'était levé. Je suis sorti prendre l'air, et elle m'a rejoint.

Il sentait son cœur battre trop vite. Sans raison, sans doute, puisque à Dare Hall aucun danger n'était à craindre. Les événements du Portugal et d'Espagne l'avaient sans doute conduit à la nervosité, jusqu'à le rendre ombrageux.

Le temps des traquenards et des embuscades était passé, la péninsule Ibérique était loin. La demeure du comte de Darewood se dressait dans le quartier le plus élégant et le mieux fréquenté de Londres, la ville la plus vaste et la mieux policée d'Europe. En ce lieu privilégié, Pilar, comme tous les hôtes de la maison, se trouvait à l'abri de toute mésaventure.

Ces beaux raisonnements ne concouraient en rien à sa tranquillité d'esprit. La femme qu'il aimait, abandonnée par lui dans l'obscurité du jardin, avait disparu. Cela seul importait.

— Quand je t'ai appelé, qu'a-t-elle fait ? demanda Alexandre.

— Elle est restée en arrière, avoua Sébastien, qui se sentit rougir.

Il lutta pour recouvrer son calme. A cette absence, il fallait trouver une explication logique, sans rapport avec les événements de l'Espagne lointaine.

— Tu l'as laissée seule ?

Le comte venait de se lever, lui aussi. Son visage restait impassible, mais quelque chose dans son intonation révélait une profonde inquiétude.

— Je n'ai jamais douté qu'elle ne fût en sécurité, répondit Sébastien en quittant la pièce.

Il courait déjà dans le vestibule, suivi par ses frères, dont il entendait les pas. Quelle négligence criminelle était la sienne ! Averti à maintes reprises de la cruauté de Delgado et de son acharnement à ne se laisser déposséder de rien, il avait négligé ces mises en garde dès son arrivée à Londres, comme si l'éloignement supprimait le danger.

— Si on a fouillé la maison, elle est peut-être restée dans le jardin, lança-t-il aux autres. Pilar !

Il était sur la terrasse, scrutant l'obscurité de la nuit. Des nuages occultaient par moments le clair de lune, qui ne révélait que l'harmonie du jardin et sa solitude. Il s'attacha à examiner les zones obscures, dans l'espoir de distinguer la pâleur de la robe qu'elle portait, ou d'entendre une réponse à son appel.

— Pilar ! cria-t-il encore.

Anne vint lui poser la main sur l'avant-bras. La sympathie, la commisération même qu'il lut dans son regard lui glaça le sang.

— Sébastien, dit-elle, je suis déjà venue dans le jardin. Avant de vous alerter tous les trois.

Derrière eux, on s'affairait. Le comte faisait apporter des torches. Il retint Sébastien qui s'apprêtait à descendre les marches.

— Laisse faire les valets, restons ensemble.

— Elle était là, sous le chêne, quand je suis rentré, dit absurdement Sébastien, avouant ainsi son impuissance.

— Si elle était encore là, elle t'aurait depuis longtemps répondu.

L'espoir s'amenuisait. Eperdu d'angoisse, Sébastien s'arracha à l'étreinte de son frère et se précipita sur les pelouses, que les laquais armés de torches investissaient déjà. Mais il lui fallut se rendre à l'évidence. Le jardin était vide.

Il avait atteint l'arbre sous lequel ils s'étaient embrassés. Il refit en hâte le chemin qui le séparait de la terrasse, où l'attendaient Anne et Alexandre.

— Elle n'est pas là, dit-il du bas des marches.

— Vous voulez dire... qu'elle n'est pas partie de son plein gré ? demanda Anne.

Les yeux agrandis, le visage blême, elle offrait l'image même de l'inquiétude.

— Je me demande comment cette crapule a pu nous retrouver, dit Sébastien, qui confirmait ainsi les craintes de sa belle-sœur.

Au moment même où il soulevait cette difficulté, son explication s'imposait à lui. « Il est inhumain », lui avait dit Pilar. Mais un homme ordinaire pouvait fort bien prendre des renseignements sur celui des officiers de l'état-major qui portait une balafre très caractéristique. Une fois parvenu à Londres, il n'était pas difficile de se faire indiquer la résidence des Sinclair, une des grandes familles les plus en vue. Un ambassadeur disposait aussi bien d'une influence qui lui facilitait toutes les démarches.

— Où penses-tu qu'il va l'emmener ? demanda Alexandre.

Sébastien songea que la mission de Delgado ne pouvait être déjà terminée, d'autant qu'il lui avait fallu accomplir un voyage supplémentaire, qu'il n'avait pu prévoir.

— A Paris, dit Sébastien, bien qu'il fût conscient d'une marge de hasard. Il a sur nous une heure d'avance.

— Ni lui ni ses gens ne connaissent bien les abords de Londres, dit le comte. Et mes chevaux sont les meilleurs. Nous allons le rattraper.

— Mais où le poursuivre ? Il y a bien une douzaine de ports sur la côte Sud.

— Pour aller en France, Gravesend est le plus commode, décréta Darewood, puisqu'on peut d'ici l'atteindre sans avoir à dételer. Douvres ou Rye supposent des relais ou des étapes. On atteint aisément Gravesend sans changer d'équipage.

— Ou quelque repaire de contrebandier, dit Ian.

— Un Espagnol ne peut les connaître, et leurs clients sont choisis, j'en sais quelque chose. C'est vers le lieu le plus vraisemblable que nous devons pousser nos recherches.

— Je vais seul à Gravesend, décréta Sébastien. Je suggère que vous meniez d'autres enquêtes, de votre côté.

Il s'attendait à ce qu'Alexandre manifeste quelque réticence, mais se trouva aussitôt soulagé.

— Tu prendras les alezans, dit le comte. J'ai déjà commandé qu'on les attelle. Pars le premier. Ian et moi allons aviser.

— Il me faudrait aussi les pistolets de notre père, ajouta Sébastien.

— Ils sont à toi, répondit Alexandre, ses yeux bleus dans ceux de son frère.

— Un Espagnol, répéta Sébastien. Un Espagnol qui veut passer en France le plus vite possible. Il a sans doute des gens avec lui, et une femme, mais il la tient cachée, probablement.

Sébastien s'adressait au tenancier d'une assez vaste auberge dont l'enseigne portait étrangement, en français, le nom de « La Tour du guet ». Parmi les débits de boissons qui se succédaient au long des quais, la plupart étaient déjà fermés. Dans tous ceux qui se trouvaient encore ouverts, il avait posé les mêmes questions, et s'était livré aux mêmes descriptions.

— Des navires pour Calais, vous savez combien il en part d'ici tous les jours ? Des tas ! Depuis que la guerre est finie, les contrebandiers ont perdu leur emploi, et les affaires officielles reprennent. Vous avez vu mon enseigne, « La Tour du guet » ? C'est une tour qui se trouve à Calais, tous les marins rêvent de la voir. Pour sûr qu'il y en a, des navires pour Calais !

— Je ne m'intéresse qu'à ceux qui seraient en partance ce soir ou demain matin, dit Sébastien. Il y en a combien ?

— Sept ou huit, peut-être.

Les alezans d'Alexandre avaient fait merveille, si bien que Sébastien était certain d'avoir gagné du temps sur celui qu'il poursuivait.

— Je vais vous dire une chose, reprit l'homme. Si vous voulez empêcher cet Espagnol de partir cette nuit, bon courage, vous avez du pain sur la planche. Les rafiots que vous voyez là partent avec la marée, dans deux heures.

Sébastien observa les navires, voiles carguées, qui tiraient sur leurs ancres, à quelques encablures, dans l'estuaire de la Tamise. Aller de l'un à l'autre en canot pour interroger leurs capitaines, constituait en effet une tâche impossible dans un si bref délai. Aussi bien la générosité de Delgado pouvait-elle inciter ces marins à faire preuve de discrétion.

Amer et frustré, il décida par dérision de se montrer lui aussi généreux. Il jeta sur la table une demi-couronne, salua de la tête et s'en fut. La voix du tenancier interrompit son mouvement.

— Faut savoir que les chaloupes, on les hisse au coucher du soleil.

Sébastien s'arrêta et s'interrogea sur le sens de cette information. Dans ce port où les gros navires ne pouvaient s'amarrer à quai, les chaloupes transportaient marchandises et passagers. Une fois leur service accompli, on les hissait à bord sur leurs bossoirs, où elles servaient éventuellement de canots de sauvetage.

Les navires en attente avaient donc depuis longtemps embarqué leurs chaloupes. Si l'on voulait monter à bord…

Comme le raisonnement de Sébastien parvenait à ce point, son informateur le compléta pour lui.

— Si votre Espagnol est arrivé il y a moins d'une demi-heure, alors il a dû louer un canot pour passer l'eau.

— Un canot ? Où puis-je en trouver ?

— Au début de la jetée, il y en a plusieurs. Pour les traînards, vous comprenez.

— Merci !

Avant de s'éloigner, Sébastien lança une autre demi-couronne au tenancier, qui cette fois ne trouva rien à ajouter.

A l'extérieur, Sébastien serra plus étroitement contre lui sa cape. Un vent humide, étrangement épais, soufflait sur la Tamise.

C'était à la lueur de la lune qui brillait dans le ciel que, tout à l'heure, il avait pu lire sur le visage de Pilar le jeu des émotions qu'elle ressentait entre ses bras. Cette lune éclairait maintenant la mer glauque et les silhouettes massives des navires qui attendaient la marée pour lever l'ancre. Une jetée s'avançait au loin, flanquée à son extrémité, à quelque distance, d'une tourelle où luisait un fanal.

Au pied de cette jetée, une dizaine d'embarcations légères flottaient bord à bord, dans l'attente de voyageurs attardés. Oisifs, leurs rameurs jouaient aux cartes, ou devisaient. En s'approchant d'eux, Sébastien songea qu'il allait être facile de les interroger.

Mais peut-être faisait-il fausse route. Si Delgado voulait par extraordinaire rentrer directement en Espagne, c'était à Plymouth qu'il chercherait un embarquement. La gloire de l'intercepter reviendrait alors à Alexandre ou à Ian.

Car le bandit serait arrêté, Sébastien n'en doutait pas. Mais quelle frustration, si c'était par un autre ! Le destin ne pouvait à ce point pousser sa cruauté. Sébastien aurait la joie d'exercer en personne sa vengeance, ou plutôt de remplir sa promesse.

Il sentait d'ailleurs, d'instinct, la présence du misérable. Il lui semblait que l'atmosphère se chargeait d'une indéfinissable menace, d'une sorte de lourdeur oppressante. Dans cet estuaire ouvert à tous les vents, l'air humide de la nuit paraissait étouffant.

Son enquête fut bientôt terminée. Parmi les matelots en attente de clientèle, aucun n'avait transporté une femme et un Espagnol. La dernière navette ne s'était déplacée que deux heures auparavant, à l'usage d'un quartier-maître anglais pris de boisson, et bien connu de tous les témoins présents.

Il se pouvait bien sûr que les ravisseurs aient été retardés en chemin, ou que l'enlèvement ait eu lieu plus tard qu'on le supposait. Sébastien les aurait-il précédés ? C'était invraisemblable. Disposaient-ils d'un autre esquif qui, venu de quelque appontement voisin, ferait force de rames en direction de l'un des navires ? Sébastien parcourut du regard la large étendue d'eau d'où émergeaient quelques îlots. On voyait sur l'autre rive les lumières de Tilbury. Vers l'est s'ouvrait la mer. Aucune embarcation ne se déplaçait entre les voiliers immobiles.

S'était-il mépris ? Ces efforts, les avait-il accomplis en vain ? La peur, qui jamais n'avait troublé son esprit au cours des batailles, s'installait en lui, insidieuse. Pour la combattre, il voulut prendre un repère visuel, de manière à concentrer son attention, et porta son regard à l'extrémité de la jetée rectiligne.

Pilar s'y trouvait, toute droite. Des mèches s'échappaient de ses cheveux, artistement arrangés avant le dîner interrompu, et volaient au vent. Une cape sombre couvrait sa robe claire. Cette femme dressée comme une vigie tournée vers le large ne pouvait être que Pilar.

Près d'elle, sur la jetée, on ne voyait personne. A l'écart, la tourelle du fanal ne comportait aucune ouverture. A la pâle lueur de la lune qui donnait aux navires des allures inquiétantes, l'immensité du ciel et celle de la mer semblaient écraser et dissoudre la mince silhouette.

Sébastien se trouva d'un coup rasséréné. Il se trouvait bien là où il devait être. Un frisson parcourut son échine. Il se trouvait bien là où le meurtrier l'attendait. Il revit le regard mourant d'Harry. De la mort de Wetherly, il ne devait pas oublier les enseignements.

Il se souvint du cimetière perdu dans la campagne, et du manteau noir oublié sur le sol. Une servante avait servi d'appât. Pour cette fois, Delgado avait-il recruté quelque fille du port aux cheveux noirs, pour faire illusion ? Sébastien s'interdit de l'interpeller pour qu'elle se retourne et lui montre son visage. Malgré la certitude instinctive que lui donnait sa première impression, il n'excluait pas l'hypothèse d'un leurre.

La main crispée sur l'un des deux pistolets qu'il cachait dans son manteau, il scruta les lieux. Où Julian et ses hommes pouvaient-ils se dissimuler ? On n'apercevait rien alentour. A l'extrémité de la jetée, qui ne comportait pas de rambarde, on ne voyait que la jeune femme solitaire, et la mer confondue au loin avec le ciel.

Delgado se trouvait pourtant présent car Sébastien ressentait physiquement sa présence, et tout son être se tendait vers la mission à accomplir.

Combien d'hommes l'Espagnol avait-il amenés de France ? Sans doute s'était-il fait accompagner de plusieurs de ses fidèles, pour venir enlever à son tour celle qu'il appelait sa fiancée. « Celle qui est ma femme », songea Sébastien.

Il lui fallait absolument déjouer le piège, et pour cela prendre d'abord le risque de faire connaître sa présence.

Il s'engagea sur la jetée déserte, et le bruit de ses bottes retentit bientôt sur les épaisses traverses de bois. A ce bruit, la femme abandonna sa contemplation de la mer et lui fit face.

Quelles que fussent les intentions de Delgado, aucun doute ne subsistait sur la nature de l'appât qu'il utilisait. Le clair de lune mettait en lumière le parfait ovale du visage de Pilar, et lui conférait la pâleur brillante que les peintres donnent à celui des fantômes.

Il vit ses yeux, tout à l'heure animés des feux de l'amour et de la joie de vivre. Son regard semblait à présent éteint, morne, inexpressif.

— Pilar ?

Sébastien n'avait pu s'empêcher de la nommer. S'il l'interrogeait ainsi, c'est que la surprise et la peine l'y contraignaient. Se pouvait-il qu'elle fût la même, sous ce masque de désespoir ?

Il n'avait pas ralenti son allure, régulière et déterminée. Au bas de sa nuque, l'imminence du danger lui hérissait les cheveux. On ne voyait toujours personne, aucun pas ne suivait les siens sur la surface sonore de la jetée. Il résista à la tentation de jeter un coup d'œil en arrière afin de surprendre quelque ombre silencieuse. Ne risquait-on pas de lui tirer dans le dos ?

— N'approchez pas, dit Pilar lorsqu'il fut parvenu à une dizaine de mètres d'elle. Il n'est pas question que je rentre à Londres avec vous.

Elle n'élevait pas la voix. Elle prononçait distinctement chaque mot, d'une façon mécanique, avec une netteté torturante pour le cœur de Sébastien.

— Pourquoi pas ? répondit-il très brièvement.

Il espérait ainsi surprendre et situer quelque frôlement suspect, mais on n'entendait que le léger clapotis des flots. La mort rôdait cependant. Mais on ne percevait aucun souffle humain, non plus que le claquement d'un pistolet qu'on arme.

On ne voyait rien, ni personne. On aurait pu croire Pilar et Sébastien seuls au monde, en présence de l'infini.

— Je rentre en Espagne avec mon fiancé, déclara Pilar.

Elle s'exprimait avec calme, sans émotion apparente.

— Croyez-moi, n'ayez pas peur de lui, dit-il très posément, lui aussi.

Pilar, de toute évidence, répétait les mots que Delgado la contraignait à prononcer. Il l'entendait donc, comme il entendait celui dont il voulait faire sa victime. Comment provoquer de sa part une réaction, comment le débusquer ?

— Il faut que vous me compreniez, Sébastien, reprit Pilar. Je vous confirme ma décision. Je rentre chez moi, volontairement. Je veux rentrer dans mon pays, je veux retrouver les gens qui y vivent.

— Je comprends surtout que vous récitez la leçon qu'il vous a dictée.

— Julian ne m'a rien dicté. Je lui ai demandé de vous le dire moi-même, pour pouvoir vous expliquer pourquoi…

— Il n'y a rien à expliquer ! s'écria impatiemment Sébastien. Ses menaces ne doivent pas vous effrayer. Il ne peut rien contre vous. Nous sommes en Angleterre, bon sang !

L'inanité de ces propos était patente, il le savait. Delgado venait d'enlever une femme en plein Londres, dans la résidence de l'une des familles les plus influentes du royaume. La protection depuis longtemps promise, Sébastien s'était montré incapable de l'assurer. Quelle dérision !

Pilar semblait lire dans ses pensées.

— Vous n'êtes plus tenu par vos promesses, reprit-elle, par aucune de celles que vous m'avez faites.

Comme Delgado ne les connaissait pas toutes, ou ne pouvait toutes les deviner, sans doute Pilar improvisait-elle son texte. Sébastien réfléchit intensément. Quel message entendait-elle lui transmettre ?

— Mes promesses, je ne tiens pas à m'en savoir libéré, j'entends bien les tenir, dit-il hardiment, en faisant un pas en avant.

— Non ! lança-t-elle dans un cri, en reculant d'autant.

Elle se trouvait à l'extrême pointe de la jetée qui, n'étant pas conçue pour la promenade comme à Brighton, ne comportait pas de rambarde. Encore un pas en arrière, et elle tombait dans les eaux glauques de l'estuaire. Sébastien s'était figé. Les yeux écarquillés, Pilar semblait maintenant en proie à une terreur violente. Dans son regard qui tout à l'heure semblait vide et désespéré, Sébastien vit briller une lueur.

— Vous pleurez ? Pourquoi pleurez-vous ?

Il voulut esquisser un nouveau pas en avant. Eperdue, elle leva la main pour le dissuader d'avancer.

Sébastien crut comprendre quel piège lui tendait Delgado. Puisque le misérable demeurait invisible et pourtant présent, c'est qu'il se trouvait avec ses complices sous les lourds madriers qui constituaient le tablier de la jetée. Dans les intervalles qui séparaient ces pièces de bois, il était facile d'introduire le canon d'une ou de plusieurs armes. Delgado entendait le pousser à bout, afin que, sous le coup de l'impatience, de la colère ou du désir, il franchisse la courte distance qui le séparait de Pilar. Il serait alors facile de l'abattre d'en bas.

— Cette fois-ci, quel marché avez-vous fait avec le diable, ma chère ?

Une fois déjà, elle lui avait sauvé la vie, près de la rivière. Elle lui avait frappé le poignet pour le désarmer, après avoir reçu de Delgado la promesse de lui laisser la vie sauve. C'était au prix de sa propre liberté que s'était fait cet échange. Quel bénéfice son tyran escomptait-il recevoir aujourd'hui ?

— Cela n'a pas d'importance, répondit-elle après avoir un moment hésité.

— Pour ma part, dit-il, j'attache à cet enjeu une grande importance.

Il vit qu'elle prenait une profonde inspiration. Une mèche noire lui tomba sur les yeux. De sa main fine, Pilar la releva, comme pour ne rien perdre du visage de Sébastien, qu'elle pensait voir sans doute pour la dernière fois.

— J'y attache une grande importance parce que je vous aime de toutes mes forces, dit-il.

En prononçant ces mots, Sébastien s'avisa qu'il les proférait pour la première fois, à sa connaissance. Sans doute les avait-il tus jusqu'alors parce qu'il les considérait comme allant d'eux-mêmes. Pilar ne pouvait ignorer ses sentiments.

— Eh bien, si cela est vrai, sachez que ma décision est la meilleure, dit-elle. Pour l'un et l'autre d'entre nous.

Elle attarda son regard sur les lèvres de Sébastien qui lui souriait, avant de le fixer dans les yeux.

— Cette décision est la pire qui soit, rétorqua-t-il. Pourquoi vous aurais-je épousée ?

— Parce que vous n'aviez pas le choix. Nous n'avons pas le choix, ni l'un ni l'autre.

Elle parlait au présent. Elle ne faisait donc pas allusion au mariage.

— Dites-moi que vous ne m'aimez pas, reprit-il, je l'exige. Tentez de m'en persuader.

— Je ne peux vous persuader que de ce dont vous êtes déjà certain.

— Mais j'aimerais vous l'entendre dire.

Il lui sembla qu'elle portait son regard au loin, derrière lui. Lorsqu'elle le fixa de nouveau, il était glacial. Et lorsqu'elle éleva la voix, ce fut avec force, pour que les mots résonnent clairement dans l'air tranquille de la nuit.

— Je ne vous aime pas, Sébastien Sinclair. Je ne vous ai jamais aimé.

Elle n'avait qu'une raison et une seule de mentir avec cette conviction. Delgado semblait fidèle aux méthodes qui avaient déjà servi ses desseins.

Pour cette fois, il en serait pour ses frais. Sébastien comptait bien priver la brute du plaisir de le tuer. En premier lieu, il convenait de simuler la soumission.

Le Sébastien Sinclair qui avait tenu entre ses bras Harry Wetherly mourant se serait précipité sur Pilar pour s'en saisir et l'emmener avec lui. Celui qui aimait d'amour cette femme, sa femme, allait s'en éloigner.

Devinant la nature du marché convenu, il allait pratiquer la stratégie de la retraite provisoire, chère à Wellington. L'affrontement avec Delgado aurait lieu sur le terrain qu'il choisirait ultérieurement, comme le faisait le duc. C'était ailleurs, bientôt sans doute, qu'à son tour il prendrait l'avantage, sans mettre en jeu la vie de Pilar. Les yeux dans les siens, il la salua comme l'on fait dans le quadrille au moment de changer de partenaire, et fit aussitôt volte-face. Il s'en fut sur la jetée, s'éloignant par où il était venu.

La balle l'atteignit sans le tuer puisqu'il entendit, une fraction de seconde après l'impact, la détonation. Dans la confusion de son esprit et de ses sens, il entendit Pilar hurler.

12.

— Non !

Sébastien venait de trébucher, l'écho du coup de feu retentissait sur les flots, alors que Pilar criait longuement son désespoir et sa colère. Une fois de plus, Delgado trahissait sa parole. Elle avait suivi toutes ses directives, il reniait son serment.

— Vous aviez promis ! Vous aviez promis !

Julian avait d'abord manifesté son intention de tuer Sébastien. Prévenu de la puissance de sa famille et de l'influence exercée par le comte de Darewood, il avait feint de renoncer, sous condition, à un assassinat. Et voilà que, poussé sans doute par son instinct pervers, il venait de faire feu. A bout de souffle, Pilar, désespérée, incapable de se mouvoir, n'avait pas la force de lever les yeux vers le sommet de l'édifice cylindrique qui portait le fanal, pour jeter à Delgado un regard de haine.

Mais soudain Sébastien, un instant arrêté, lui faisait de nouveau face et courait vers elle. Une nouvelle détonation retentissait, sans l'arrêter. Déjà il était sur elle, haletant, et sans ralentir il l'emportait dans son élan, puis dans sa chute.

Du haut de la jetée, ils tombèrent ensemble, dans les bras l'un de l'autre. Avant que Pilar ait eu le temps de réagir, elle ressentit le choc des vagues clapotantes, et l'angoisse de l'immersion. Il lui semblait que le courant qu'elle avait observé tout à l'heure les emmenait vers le large, inexorablement. Sous le choc de la surprise aussi bien que du corps lancé avec force contre elle, sans doute avait-elle pris une profonde inspiration, car elle n'éprouvait encore aucun étouffement.

Elle comprit que Sébastien ne l'avait pas lâchée. Un bras autour de sa taille, il nageait puissamment des deux jambes, l'entraînant sans doute hors de portée de tir. Autour d'elle le manteau sombre qui recouvrait sa robe semblait s'alourdir et les ralentissait.

Aveuglée et assourdie par l'eau, elle s'efforça de rester inerte pour ne pas entraver davantage les efforts de Sébastien, jusqu'à ce que l'urgence de reprendre sa respiration la contraigne à se débattre un peu, tirant sur le bras qui la retenait pour s'en libérer. Il fallait qu'elle lui échappe, qu'elle remonte à la surface. Aussi bien pouvait-elle nager, elle aussi. Sans ce manteau, ils iraient plus vite. Mais où ?

La panique décuplait-elle ses forces ? Sébastien avait-il compris son intention ? Elle se trouva soudain dégagée de son étreinte, et remonta à la surface, au risque de faire une mauvaise rencontre. Les deux acolytes de Delgado se trouvaient sous la jetée, dans le canot qui tout à l'heure les avait transportés. Avaient-ils entrepris la poursuite ?

Elle inspira violemment, bruyamment, sans autre souci que d'échapper à la noyade. Sébastien lui aussi avait la tête hors de l'eau, elle l'entendait haleter, sans le voir. Près d'elle retentit un choc. Il fallut que la main de Sébastien se ferme sur son bras et l'invite à plonger de nouveau pour qu'elle comprenne que ce choc était celui d'une balle. Julian tirait-il depuis la jetée ? Avait-il embarqué dans le canot ?

Une balle allait-elle la tuer ? Atteindre Sébastien ? Les flots devaient-ils les engloutir tous deux, à jamais ? L'esprit affolé par cette pensée, elle sentait ses doigts tirailler les cordons de sa cape, lutter pour les dénouer. D'un coup, elle sentit le tissu alourdi s'écarter d'elle et, soulagée, elle parvint à inspirer encore. Avant qu'elle ait eu le temps de refermer la bouche, la main de Sébastien l'entraîna de nouveau vers les profondeurs.

Il fallait qu'elle s'abandonne à son expérience, à sa force, à son sens de l'orientation, dont elle-même se trouvait en ce moment si cruellement dépourvue. Où étaient la jetée, les navires ? Elle n'aurait pu le dire.

Elle comprit toutefois que Sébastien s'aidait d'un courant de surface pour accélérer leur avance. Ils s'éloignaient du rivage, sans doute. Parviendraient-ils aux navires lointains ? Ce n'était pas possible. Dans leur canot, les rameurs les auraient bientôt vus et rejoints. Sébastien était blessé. Aurait-il encore longtemps la force de nager ?

Comme pour répondre à cette question, il l'invita en la poussant à revenir à la surface. Les poumons brûlants, elle reprit goulûment de l'air.

— Par là, lui dit-il à l'oreille.

En se maintenant à la surface, elle se tourna dans la direction qu'indiquaient la tête de Sébastien et son regard. La lueur de la lune révélait une île basse, un amas de rochers sombres couverts de varech, qui sans doute se trouvait recouverte à marée haute. De ces émergences, elle en avait aperçu plusieurs en attendant Sébastien, qui était survenu si vite !

Elle prit le temps d'observer le visage tout proche du sien et le vit tel qu'il était lors de leur première rencontre, ruisselant d'eau, ses cheveux noirs collés au front. Son regard était aussi impassible et résolu en cet instant d'extrême tension qu'il l'avait été une année plus tôt.

Galvanisée par ce souvenir, Pilar sut qu'elle aurait la force d'atteindre cet îlot. D'un coup d'œil rapide, elle aperçut au loin, basse sur l'eau, la jetée. Ils avaient donc déjà parcouru cette considérable distance ! Malgré le mouvement des vagues, elle vit aussi une barque dont la proue se soulevait et s'abaissait jusqu'à disparaître. Deux hommes ramaient. Le troisième, reconnaissable entre tous, se tenait à la poupe, impérieux et solitaire. Bien qu'elle sût que ce fût impossible en raison de la distance, Pilar eut l'impression que Julian Delgado la regardait droit dans les yeux.

Julian. Les rameurs avaient dû attendre qu'il descende de son poste d'observation et de tir pour l'embarquer. Comment avait-elle pu lui faire encore une fois confiance, à cet homme qu'elle savait inhumain ?

Sébastien la précédait, se retournait pour vérifier sa progression. Il fallait qu'elle parvienne à cet îlot, qu'elle mette à profit les leçons données par son père. Puisque Delgado l'avait assassiné, c'était à présent Sébastien qui devait lui tenir lieu de guide.

Plus vaste qu'elle n'était apparue à Sébastien avant qu'il n'y pose le pied, l'île basse était constituée de sable, de rochers et de débris divers, souvenirs probables d'anciens naufrages. Aussi discrètement que possible, Pilar et Sébastien s'étaient hâtés de traverser une plage étroite pour se mettre à l'abri des regards derrière l'un des amas pierreux qui semblaient épars sur le haut-fond. De cette cachette, ils observaient l'inexorable déplacement du canot, qui venait droit vers eux.

Delgado les avait-il aperçus ? Voulait-il à tout hasard examiner les lieux ? Sébastien l'ignorait. Mais de toute évidence le canot allait aborder. De toute évidence aussi, les trois hommes qui s'y trouvaient jouissaient sur ceux qu'ils poursuivaient d'un énorme avantage.

Sébastien toucha le bras de Pilar, qui semblait hypnotisée par le spectacle de l'embarcation en mouvement. Comme à regret, elle s'en détacha pour le regarder.

— Restez ici, murmura-t-il. Quoi qu'il arrive, ne faites aucun mouvement. Attendez que je revienne vous chercher.

Il allait se lever, lorsque la main de Pilar se ferma sur son poignet. Il interrompit son geste sans l'avoir voulu, sous l'effet d'un épuisement momentané.

Le coup de feu n'avait atteint aucun organe vital et brisé aucun os, car Sébastien n'aurait pu fournir un effort aussi violent et aussi continu. La balle s'était sans doute logée entre la peau et les côtes, sous l'épaule gauche, à moins que la blessure ne fût en séton. Mais, même dans ce cas, sans doute avait-il déjà perdu trop de sang.

Dans l'impossibilité de remédier à ce handicap, il ne lui restait qu'à le mépriser, et à agir aussi vite que possible.

— Je vous demande pardon, dit Pilar.

— Pourquoi ?

— Il m'a juré de vous laisser partir sain et sauf, si je parvenais à vous dissuader de m'approcher. Ce que je vous ai dit, je ne le pensais pas.

— Aussi n'en ai-je rien cru.

— Vraiment ?

— C'est là sa méthode habituelle. Il fait peser sur autrui une menace, afin de vous soumettre à sa volonté.

— Et j'ai commis la folie de lui obéir. Je connaissais pourtant sa haine.

— On ne peut que céder à un tel chantage. Il n'a pas d'alternative. De toute façon, je savais que vous mentiez. Surtout lorsque je vous ai entendu dire que vous ne m'aimiez pas.

— Je reconnais bien là l'outrecuidance particulière aux officiers d'état-major, dit-elle en souriant.

Qu'elle eût le courage de plaisanter en de telles circonstances, voilà qui démontrait avec éclat sa force de caractère. Elle avait obéi aux injonctions de Delgado. Mais comment aurait-elle pu lui résister ? Le misérable aurait pu sans doute parvenir à ses fins et commettre un nouvel assassinat sans se livrer à cette mise en scène. Puisqu'il trouvait plaisir à l'exposition de ses méfaits, il méritait que ce spectacle même le conduise à sa perte.

Sébastien se pencha tendrement et posa sur les lèvres de Pilar un baiser.

— Il ne vous fera plus de mal, promit-il.

Avec trois hommes armés et valides contre un blessé démuni d'arme, la promesse était risquée. Elle s'imposait pourtant.

Pilar lui lâcha le poignet et se lova contre lui, les lèvres offertes. Comment refuser une pareille invitation ?

Ce baiser, ils n'auraient pas dû le prolonger, s'y attarder, comme ils le firent. Mais chacun d'entre eux savait qu'il pouvait être le dernier. Leurs lèvres s'unirent, se caressèrent avec amour, refusant d'y mettre fin.

Sébastien parvint enfin à faire le geste qui s'imposait. Il se redressa, et, au lieu de laisser son cœur exprimer sa tendresse, il se contenta de répéter son ordre : « Attendez que je vienne vous chercher ! »

Sur ces mots, il disparut dans la nuit.

Sébastien observait l'accostage de l'embarcation. Les deux rameurs, pataugeant dans l'eau et la vase, poussaient sur la berge la barque où Delgado restait assis avec toute la morgue convenable à un ambassadeur, ou plutôt à un mégalomane criminel. Sébastien étendit ses doigts et les referma un à un sur la grosse branche qu'il venait de choisir parmi toutes celles qui jonchaient le sol. Seul contre trois, il ne possédait que cette arme dérisoire et sa détermination qu'il estimait invincible, à condition que la chance ne l'abandonne pas.

En fait d'avantage, il ne bénéficierait que de celui de la surprise, lors du premier engagement. Parviendrait-il alors à s'emparer d'une épée ou d'un pistolet chargé ? Dans ce cas, le cours des choses pourrait changer. Car Delgado, sachant son adversaire blessé et désarmé, ne s'attendait sans doute pas à subir un assaut.

Sébastien éprouvait encore un léger vertige, mais la perspective du combat imminent galvanisait son énergie. C'est avec impatience qu'il attendait le moment de frapper son premier coup.

Le trio venait vers lui. Tapi derrière un rocher, il vit s'approcher Delgado, reconnaissable à sa haute taille, suivi de ses acolytes qui marchaient dans les pas de leur maître, en file indienne. Lorsqu'ils passèrent près de lui, Sébastien aurait pu toucher de la main leurs bottes. Delgado tenait un pistolet, son suivant immédiat une épée.

Au passage du troisième, Sébastien se dressa de toute sa hauteur, brandissant le gourdin qu'il abattit avec violence. D'un coup, l'effet de surprise assura son succès, en même temps qu'il perdait tout intérêt. L'homme s'écroula sur le sol sans un cri, mais le choc avait violemment retenti. On entendit aussi le pistolet tomber et glisser sur les pierres, sans que malheureusement Sébastien puisse s'en emparer.

Il n'eut pas le loisir de déplorer cette déception. L'autre rameur faisait volte-face et se précipitait l'épée brandie. Sébastien modifia sa prise et balaya latéralement l'espace qui les séparait, contraignant son adversaire à faire retraite, désorienté qu'il était sans doute par l'irrégularité d'un tel engagement. Sébastien l'entendit même pousser une exclamation de douleur et de rage, mais il ne lâcha pas pour autant son arme.

Pendant que Sébastien menait ce duel, d'une façon presque mécanique, il demeurait attentif aux agissements de Delgado, dont il devinait les mouvements à mesure qu'il les exécutait. Il s'était arrêté. Il vérifiait son pistolet, il l'armait. Embarrassé par la présence de l'homme à l'épée, il ne pouvait le contourner, en raison de l'étroitesse du passage.

Car le seul assistant qui lui restait se prenait au jeu, et s'impatientait de combattre un branchage long et tordu plutôt qu'une arme véritable. Sébastien lui aurait volontiers assené un large coup transversal, mais la nécessité de se préserver à tout instant d'une botte mortelle le contraignait à s'escrimer en permanence, sans se découvrir un seul instant.

Attentif à la fois à l'épée qui le menaçait de près et au pistolet qui pourrait l'atteindre à distance, Sébastien comprit que Delgado se trouvait désormais à pied d'œuvre. Il visait avec soin, mais son complice s'interposait entre sa cible et son arme.

Sébastien s'était souvent affronté à la mort. Jamais il ne l'avait vue de si près. Que son adversaire le plus proche s'écroule ou s'écarte, et Delgado pourrait tirer, en restant hors d'atteinte.

Un instant distrait par cette pensée, il releva sa garde, et la pointe de l'épée atteignit son sternum, sans le traverser. Il en ressentit le choc, atténué par une rotation instinctive du corps, sans éprouver de véritable douleur. La rage du combat aussi bien que l'extrême fatigue l'anesthésiaient. Mais il avait déjà perdu trop de sang.

Conscient de s'être laissé distraire par Delgado, il passa sur son plus proche ennemi sa colère en cessant de battre l'air pour se fendre à son tour, le bâton dardé comme une lance. Pris par surprise, l'homme à l'épée tituba, et reçut aussitôt au plexus un second coup, identique au premier. Le corps de Sébastien, comme s'il revivait les innombrables combats de sa carrière, semblait agir de son propre mouvement. Le bâton à la forme irrégulière s'abattit latéralement sur l'oreille de l'homme, sans qu'il l'ait véritablement voulu.

L'épée tomba, celui qui la maniait s'abattit sur elle. Victorieux mais dorénavant exposé, Sébastien se sentit fasciné par le trou rond et noir que faisait l'âme du pistolet braqué sur lui, à quelques mètres. Il lui fallut faire un effort pour élever son regard jusqu'au visage de son bourreau.

— Eh bien, nous nous retrouvons, capitaine Sinclair...

Delgado triomphait. Epuisé, en proie au vertige de l'impuissance, Sébastien faillit s'abandonner à l'hilarité, tant sa situation que la posture mélodramatique de l'Espagnol lui semblaient dérisoires.

Mais Delgado changeait de visage, son masque railleur se durcissait, se faisait bestial et cruel, Sébastien voyait son doigt se crisper.

Delgado ne pouvait vaincre, il ne le devait pas. Sébastien, s'il devait cependant succomber, n'attendrait pas passivement la mort, comme un chien qu'on abat. Les Sinclair ne mouraient pas ainsi.

Sébastien bondit en rugissant de toutes ses forces en direction de Delgado. Au second pas qu'il fit, la détonation retentit, sans qu'il ressente l'impact du coup. Le regard soudain vide, Delgado vacilla, esquissa un geste du bras. Détourné de sa cible, son pistolet se déchargea en l'air.

Au moment où Sébastien l'atteignait, il lui vit le regard vitreux de ceux qui meurent, un regard semblable à celui d'Harry dans ses derniers instants. Sébastien avança les mains pour soutenir le corps, qui lui échappa et s'écroula sur place. Saisi d'un tremblement incoercible, Sébastien tourna la tête.

A une vingtaine de pas, sous la clarté de la lune, Pilar se tenait immobile, tenant à deux mains un pistolet qui se trouvait encore pointé là où se tenait un instant plus tôt l'assassin de son père.

Titubant comme un homme ivre, bouleversé de se savoir vivant, Sébastien se trouvait réduit à l'impuissance. Il regarda Pilar, sans autrement réagir. Il la vit lâcher l'arme, et courir soudain dans sa direction.

Il faillit tomber lorsqu'elle se jeta entre ses bras. Aussitôt consciente de son extrême faiblesse, ce fut elle qui l'étreignit avec force et le maintint debout. Il s'abandonna, le front contre sa chevelure noire.

— Vous allez prendre les rames ? balbutia-t-il.

— Ne comptez pas sur moi pour tout faire, protesta-t-elle avec un surprenant humour.

— Il serait temps…

Sébastien comprit que le souffle lui manquait. Il ne pouvait poursuivre, ni se tenir debout. Les jambes soudain molles, il tomba, entraînant Pilar dans sa chute, qu'elle ne put que ralentir. A genoux dans le sable, le front sur l'épaule de Pilar, qui lui caressait la nuque, il se trouvait dépouillé de toute superbe.

— Mon beau, mon pauvre Sébastien, lui murmura-t-elle en guise de consolation.

— Beau… on a vu mieux, protesta-t-il en fermant les yeux pour tenter d'échapper au vertige.

— Le plus beau, renchérit-elle en lui baisant les cheveux. A propos, ma réponse est oui.

Il se fit un assez long silence.

— Excusez-moi, dit-il enfin. J'ai oublié la question.

— Vous me l'avez posée il y a quelques heures. Je connaissais déjà la réponse, mais vous avez voulu me donner le temps de la réflexion.

— Cette question-là ? Et vous répondez oui ?

— Je ne veux pas d'un mariage de convenance ou d'intérêt, ni d'un mariage forcé, mais le nôtre me convient, qu'il soit béni par telle Eglise ou pas, approuvé ou pas par votre frère.

— Un mariage consommé, ou non consommé ?

Sébastien se sentit soudain ragaillardi, pour avoir eu la force d'émettre ces quelques mots. Mais à la réflexion, se sentait-il aussi fort que cela ?

— En ce qui concerne la consommation du mariage, je ne vous laisserai pas le choix, mon cher !

— L'autorité de Julian ne reposait que sur la terreur qu'il inspirait, dit Pilar. Ses gens, qui jadis appartenaient à mon père, m'ont d'autant plus volontiers aidée qu'ils me connaissaient bien, et qu'en Angleterre ils se trouvaient perdus. Sébastien a repris connaissance au moment où nous parvenions au port, c'est lui qui a choisi cette auberge, dont il connaissait je pense le tenancier.

Le comte de Darewood jeta sur la grande salle de l'établissement un regard satisfait, qui aurait pu être celui d'un propriétaire. Ne venait-il pas de l'investir entièrement, pour son usage et celui de sa suite ?

— Ces Espagnols, je les ferai rapatrier en temps utile, déclara-t-il avec désinvolture, lorsque la disparition de cet ambassadeur à la courte carrière aura cessé de préoccuper les esprits à Paris. Cela ne saurait tarder. Tout cela me semble excellent.

De la façon la plus surprenante, Alexandre de Darewood prenait à la légère les événements qui d'ordinaire heurtaient la sensibilité des âmes délicates. Pilar avait craint de lui inspirer de l'horreur en lui avouant le meurtre commis par elle. Il l'en avait félicitée comme d'une action assez banale en vérité, et s'était réjoui que le corps emporté par la marée haute et le courant n'ait pas reparu.

Dès leur retour au port, pendant la nuit, l'aubergiste avait manifesté une bonne volonté extrême. Sébastien avait été déshabillé et installé dans la meilleure chambre, et confié aux soins d'un médicastre de bonne volonté, vieil habitué de l'auberge et expert en soins à dispenser à des blessés aussi soucieux de discrétion que de guérison. Pour preuve de sa compétence, l'ancien médecin de marine s'était empressé d'extraire la balle qui s'était logée dans le muscle, entre la peau et les côtes, au-dessus du flanc.

Envoyé en mission d'urgence à Dare Hall, l'un des garçons de cuisine était rentré de Grosvenor Square en compagnie de Malford, de deux laquais et d'une femme de chambre, chargés de linge et des accessoires d'un confort élémentaire. Pilar avait pu ainsi porter des vêtements secs, et s'éloigner du feu allumé tout exprès pour elle.

Le comte, pour sa part, n'était arrivé à Gravesend que dans la matinée, après avoir poursuivi ses propres recherches dans des ports voisins. S'étant rendu maître des lieux, il avait généreusement exprimé sa satisfaction au médecin local avant de le remplacer par son médecin personnel, venu de Londres avec lui. Le Dr Mac Kinley prodiguait ses soins au blessé, pendant que le comte et Pilar devisaient dans la grande salle, provisoirement transformée en salon.

— Puisque la menace que faisait peser sur vous ce personnage a disparu avec lui, vous voici libre, doña Pilar. Puis-je savoir quels sont vos projets ?

Pilar se trouvait libre, en effet, comme elle ne l'avait jamais été. Elle pouvait désormais rentrer en Espagne et, pourquoi pas, recouvrer ses domaines et les titres de son père. Une telle réhabilitation sociale ne pourrait que rassurer les aînés des Sinclair, à supposer qu'ils nourrissent quelque préjugé à l'égard de celle qui s'était présentée à eux en rustique appareil. N'appartenait-elle pas au demeurant à une famille aussi ancienne que la leur ?

Mais à quoi bon chercher à se parer d'avantages inutiles ? L'amour de son époux ne lui était-il pas une caution suffisante ?

— J'ai l'intention de vivre en Angleterre, avec mon mari, dit-elle tout simplement.

Elle fixait le comte dans les yeux, non pour le défier, mais pour surprendre dans son regard l'indice d'une contrariété. Elle n'en aperçut aucune.

— Si je désire donner à ma descendance une préceptrice selon mes vœux, me voici donc contraint à poursuivre mes recherches, dit-il avec humour.

— Votre offre était de celles que l'on ne refuse pas, monsieur le comte, mais vous me voyez au regret de la décliner. Mon mari a l'intention de peupler bientôt la chambre d'enfants qu'il va mettre à ma disposition. Le voici en âge de fonder un foyer, voyez-vous.

Le comte rit encore, parce qu'elle citait ses propres paroles, celles qu'il avait prononcées afin de provoquer son inquiétude.

— Quel dommage ! Je parle pour moi, bien sûr. En ce qui concerne Sébastien, il est en âge, en effet. Je rêvais cependant de donner au futur comte de Darewood une gouvernante qui sache manier les armes et faire mouche au clair de lune avec un pistolet qu'elle manipule pour la première fois. Le cas est rare !

Fière du compliment, Pilar baissa modestement les yeux.

— Je ne pense pas qu'il se trouve beaucoup de femmes capables d'un tel exploit, poursuivit le comte, et parmi elles bien peu accepteraient d'exercer la fonction de gouvernante.

Pilar rit avec lui et fut surprise de le voir aussi détendu, alors qu'elle l'avait craint rigide et guindé.

— Beaucoup de femmes manifesteraient de l'intérêt pour les armes, suggéra-t-elle, si on ne les avait dissuadées d'en faire montre lors de la recherche d'un emploi.

— Il en est en effet de redoutables, reconnut Alexandre de Darewood. Je vous raconterai un jour comment l'une d'elles, une Française, a failli l'an passé faire accéder mon frère Ian au titre de comte.

— Elle a failli vous tuer ?

— Pendant la guerre, on m'a vu quelquefois ailleurs qu'à Brighton ou à Carlton House, chez le régent. Mais voici qu'arrive précisément le médecin du prince…

Le Dr Mac Kinley, qui descendait l'escalier sombre de l'étage, l'avait entendu.

— Prinny me donne moins de soucis que les Sinclair, monsieur le comte !

— Comment va Sébastien ? demandèrent d'une même voix Pilar et Darewood.

— A merveille, dit Mac Kinley. Les exercices militaires fortifient l'âme et endurcissent le corps, cela va sans dire. Une constitution de cheval. Beaucoup de cicatrices intéressantes, naturellement. Cela aussi, c'est de famille. Pardonnez-moi, mademoiselle, je plaisante. Le capitaine réclame la présence d'une certaine Pilar. Si vous portez ce nom, ne le faites pas attendre. Je lui ai administré un somnifère. Le sommeil, voilà la panacée ! Dépêchez-vous. A moins que…

Saisi d'un soudain scrupule, il consultait le comte du regard.

— Il se trouve, dit ce dernier avec la morgue qu'il affectait volontiers en certaines occasions, que doña Maria del Pilar Mendoza y Aranjuez, fille du comte Condé del Castillo, est l'épouse de mon frère. Elle peut donc sans offenser la morale accéder à sa chambre.

Pilar se trouvait déjà dans l'escalier, comme éblouie de bonheur. Elle allait voir Sébastien, et les Sinclair par la voix de leur chef consacraient son mariage. En gravissant les marches, elle entendit le médecin qui plaisantait de plus belle.

— Voilà donc le benjamin assagi à son tour ! N'auriez-vous pas d'autre frère, monsieur le comte ? Je m'installerais volontiers chez vous, pour y pratiquer toutes les scarifications, extractions et opérations diverses dont votre famille fait une consommation si assidue !

— Avec Sébastien, docteur Mac Kinley, la série s'achève. La présence d'un esculape résident ne s'impose donc pas chez nous. Mais j'y songe, au train où vont les choses, les naissances vont se multiplier parmi nous. Vous plairait-il de résider à Dare Hall, ou à Sinclair House ?

— J'y réfléchirai, monsieur le comte. Je reste à votre disposition, appelez-moi quand vous voulez. Mais quoi qu'il arrive, je suis curieux de suivre l'évolution de la génération nouvelle. Sera-t-elle aussi… disons, aventureuse que l'actuelle ?

— N'en doutez aucunement, docteur.

— De quoi ? De votre appel, ou de leur esprit d'aventure ?

— De l'un et de l'autre, il me semble. A la réflexion, j'en suis certain.

*
* *

— Vous êtes éveillé ? murmura Pilar en ouvrant doucement la porte.

Sébastien s'efforçait en effet de résister au sommeil. Il avait tant à penser ! Et comme il était doux de ressentir consciemment les effets euphorisants du laudanum ! Les douleurs consécutives à l'extraction de la balle, au coup d'épée ainsi qu'à de nombreuses ecchymoses s'engourdissaient, alors que son esprit demeurait actif.

— Je ne dors pas encore, précisa-t-il. Vous restez avec moi ?

Sébastien sentit qu'il y avait dans son intonation quelque chose de plaintif, qui ressemblait à une prière. Pilar allait-elle soupçonner la drogue d'altérer sa volonté, son caractère ? En vérité, il voulait la savoir près de lui, ne pas la quitter des yeux. Dans le passé, sa négligence avait failli causer des catastrophes. Désormais, il fallait qu'il se montre attentif.

— Bien sûr, dit Pilar en venant jusqu'au lit pour prendre la main qu'il lui tendait.

— Est-ce qu'Alexandre est toujours en bas ?

— Il a investi l'auberge, et s'y conduit en maître.

— C'est un dominateur. Jamais il n'agit autrement.

Il souleva ses paupières lourdes, vit le visage de Pilar, et se convainquit aussitôt que parler de son frère n'offrait à la réflexion aucun intérêt. On voyait que Pilar n'avait de longtemps dormi. Des cernes marquaient ses yeux, sa peau semblait transparente.

Il fallait qu'il la prenne entre ses bras et qu'il la berce, pendant qu'elle dormirait. De cette intimité, il avait l'expérience. Ne s'était-il pas complu à la bercer ainsi à Madrid, la nuit de l'enlèvement ? Cette nuit-là, son cœur jusqu'alors insensible s'était éveillé à l'amour.

— Il m'a permis de monter vous voir, dit-elle.

Encore sous le charme du souvenir de la nuit madrilène, Sébastien ne comprit pas d'emblée de qui elle parlait. Quand il y parvint, ce fut pour s'insurger.

— Alexandre vous donne des permissions ? De quel droit ?

— Il a dit au médecin qu'une femme est en droit d'entrer dans la chambre de son mari. Il accepte donc notre mariage.

— Il a intérêt à l'accepter, ce tyran !

Il éprouva une bienheureuse lassitude. A quoi bon s'inquiéter de l'opinion de sa famille ? N'était-il pas adulte et responsable ? De cette aventure, il n'avait rien à regretter.

Sans doute était-il resté fidèle à sa réputation d'extravagance et d'impulsivité. Mais ces excès ne lui avaient-ils pas permis de rencontrer l'épouse idéale, celle que de toute éternité sans doute sa bonne étoile lui destinait ?

— Venez au lit avec moi, dit-il en la tirant par la main.

La résistance timide et étonnée que lui opposa Pilar inspira à son esprit la nécessité d'une explication.

— Vous êtes bien fatiguée. Il vous faut du repos.

— Ce serait donc pour dormir, seulement ?

— Pour le moment, oui.

— Et plus tard ?

— Nous sommes mari et femme, avec la bénédiction d'Alexandre. Je compte bien jouir de toutes mes prérogatives et accomplir tous mes devoirs. Pour l'instant, j'aimerais tout simplement vous serrer contre mon cœur, pendant que vous dormiriez.

Les larmes aux yeux, Pilar parvint à contrôler son émotion.

— Contre votre cœur. Quelle coïncidence ! C'est précisément là que j'ai toujours rêvé de me blottir, *mi corazon*.

Épilogue

— Pour la seconde fois en deux jours, je salue le retour parmi nous du frère prodigue, dit Alexandre de Darewood, Je salue avec lui celle qui nous l'a rendu, et qui lui a si courageusement sauvé la vie…

— Nous lui devons tout ! s'exclama Ian. Sans elle…

Dans le brouhaha général et les rires, Pilar parvint à se faire entendre.

— C'est à moi de vous remercier, dit-elle, car je vous suis redevable du bonheur que vous m'apportez tous. Vos bontés m'ont comblée. Sans doute ne pouvez-vous savoir quel réconfort peut ressentir une orpheline, lorsqu'elle se trouve admise dans une famille aussi chaleureuse…

— Les Sinclair, aventuriers du monde, s'exclama Anne. Rassurez-vous, Pilar, nous sommes tous sensibles à vos émotions, pour les avoir éprouvées avant vous. C'est précisément dans un orphelinat que j'ai été élevée jusqu'à ce que je rencontre Ian.

— Cette orpheline, dit son mari, le destin l'a positivement déposée sur le seuil de mon logis.

— Pas exactement, puisqu'il est venu me chercher à travers une tempête de neige pour me ramener dans son antre…

— Je pensais n'accomplir que mon devoir, se défendit Ian.

— Il avait cru inviter chez lui une fillette de quatre ans, poursuivit Anne. Mais les circonstances de notre rencontre n'importent guère. Il me semble avant tout nécessaire de vous tenir informée d'une réalité qui, je crois, vous échappe. Chez les Sinclair, les préliminaires du mariage n'ont jamais rien eu de conventionnel. Les coups de feu ou d'épée et les morts violentes ne sont pas votre apanage, à Sébastien et à vous. Vous semblez croire…

— Je ne pense pas, objecta le comte en l'interrompant, que Pilar s'intéresse outre mesure aux cheminements tortueux de nos parcours sentimentaux.

— Ils doivent la passionner au contraire ! dit en riant Anne Sinclair. Il est important qu'elle sache que nos mariages sont pour le moins aussi originaux que le sien.

— Vous avez fait hier une réflexion dans ce sens, dit Sébastien, mais la question n'a pas été approfondie. Quelques précisions m'intéresseraient d'autant plus volontiers que l'on m'a traditionnellement considéré comme la brebis galeuse de la famille.

— Tu l'es et tu le resteras ! s'exclama impitoyablement son frère aîné.

— Permettez-moi de vous contredire, mon cher, dit calmement la comtesse. Les brebis galeuses de la famille, jusqu'à ce jou, j'entends bien, ce sont les femmes et elles seules.

— Les brebis galeuses ? répéta Pilar, qui craignait de mal saisir le sens de l'expression.

— Aux yeux du monde, en tout cas, nous n'étions guère recommandables, expliqua Elisabeth. On nous rejetait.

— Et pourtant…, murmura Sébastien.

Il jetait à la ronde un regard d'incompréhension. Alexandre et Ian ne souriaient qu'à demi. Anne approuvait vivement la comtesse, dont l'expression et le maintien semblaient plus dignes que jamais.

— Je présidais une table de pharaon dans une maison de jeu tenue par un Français lorsque Alexandre m'a rencontrée, dit-elle. Il m'a gagnée aux cartes, et plus tard il a tué le Français, cela va de soi.

— En ce qui me concerne, dit Anne, j'étais sans le savoir la fille d'un colonel dont la lâcheté a provoqué la mort d'un certain nombre de combattants, et de graves blessures à d'autres, dont Ian, précisément. Malgré le discrédit jeté sur moi, malgré le coup de feu tiré sur lui par l'un de mes prétendants, que j'ai plus tard tué accidentellement... Pour abréger, disons que j'ai épousé mon tuteur sans que les bans aient été publiés, et de surcroît en Ecosse.

— Vous voulez dire que Ian... que Ian vous a enlevée ? balbutia Sébastien, qui allait de surprise en surprise. Le commandant Sinclair, parangon des vertus militaires et civiques, serait l'auteur d'un enlèvement ?

— L'Ecosse est pour nous autres Britanniques une nouvelle Cythère, le pays de l'amour, dit benoîtement Ian, dans l'intention probable d'ajouter quelque chose à l'ébahissement de son jeune frère.

— A ce propos, dit Sébastien lorsqu'il eut un peu recouvré ses esprits, j'ai oublié de vous faire part à tous deux des félicitations de Wellington. Il m'a chargé de ce message en me conseillant de suivre en tout point l'exemple de mes aînés. Faut-il qu'il vous connaisse mal !

— Et que tu lui obéisses bien !

— Vous voyez donc, reprit Anne Sinclair, que nul ne peut ici vous jeter la pierre. Sans doute votre mariage s'est-il déroulé dans des circonstances particulières. Les nôtres ont été précédés d'épisodes assez pittoresques dans leur genre, et bien plus choquants aux yeux du monde, puisqu'à Londres personne n'a été témoin de vos aventures espagnoles, et que votre enlèvement et sa conclusion vont demeurer secrets. Ne vous laissez pas impressionner par notre tranquille assurance. Nous avons eu nous aussi l'expérience des épreuves et de la violence.

Aussi bien que Sébastien, Pilar demeurait abasourdie. Elle s'était cruellement méprise en soupçonnant Alexandre et Ian de raideur et de formalisme. Les épouses des Sinclair ne manquaient ni de caractère, ni d'originalité.

— Pour ce qui me concerne, dit-elle, j'ai surtout bénéficié des initiatives de Sébastien, qui a eu le courage de m'enlever au tyran qui se prétendait mon tuteur après avoir assassiné mon père.

— Pilar a commencé par me vaincre avec ma propre épée, ajouta Sébastien, mais par la suite il nous est arrivé de combattre ensemble...

— Nous nous sommes mariés avant de nous parler d'amour, reprit Pilar. Il a fallu le doux climat de Londres associé au charme de votre jardin pour attendrir nos cœurs. Anne m'ayant appris que les mariages conclus par les Sinclair revêtaient un caractère magique, il ne me reste plus qu'à m'en convaincre par l'expérience.

Au milieu des rires et des sourires, Sébastien feignit la surprise et l'irritation.

— Me lanceriez-vous un défi, ma chère ?

— Et quand cela serait ?

— Eh bien, ce défi, je le relève ! déclara-t-il avec emphase. Il est temps en effet que la magie du mariage s'exerce sur vous. Nous allons demander la permission de quitter la table les premiers, selon notre habitude...

— Faites donc, dit le comte. Lorsqu'on se trouve comme toi perclus de blessures, une longue nuit de repos s'impose.

— Je me sens moi-même assez lasse, dit la comtesse en esquissant un discret bâillement. Ne pensez-vous pas qu'il serait temps de faire retraite ?

— En votre compagnie, la retraite a tous les attraits d'une victoire ! dit galamment le comte. Anne, Ian, si vous voulez bien nous excuser...

En quelques instants, la salle à manger se trouva presque désertée. De chaque côté de la table, Ian et sa femme se tenaient face à face, un peu embarrassés.

— Trouvez-vous vraiment des vertus, comment disait-elle... magiques, à notre mariage ? demanda Ian après un moment de silence.

Il s'exprimait avec humour, sur un ton proche de l'amusement. Mais lorsque Anne lui répondit, ce fut avec une sorte de ferveur méditative.

— Je crois que l'amour est magique. Lorsqu'un homme et une femme font vœu de s'aimer jusqu'à ce que la mort les sépare...

Elle se tut, la voix brisée par l'émotion. Ian se leva et fit le tour de la table pour lui tendre la main. Elle lui abandonna la sienne, en souriant.

— Vous qui êtes la plus aimée des femmes, cette nuit semble propice à la magie de l'amour, si l'on en croit mes frères. Ne sont-ils pas dans le vrai ?

— La plus aimée des femmes ? N'y a-t-il pas dans ces mots toute la magie du monde ? Sans doute devraient-ils me suffire. Mais vos frères, à mon avis, n'ont pas tort.

— Eh bien, imitons leur exemple, voulez-vous ? Il est si rare qu'une telle harmonie règne entre les trois Sinclair !

— Enfin, murmura Sébastien en baisant la gorge de Pilar.

A l'auberge du port de Gravesend, Pilar n'avait pu apprécier que les avantages secondaires de la vie conjugale. Admise à se trouver seule avec son époux dans une chambre, elle avait dormi quelques heures avec lui sans que le comte de Darewood y voie le moindre inconvénient. Les circonstances revêtaient cependant un caractère exceptionnel, et l'occasion de fréquenter ce lieu pittoresque était parfaitement fortuite.

A Dare Hall, le fait de partager un appartement avec l'approbation de la famille et même des domestiques allait, ils en étaient bien conscients, consacrer leur démarche et lui conférer un caractère en quelque sorte officiel. Leur mariage, discutable dans l'esprit de juristes vétilleux, allait acquérir une indiscutable authenticité pour avoir été consommé dans la résidence de l'illustre famille.

— Les mariages de vos frères ont été précédés d'épisodes bien étranges, dit pensivement Pilar. Vous n'en aviez vraiment aucune connaissance ?

— Les cérémonies m'ont été annoncées par lettre, dans le cadre de la correspondance militaire. Toute explication de plus de trois mots s'en trouve exclue.

— Et pourtant…

— Faut-il que nous soyons obnubilés par les faits et gestes de mes frères ?

Il lui baisa la gorge, jusqu'à échancrer plus profondément encore son décolleté. Elle frémit de sentir sur sa peau humide la fraîcheur du souffle de son mari.

— Les nôtres ont bien requis leur attention et leur assistance, observa-t-elle.

— Redoutez-vous les excès de leur sollicitude ?

— Ce soir, je ne redoute que l'aube, *mi corazon*. Je voudrais tant que cette nuit ne s'achève jamais !

— Pourquoi souriez-vous ? demanda Sébastien en arrangeant du doigt, sur le front de Pilar, une mèche tout humide de la fièvre de l'amour.

Lovée contre le corps de Sébastien, Pilar, éblouie par des félicités dont elle n'avait jamais soupçonné l'existence, jouissait du bonheur exaltant de celles que l'amour vient de combler. A cette remarque, son sourire s'accentua.

— Je n'ignorais rien des chevaux, dit-elle.

— Des chevaux ?

— Mon père avait la passion de l'élevage. Ses haras étaient célèbres en Espagne parce qu'il y élevait une lignée exceptionnelle de chevaux andalous. Devenu veuf, il n'a pas voulu prendre femme une seconde fois. Fille unique, j'étais destinée à assumer sa succession. Il a donc voulu m'initier à la gestion de nos domaines, dans tous leurs aspects. Il tenait absolument à maintenir dans notre famille les traditions, et tout particulièrement celle de l'élevage.

— Et par conséquent…

— Et par conséquent, il a voulu que j'assiste à tout. A la saillie, comme à la mise bas.

— A la saillie ?

Bien que discret, l'étonnement de Sébastien avertit Pilar que, en Angleterre, l'éducation d'une jeune fille bien élevée excluait certains spectacles. Soucieux de lui donner une éducation complète, son père avait pour sa part voulu qu'elle n'ignore rien de ce que l'on appelle hypocritement les mystères de la nature. Jamais Pilar ne s'était offusquée de ces actes naturels. Invitée très jeune à les observer, elle n'en avait conçu nul embarras, comme nul émoi particulier.

Cette expérience des choses de la vie ne l'avait cependant pas préparée au raffinement et aux extases de l'amour. La violence et la frénésie des étalons ne laissaient en rien prévoir les préliminaires et les cheminements attentifs de la séduction.

— Je ne m'attendais pas à tant de douceur, dit-elle en lui passant l'index sur toute la longueur de la lèvre inférieure. J'en ai été surprise.

— Vous m'avez rendu timide, dit-il comme pour se défendre.

Pendant qu'il parlait, elle sentait sous le bout de son doigt le mouvement de sa lèvre. Cette sensation nouvelle, il fallait qu'elle l'ajoute à toutes celles dont elle avait fait la découverte, au cours de cette nuit merveilleuse.

— J'avais cru…

Elle tourna la tête de droite et de gauche, comme pour reconnaître une absurdité.

— Je m'étais attendue à une sorte… à une sorte d'assaut, reprit-elle.

— Vous aurais-je déçue ?

L'humour de son intonation démentait toute inquiétude.

— Vous savez bien que non.

Elle ne lui apprenait rien, cela se voyait à son regard dominateur. C'était bien là l'orgueil des Sinclair, si essentiel à leur caractère. Aussi bien la fierté de Sébastien se trouvait-elle parfaitement fondée, dans ce domaine particulier.

— Les chevaux s'accouplent, dit-il. Les hommes font l'amour. C'est là une tout autre entreprise.

Pilar acquiesça silencieusement. Sébastien lui avait bien fait l'amour, depuis le début de la longue nuit.

— Il arrive, reprit-il, que les hommes aient recours à des procédures plus expéditives, et qu'ils égalent la fougue des étalons. Si cela vous chante…

Elle s'empressa de l'interrompre.

— Pas du tout !

— En êtes-vous bien certaine ?

Il avait redressé le torse afin de la dominer, et de la scruter jusqu'au fond des yeux.

En appui sur le coude gauche, il couvrit de sa main droite le globe d'un sein. La tête penchée, il en enveloppa la pointe de cercles rapides que dessinait sa langue, jusqu'à provoquer une turgescence presque douloureuse à force de jouissance.

Elle avait cru son propre corps si rassasié d'amour et recru de volupté que rien ne pouvait plus éveiller en lui le moindre émoi. Mais, sous cette caresse, une chaleur nouvelle envahit inexorablement son être, ouvert une fois de plus aux sollicitations du désir. Derechef, la fascinait le vertige de la volupté parfaite, qui devait la conduire jusqu'à l'inconscience de l'extase dans laquelle elle s'était à plusieurs reprises engloutie avec ravissement.

La main de Sébastien s'écarta du sein que ses lèvres et sa langue caressaient pour descendre doucement sur la peau délicate du ventre, si sensible à la relative rudesse de la paume. Ce fut un glissement comme nonchalant vers la modeste convexité de l'abdomen, qui un jour, songea-t-elle, serait le réceptacle de leurs enfants. Lorsque Sébastien l'aurait engrossée, c'est ainsi qu'il caresserait ce ventre, avec amour, avec recueillement, avec joie.

Plus tard, ce ventre fécond serait trop volumineux pour qu'une main l'enferme de ses longs doigts, comme à présent. Et plus tard encore ce seraient les lèvres roses de leur bébé qui téterait la pointe de son sein, comme le faisaient à présent celles de Sébastien.

A cette pensée, Pilar sentit son corps non plus s'échauffer de désir, mais s'embraser d'amour. Les doigts de Sébastien, dans leur lent mouvement, allaient atteindre le nid vers lequel ils descendaient. Les flammes de la passion s'allumaient une fois de plus, annonçaient l'explosion imminente de la volupté suprême. Pilar retint son souffle, attentive à la tempête qui se déchaînait en elle, qui l'emportait. Son corps se tordait, non pour échapper à l'emprise des doigts hâlés et forts, mais au contraire pour les absorber, pour envelopper leur assaut et en jouir.

Elle gémit très fort lorsqu'elle éprouva les prémices de l'extase, plus aisément et plus efficacement lui sembla-t-il que dans les occasions précédentes. Son corps, désormais initié à l'art de l'amour, en connaissait sans doute plus savamment les cheminements, et pressentait leur aboutissement.

A moins qu'à chaque reprise, l'amour que lui inspirait Sébastien n'augmente. Tel le vase sacré de la légende, il s'emplissait de plus belle à mesure qu'on y prélevait l'élixir et grandissait plus généreux chaque fois d'avoir été sollicité.

Ne finirait-elle pas par défaillir, par mourir d'un tel excès d'amour, songeait-elle confusément, les reins tendus, le corps arqué, ivre déjà de volupté. Mais tout changeait soudain. Sébastien se dressait au-dessus d'elle, et déjà la prenait avec une fougue comparable à celle des étalons qu'elle avait vus dans sa jeunesse.

Elle broncha sous l'assaut, comblée et suffocante, ravie jusqu'à l'âme par cette ardente possession. La bouche contre la sienne, Sébastien la fouillait de sa langue, au même rythme que de ses reins. Pilar s'arqua contre lui, éperdue, et s'entendit lancer un cri sauvage et inarticulé.

Après l'extase, le mouvement de leurs deux corps se poursuivit puis s'alentit, jusqu'à les laisser pantelants de lassitude.

Un peu plus tard, sans se déprendre d'elle, Sébastien se souleva sur les coudes afin d'examiner son visage. Pilar préféra fermer les yeux pour qu'il ne puisse lire en elle, après qu'elle avait poussé ce cri. N'était-il pas malséant en effet qu'une femme trouvât dans l'acte d'amour un plaisir aussi intense que celui d'un homme ?

— Regardez-moi, ordonna-t-il.

Pilar obéit, non sans peine. Ses paupières étaient si lourdes !

Avec soulagement, elle vit que Sébastien souriait. Il ne semblait en aucune façon offusqué. Son regard n'exprimait que le bonheur, et l'amour. Les scrupules dont elle s'était embarrassée n'avaient donc pas raison d'être.

Il était son mari. L'homme qui seul au monde connaissait son corps, dans tous ses détails. Son corps et son âme, aussi bien.

A la réflexion, elle n'avait pas honte de manifester son plaisir. Un mari et une femme ne le partagent-ils pas ?

Il fonde leur union, tout aussi efficacement que leurs engagements préalables.

— *Mi corazon*, murmura-t-il.

Son cœur. Elle l'était en effet, et par la magie propre aux mariages des Sinclair, le cœur de l'un serait à jamais le cœur de l'autre.

Collection *Les Historiques*

HARLEQUIN

PROCHAINS RENDEZ-VOUS LE

1er avril 2005

LA DAME DE COUR, *de Ruth Langan* **• n°302**
SAGA DES O'NEIL, 2e PARTIE.
L'incroyable destin de trois rebelles irlandais — deux frères et leur sœur cadette — déchirés entre leur volonté de libérer leur terre natale du joug anglais, et leur passion fatale pour des sujets de Sa très Gracieuse Majesté…

Irlande, 1563. Depuis toujours, Conor O' Neil n'a qu'une ambition : bouter les Anglais hors d'Irlande. Mais plutôt que d'affronter directement l'ennemi, il préfère intriguer pour s'immiscer à la Cour d'Angleterre et gagner la confiance de la reine Elizabeth…

LE DÉMON DE MINUIT, *de Julia Justiss* **• n°303**
Angleterre, 1808. Soucieux de marier ses deux filles durant la Saison, le baron Sudley charge leur respectable voisin et ami, lord Branson, de les chaperonner à Londres. Mais, prenant en défaut la vigilance de leur tuteur, Ailys s'entiche d'un peintre dévoyé tandis que Sarah a la fâcheuse idée de jeter son dévolu sur lord Branson lui-même…

L'ENFANT DES MOISSONS, *de Jillian Hart* **• n°304**
Amérique, 1880. Secrètement amoureuse de Nicolas Gray depuis longtemps, Mariah Scott est toute bouleversée quand, devenu veuf, ce dernier lui propose un mariage de convenance. Oh, bien sûr, elle n'est pas dupe : Nicolas ne l'aime toujours pas et ne conclut ce singulier contrat que dans l'intérêt de ses enfants. Mais, avec le temps, peut-être ses sentiments évolueront-ils ?

LA FIANCÉE CAPTIVE, *de Joanne Rock* **• n°305**
France et Angleterre, 1250. Peu avant de prononcer ses vœux définitifs, Mélissande, une novice, est enlevée au sein même de son couvent par un audacieux ravisseur — qui se révèle être un ami d'enfance, Lucian, devenu un séduisant chevalier. Eludant les questions de la jeune fille, il lui révèle seulement vouloir s'acquitter, par ce rapt, d'une mystérieuse dette envers son frère aîné…

SCANDALE ET TRAHISON, *de Jackie Manning* **• n°306**
Angleterre, 1821. Déshonorée à la suite d'un scandale orchestré par la duchesse de Havencrest, Alicia a renoncé à toute vie mondaine afin de se consacrer à sa passion pour les chevaux. Mais le passé se rappelle à elle quand, un beau jour, le propre fils de la duchesse l'adjure de venir soigner son étalon blessé…

L'ENLÈVEMENT,
de Merline Lovelace • n°20

Amérique, 1806

D'ascendance mi-viking, mi-indienne, Louise a hérité de ses ancêtres des yeux très bleus et une chevelure de jais. Un séduisant contraste qui fait d'elle la coqueluche de La Nouvelle-Orléans où les caprices du destin l'ont conduite. Mais le rêve tourne au cauchemar quand, un soir, elle est enlevée par des inconnus. Bâillonnée, ligotée, elle se retrouve seule face à son destin. Qui lui en veut à ce point ? Et surtout, pourquoi ? Autant d'angoissantes questions dont la réponse dépassera de loin ses plus folles hypothèses...

BEST SELLERS

Les Best-Sellers Harlequin, c'est la promesse d'une lecture intense : romans policiers, thrillers médicaux, drames psychologiques, sagas, ce programme est riche d'émotions.

Ne manquez pas, le 1er mars :

L'alliance du mal, de Alex Kava • N° 219

Un meurtrier échappe à la peine de mort avec l'aide de son avocat et, aussitôt libéré, entraîne sa sœur et son neveu — seuls au monde et vulnérables — dans un braquage de banque commandité par un mystérieux inconnu. Mais les choses tournent mal, et l'alliance du trio est fortement compromise… *Un thriller captivant, mené de main de maître par l'auteur de* Sang Froid...

L'empreinte du passé, de Ginna Gray • N° 220

Une immense demeure ancienne à restaurer sur une île privée… Dans ses plus beaux rêves, Olivia Jones n'aurait jamais rêvé de décrocher contrat plus juteux. Mais arrivée sur les lieux, elle tombe nez à nez avec son ex-mari, Joe Connally, qui n'est autre que l'architecte responsable du projet. Une délicate collaboration s'annonce, que la passion et les souvenirs douloureux transforment en véritable défi…

Mortelle filature, de Taylor Smith • N° 221

Soupçonné d'avoir trahi la CIA, Drummond MacNeil est placé sous surveillance… et disparaît. Pour les services secrets, la preuve est faite de sa culpabilité. Et pour sa femme, Carrie, le cauchemar commence : interrogatoires sans fin, fouille systématique de sa maison, intrusion incessante d'agents... Avec, en toile de fond, une question obsédante : et si son mari n'était pas le vrai coupable ? Alors… qui ?

Le sang du crépuscule, de Maggie Shayne • N°222

Son esprit est hanté par une femme — une belle gitane du nom de Sarafina. Mais il ignore si elle existe vraiment… Jusqu'au jour où, chargé d'une mission secrète, il croise son chemin. Pour la conquérir et, surtout, ne pas la perdre, il devra franchir des obstacles devant lesquels tout autre homme renoncerait… « Nul n'explore mieux que Maggie Shayne les frontières obscures entre réalité et fantastique… »

Fatale destination, de Laurie Breton • N° 223

Profiler au FBI, Carolyn Monahan a choisi ce métier depuis le meurtre sauvage — et jamais élucidé — dont sa sœur avait été victime dix ans plus tôt. Et soudain, alors qu'elle enquête sur un serial killer qui terrorise la ville de Boston, elle reçoit des photos de sa sœur, prises après sa mort. Le criminel de Boston et le monstre qui a tué sa sœur ne sont-ils qu'un seul et même individu ? La rage au cœur, Carolyn se lance dans une impitoyable chasse à l'homme…

L'héritage meurtrier, de Jasmine Cresswell • N° 132
(réédition)

A la mort de son père, Isabella Joubert espère échapper enfin aux menaces que ses trafics illicites faisaient peser sur sa famille. Mais à peine a-t-elle hérité d'un mystérieux CD-rom, qu'elle voit sa maison mise à sac, sa voisine assassinée, et Sandro Marchese, un ancien amant, resurgir dans sa vie. Pour Isabella, c'est un combat de plus qui commence. Et il peut lui être aussi fatal que les autres…

COMMANDE... COMMANDE... COMMANDE...

Ces volumes sont disponibles auprès du Service Lectrices dans la limite des stocks. Si vous souhaitez commander certains titres, cochez les livres choisis et indiquez vos coordonnées dans le bon de commande ci-joint.

Chaque volume est vendu au prix de 5,23 €, auquel s'ajoutent 2,30 € par colis pour la participation aux frais de port et d'emballage.

N'envoyez pas d'argent aujourd'hui, une facture accompagnera votre colis.

Renvoyez ce bon à : Service Lectrices HARLEQUIN
BP 20008 - 59718 LILLE CEDEX 9.

Mme ❐ Mlle ❐ Si abonnée, n° : ⎿⏌⎿⏌⏌⏌⏌⏌⏌⏌

NOM ______________________________

Prénom ______________________________

Adresse ______________________________

Code Postal ⎿⏌⏌⏌⏌⏌ Ville ______________________________

______________________________ Tél. : ⎿⏌⏌⎿⏌⏌⎿⏌⏌⎿⏌⏌⎿⏌⏌

Adresse e-mail ______________________________

Date d'anniversaire ⎿⏌⏌⎿⏌⏌⎿⏌⏌⏌⏌

Signature indispensable

Le **Service Lectrices** est à votre écoute au **01.45.82.47.47**
du lundi au jeudi de 9h à 17h et le vendredi de 9h à 15h.

Conformément à la loi Informatique et Libertés du 6 janvier 1978, vous disposez d'un droit d'accès et de rectification aux données personnelles vous concernant. Vos réponses sont indispensables pour mieux vous servir. Par notre intermédiaire, vous pouvez être amené à recevoir des propositions d'autres entreprises. Si vous ne le souhaitez pas, il vous suffit de nous écrire en nous indiquant vos nom, prénom, adresse et si possible votre référence client. Vous recevrez votre commande environ 20 jours après réception de ce bon.

Offre réservée à la France métropolitaine et soumise à acceptation.

L'ASTROLOGIE EN DIRECT
TOUT AU LONG
DE L'ANNÉE.

(France métropolitaine uniquement)

Par téléphone 08.92.68.41.01

0,34 € la minute (Serveur SCESI).

Composé et édité par les
éditions Harlequin
Achevé d'imprimer en janvier 2005

BUSSIÈRE
GROUPE CPI

à Saint-Amand-Montrond (Cher)
Dépôt légal : février 2005
N° d'imprimeur : 45500 — N° d'éditeur : 11043

Imprimé en France